胸の先端を二本の指で強く擦られながら、
彼のもう一方の手が秘裂に沿って上下していく。
淫らな感触と行為に震えが止まらなかった。
「セリナ、お前は俺のものだ」

異世界で身代わり姫になり 覇王に奪われました

＋ 新婚ハネムーンを満喫中♥

柚原テイル

Illustrator
SHABON

ジュエル文庫

異世界で身代わり姫になり覇王に奪われました

新婚ハネムーンを満喫中♥

※本作品の内容はすべてフィクションです。
実在の人物・団体・事件などには一切関係ありません。

ISEKAI DE MIGAWARIHIMENI NARI

異世界で身代わり姫になり
覇王に奪われました

HAOU NI UBAWAREMASHITA

――他の世界から来たわたしが、こんなに愛されるなんて。

彼は毎夜、当たり前のようにセリナを乱す。

抱いたまま眠ることでセリナを見張り、逃がさないみたいに。

けれど……と、思う。

彼がセリナに余計なことを考えさせないように、何もかも忘れさせるように抱いているのだとしたら？

夜が近づき、戸惑っている間に、華やかな夜着がセリナを包み、彼の足音が響いてくる。

あっと思った時には、獣を思わせる自信に満ちた獰猛《どうもう》な笑みがセリナを射貫《いぬ》いていて。

キスは、拒む暇もなく落ちてくる。

強靱《きょうじん》な腕で背中を抱きすくめられて、唇に温《ぬく》もりを感じた途端に、その温度が灼熱《しゃくねつ》に変わり、頭の芯がとろりとしてきて……。

今夜こそ、と……考えていた足に力が入らなくなる、震えは怯《おび》えなのか、期待なのか、わからない。

身体の奥底の甘やかな何かがことんと音を立てて、彼ならばと従ってしまう。

あらがえない熱情、気づけば深いキスは吐息に変わっていて、自分がこんなに荒くて熱っぽい息ができるなんて……と思う。

その呼気ごとさらうように、彼の舌が唇を割り入ってくる。

舌先が触れ合うと、ああ……もう、本当に何も考えられない。

彼に言わなければいけないことがあるのに――。

ずっと、ずっとあるのに……。

――わたしを奪ってもなんの得にもならないのだと。

けれど、唇を貪る彼の身体は歓喜で満ち満ちている気がして、これでいいのかもしれないと感じてしまう。

こんなに激しく求められたら――。

夜着の手触りを楽しむ間もなく、彼の手がセリナを抱き上げベッドへと運ぶ。

そして、シーツに広がる髪を愛しげに撫《な》で、その前髪に口づけながら、双丘を揉《も》む。長くて太い指はセリナの身体の芯へ火をつけていくのを楽しんでいる。

息を止めて、甘く零《こぼ》れそうになる声を押し殺そうとしても、なかせようと彼は執拗《しつよう》だ。

やがて、戦慄《わなな》くように漏れた嬌声《きょうせい》を待ち構えていた彼が、喘《あえ》いだセリナの上唇の一番高い場所へ触れるだけのキスをして、嬉《うれ》しげに身体を重ねて乱してくる。

野獣が満足したように、安堵《あんど》したように、微《かす》かな声ではははっと笑う、その息遣いでセリナの理性はもうすっかり弾《はじ》け飛んでいた。

プロローグ　落城の身代わり王女

瞬きの間に、自分を取り巻く何もかもが変わってしまったみたいだ。

数秒前まで自室にいたはずの世里奈《せりな》は、赤と金を基調にした、艶《あで》やかな部屋の鏡台の前で立ち尽くしていた。

ため息が出そうなぐらい豪奢《ごうしゃ》な造りをしているのに、息苦しくてひどく居心地が悪い。

「ここは……？」

呻《うめ》くように呟《つぶや》いた声が響く。戸惑った声が反響するのは、広すぎるこの部屋のせいだろう。

視界に入るものは見覚えのあるものが一つとしてなく、少なくともここが自分の部屋ではないことは、世里奈にも認識ができた。

落ち着かないほど、高級ホテルの素晴らしい一室のように贅《ぜい》が尽くされている。

天井画があり、埃《ほこり》やくもり一つない家具には金や宝石がはめ込まれていた。

床には美しく重厚な絨毯《じゅうたん》が敷かれていて――――。

「…………なっ！」

今見ている光景が幻ではないかという考えに至ったところで、突然、部屋が揺れた。

巨大なものに揺さぶられているような感覚、よろけて一歩踏み出した先、ぶ厚い絨毯がふわりと世里奈の革靴《ローファ》を包み込む。

――――違う。これは現実！

その瞬間、世里奈はこの場所が幻でないと思った。つま先から揺れる、この部屋に間違いなく自分は立っていると感じたから。

慌てて、自身の身体を確認した。着慣れた制服が目に飛び込んできて、どこもおかしくないことに、ひとまず安心する。

衣替えが終わったばかりの夏の制服は、白に水色のシンプルなセーラー襟に、スカーフは金属の指輪のようなエンブレムが刻まれた留め金で合わせている、これが着たくて受験して入った学園のものだ。肩にぶら下がっている紺色をしたナイロンのスクールバッグも普段通り。

「……!?」

また、部屋が揺れて、今度は怒号のような声が世里奈の耳に届いた。

その叫びは、今まで気づかなかったのが不思議なくらい、階下から、窓から、この場所を押しつぶさんばかりの勢いで迫ってきている。

歓声に似ている。けれど、世里奈が知っている、スポーツ競技でのそれと違い、ずっと恐ろしくて、激しくて……聞く者を恐怖に包む叫びだった。

「な、に……？」

何が起こっているか知りたくて、世里奈は外を見る方法を探した。窓らしきものを見つけ、そちらへ歩き出す。

とても高価そうなぶ厚い絨毯は、雲の上を歩くかのようにふわふわとしている。

ここは土足でうろうろしていい床なのか戸惑ったけれど、外を見たいという気持ちには勝てずに踏んだ。

綺麗《きれい》な刺繡《ししゅう》の入ったカーテンが取りつけられた窓の多くは、なんのためなのか内側から木やタペストリーで急ごしらえみたいに塞がれていた。

部屋が息苦しく感じたのは、このせいに違いない。

けれど、そんな中にも資材や布が足りなかったのか、塞がれていない窓もあった。

窓枠には硝子《ガラス》がはまっていたが、世里奈の知っている透明で薄い硝子とは違い、ぶ厚く外の景色はぼんやりとしか見えない。

それでも何が起こっているのか、彼女には容易に確かめることができた。

知ることが、できた。

「……っ！」

西洋甲冑《かっちゅう》を着た男たちが……この建物を取り囲むようにひしめいている。目を凝らすと、映画でしか見たことのない木製の大きな跳ね橋が降ろされていた。

信じられなかったが、世里奈が今いる場所は、城の高い位置にある立派な一室だった。

広い敷地と、そびえる城壁、押し寄せる兵士らしき人たち。

跳ね橋は蒼色《あおいろ》をした旗で埋め尽くされ、数えきれないほど多くの武器を手にした軍隊が、城へと向かってきている。

そして、この部屋を揺さぶる衝撃の正体。

先を尖《とが》らせた巨大な丸太のついた兵器が幾つも建物へ打ちつけられていた。

「何、ここ……どうしよう……」

世里奈は震えあがった。知らない場所、恐ろしい声、地震のような激しい震動。

自分の身に何が起こったのかわからなくとも、この城が争いの場になっていて、今まさに恐ろしいことが起きようとしているのは一目瞭然だった。

この城は攻め込まれている。しかも、抵抗する余力もないほどに。

「……な、に？　どうしてわたし……こんなところに？」

下に集まっている男たちが部屋になだれ込んでくるのを想像し、恐怖のあまり、足が震え始めた。

今すぐにでもここへ来るかもしれない。城全体を包み込む、緊張感がそう思わせる。

「……逃げ、ないと。早く！」

恐怖に心が押しつぶされそうになる。なんとか正気を繋《つな》ぎ止めると、世里奈は助かる道を探した。

――扉はどこ？　外に逃げるのが無理なら鍵をかけないと……。

最初に彼女が立っていた部屋はベッドルームらしく、四柱が立つ美しい天蓋つきのベッドと少ない調度品以外は、廊下への扉らしきものはなかった。しかし隣の続き部屋に繋がる扉が開け放たれたままになっている。

そこに廊下へ続くのであろう扉はあった。こちらがメインルームのようだ。けれど、外には出られそうにない。テーブル、本棚、長椅子。部屋の扉は、内側にこれらのものが積み重なって塞がれていたのだ。

「……籠城はできそう」

口に出したところで、世里奈はハッとした。

――内側から……これは誰がやったの？

この部屋に、他にも誰かがいる。

身震いして、世里奈は目を閉じた。緊張が限界に達していた。こんな恐ろしい場所に立っているなんて夢に違いない。

だから、逃避した。ぎゅっと目を瞑《つむ》ると、一瞬だけ恐ろしい声が和らいだ気がしたけれど、次の床下を打ち破るような衝撃と轟音《ごうおん》で、彼女は小さく悲鳴を上げて頭を抱えて座り込んだ。

――やっぱり、夢じゃない。映画のセットでもない。

作られたものにはない、生々しい空気や大勢の人の感情が城には渦巻いている。

こんなのが嘘《うそ》や偽物だとは信じられない。たとえ騙《だま》されていたとしても、平然としているほど肝が据わっていない。

城壁を打ち破れるほどの武器を男たちが持っているなら、この部屋の扉ぐらい、何が積み上げてあったとしても簡単に壊せるだろう。

――どこか、隠れる場所……。

メインルームの家具はほとんど扉の前に積み上げられガランとしていたので、世里奈は再びベッドルームへ戻り、完璧に整えられたベッドのシーツを持ち上げたり、絵画の枠を持ち上げてみたり、部屋の中をおろおろと彷徨《さまよ》ったりした。

上質で落ち着く布に、権威を示す煌《きら》びやかな装飾、ここが世里奈の知る中世ヨーロッパのような場所ならば、高貴な女の人が住んでいた部屋だろう。

それを決定的に裏付けたのが、香油の小瓶や、意匠を凝らした櫛《くし》、美しい小箱が置かれた鏡台《ドレッサー》があったことだった。室内を巡り巡って、最初に立っていた部屋の壁際にそれはあった。

近づくと鏡が世里奈の腰から上を正しく映し込む。絢爛《けんらん》な部屋に佇《たたず》む、長い黒髪を乱し、顔色を悪くした場にそぐわない、見慣れた制服姿の自分——だ。

この姿は、見慣れた自分としておかしくはない。

けれど、この背景の中では完全に——合っていない。異質だ。

純白の鏡台には、縦に長い、楕円《だえん》形の鏡がはまっている。

円の縁取りには花や蔦《つた》の模様が彫られていて、その模様が縁取りからはみ出る部分には、宝石を繋いで模様の続きが造ってある。

右上の花の続きには羽を広げた宝石の鳥が止まっていて、蔦を辿《たど》った鏡の上部には、真紅の木の実が、ここだけは、はめ込まずに、ルビーが吊《つ》るされて揺れていた。

思わず見惚《みと》れてしまいそうな豪華さであり、世里奈はこの鏡台が扉を塞ぐのに使われていなかったわけを察した。

でも、いざとなったらこの鏡台を扉に向かって倒さなくてはならないかもしれない……動かせそうな家具はこれぐらいだから。

世里奈が鏡へそっと手を触れ覚悟を決めたところで、鏡に波紋が立った気がした。けれどそれよりも、鏡に映り込んだ風景に何かが横切った気がして、世里奈はハッと後ろを見た。

「えっ……?」

世里奈の視界に入ったのは、壁に吊るされた千花模様《ミルフルール》のタペストリー。それが揺れた気がする。窓も開いていない、風もないこの部屋で。

——隠し部屋でもあるのかもしれない。

世里奈は鏡から離れ、用心しながらタペストリーのかかった壁へ近づいていった。

そっと持ち上げると、壁とほとんど同じ白い色をした扉がはめ込まれていた。彼女の背の丈ほどの、普通の扉よりも小さな造り。

「本当にあった……」

世里奈は扉を見つけてしまったことに動揺しながら、それに触れた。爪の先がカリッと扉をノックしてしまい、反射的に飛び退《の》く。

「あっ……！」

――中に怖い人がいたらどうする？　一緒に隠れている人だったとしても、入れてくれるとは限らないだろうし。

けれど、世里奈の心配は杞憂《きゆう》に終わり、中から勝手に扉が開いてしまった。

若い女性の怒ったような声が聞こえてくる。

「助けが来たなら、早く開けて頂戴！　こんな息苦しいところにいられるわけがないわ。我がシピトリア王国からの救援の書簡が無視されるわけがないと言ったでしょう！　もうっ！」

「は、はい……王女様」

怒声とは別に、エプロンをつけた老婆が恭しく扉を完全に開けていく。

甲高い声を上げていた女の人は、豪華なドレスを着ていた。

彼女を守って、取り巻くように二人の女の人もいた。彼女たちは、色合いの大人しい飾り気の少ないドレスを着ている。

合わせて四人も小部屋に隠れていたなんて、全然気が付かなかった。

一緒に隠れさせてくれるだろうか？　その前に、敵……とか、味方とか？　王女様って？

「えっ……？　そなたは何？」

出てくるなり、隠し扉の前にいた世里奈を見つけ、王女と呼ばれていた女性が侮蔑のまじった瞳で睨《にら》みつけてくる。世里奈は息を呑《の》む。

「…………!」

彼女が身につけていたボックスプリーツの赤いドレスに威圧され、世里奈はたじろいだ。何連もの首飾り《チョーカー》には、真珠が数えきれないほど使われている。

それよりも、彼女を見て世里奈が驚いたのは――――。

「えっ、鏡……?」

――――鏡台からは離れたはず。でも、顔立ちも、髪の色も瞳の色も自分とそっくり。驚きの表情は、王女と呼ばれていた彼女も同じ様子だった。まるで鏡を見ているみたいに驚愕《きょうがく》の瞳が交わる。

「そなたは、何者! なぜ、王家しか持たない色を持っているの? 答えなさい!」

「王家……? 色……」

鋭い視線で見つめられたまま王女に詰問され、世里奈は戸惑った。王女がなんのことを言っているのかわからない。

「その黒い髪はどんな染料で染めたのです? 王家にだけ許される色を……なんと不敬な!」

「えっ……か、髪？」

世里奈は自らの髪へ手をやった。特におかしな色ではないし、そもそも染めたことはない。しかし、王女の髪を見て、やっと彼女の言っている意味がわかった。

彼女の緩く波打つ、黒に近い濃茶の髪。アーモンド形の茶色の瞳。

世里奈の純日本人な黒とはよく見ると違っていたが、王女のつき人は三人とも、金の髪や赤毛をしていて、大きく違っていた。

顔立ちも、最初に瞳を交わした時は似ていると思ったが、性格や纏《まと》う雰囲気がまるで違う。

王女の華やかな一挙一動は洗練された優雅な動きで、世里奈より吊り上がった瞳は、そばにいるだけで緊張する。

なんだか、自分の存在が小さくなり、家具にでも……絨毯の刺繍の一つにでもなった気分だ。王女から世里奈へ向けられる視線は、ただそこにある物を見つめるように冷たい。

どう発言していいのかも、世里奈にはわからなくなってしまった。

「髪は、染めていません。生まれてからこの色です。気に障ったのなら、ごめんなさい」

本能的に謝ったほうがいいと察し、世里奈は頭を下げた。

その肩から流れ落ちる黒髪を王女が摑《つか》む。

「痛っ！」

「どうやら本物のようね。こんな時でなければ、捕まえて処刑ものだけれど……」

「処刑！」

教科書か何かで読んだ、ギロチンが世里奈の頭に浮かぶ。黒い髪や瞳が珍しいのかもしれない。王族にしか許されない色があるなら、世里奈の風貌は色合いが似すぎている。

「……ふふっ、名案を思いついたわ！　ばあや、この者をわたくしの身代わりに立てるのです。早くわたくしのドレスを脱がせてこの者へ着せなさい」

「かしこまりました」

髪を摑んだまま、後ろに控える人たちに王女が声をかける。すぐさま二人の侍女とばあやと呼ばれた老婆が世里奈の周りを取り囲んだ。

「えっ……な、何⁉」

ばあやと呼ばれた老婆が、王女の赤いドレスに手をかけ、鮮やかな手つきで背中の紐《ひも》を解いていく。世里奈のほうは二人の侍女が押さえつけ、制服に手を伸ばした。

「や、やめて！」

ドレスのデザインを見る限り、前開きのファスナーなど知識がなさそうなのに、侍女たちは直感で世里奈の制服のどこにつなぎ目があるのかわかるみたいで、セーラー服の上を簡単に脱がしていく。

ブラジャーもプリーツスカートのホックも簡単に外されてしまう。世里奈が慌ててショーツだけは守るように身を竦《すく》めたところで、脱がす手が止まる。

「止《や》めてください……！　わ、わたしをどうするつもりです？　わたしはここに迷い込んだだけで……」

「そなたには光栄な役目を与えてあげます」

王女は世里奈の言葉にまったく聞く耳を持とうとしなかった。否定を許さない威圧的な口調で命令する。

「わたくしのふりをして、ハイルブロン帝国を欺《あざむ》くのよ。先ほどの戦いで、父も兄も死にました。残ったシピトリア王家の血を引く者は、わたくし一人。きっと、あの野獣はわたくしの身柄を求めるから、そなたが代わりになる。いいわね」

「えっ……わたしが……あなたの身代わり？　帝国……欺く？」

「隠れている間に援軍が来る可能性にかけたけれど、待っているのは性に合わないわ。わたくしが一人なら、ハイルブロン帝国の野獣は、草の根を分けても執拗に探すでしょう。わたくしも、軍隊から逃げ延びることができると思うほど愚かではないわ、ふふっ……でも、二人だったら？」

「援軍を……ええと、ハイルブロン帝国が敵の国で……シピトリア王家が味方で……？」

聞き慣れない国の名前や、言葉を聞かされ、世里奈は困惑した。

何がどうなったのか……。

なぜ、この場所に今自分がいるかもわからないのに、制服を脱がされて、さらにおかしなことを言われた気がする。

「幸運に思いなさい。本来ならば打ち首になるところを、名誉なことにわたくしの影武者になれるのですから」

「そんなこと言われても……うっ……く、苦しい」

世里奈の腰を捕まえた老婆が、世里奈の下着の上からウエストにコルセットを嵌《は》めて、彼女を黙らせるかのように、ぎゅうぎゅうと締めていく。

身体が軋《きし》むほど締め付けられる。侍女が二人で世里奈の頭から赤いドレスを被せていくが、コルセットをしないと、これ以上、ドレスが入らないようだ。

戸惑い息を吐いたところで、ウエストを老婆にぎゅっと締められ、侍女たちが被せ終わったドレスの乱れを直していく。

「王女様、この者の服を身につけますか？」

侍女が、世里奈から脱がせた制服を持ち王女へ近づく。その瞬間、王女が侍女の手をはたき、制服が落ちた。

「そんな穢《けが》らわしい、脚を出す服など着られるわけがないでしょう！　そなたのドレスを脱ぎなさい。あとは外套《マント》でもかぶっていなさい」

「は、はい……」

侍女がおろおろと自らのドレスを脱ぎ、王女に着せていく。

彼女はドレスかと思うほどのしっかりとしたアンダードレスを身につけていたが、その上に外套だけ羽織る姿はなんだかとても可哀想《かわいそう》に見えた。

ドレスを身につけ一瞬解放されたところで、世里奈は床に捨てられた制服を拾い、慌ててバッグに突っ込んだ。捨てられたら、困る。

少し動いただけでも、ぶ厚ぐ赤いドレスが衣擦《きぬず》れの音をわしゃわしゃと立てて、とても重い。

このドレスでは、優雅に動く王女から走って逃げることすら敵《かな》わないだろう。

「何をしているのです！　早くこちらに！」

老婆にその行動を叱られてしまった。

そして、今度は侍女二人も装飾品を手に、容赦なく世里奈を飾り立てていく。

重たいドレスにきつく締められたコルセット、首が絞まるようなアクセサリーに抵抗しようとする気持ちが、着けられる度に消沈していく。

「わたしは……どうなるの？」

不安を口にしたけれど、その場にいる誰一人として世里奈に答えてはくれなかった。侍女二人も、老婆も無言で支度を続ける。

代わりに、また王女が一方的に彼女へ命じた。

「そなたは愚かそうだから、もう一度言っておくわ。いい？　これから、そなたはシピトリア王国の王女、セリスディアナ。そう名乗るのよ。決して、誰にも本当のことを告げない」

「シピトリア……セリスディアナ……」

王女に言われた呪文のような単語を、世里奈は無意識に口の中で繰り返した。

本能的に、混乱した頭の中でそれだけは記憶する。

「王女様、せめてこの者の名ぐらいは聞いておくべきかと存じます」

ずっと口を噤《つぐ》んでいたもう一人の侍女が、同情の視線を世里奈に向けながら王女に告げた。

「そうね。いいわ、名乗りなさい」

名前を言え、ということなのだろう。言わなければ、また叱咤《しった》の言葉が飛んでくると思い、ぼそりと彼女は口にした。

「片倉《かたくら》、世里奈……」

「……………!」

そこにいた四人の女性が全員ハッとする。

ただ一人、中心にいる世里奈には皆が驚いた理由がわからなかった。

「髪色や容姿だけでなく、名まで王女様を騙《かた》るとは無礼な!」

「痛っ……な、なに!?」

同情の視線を向けていたのとは別の侍女が世里奈の頭を掴み、絨毯に押しつけようとした。

「待ちなさい。都合がいいじゃないの、影武者が顔や髪色だけでなく、呼び名まで一緒だなんて。きっと神様がわたくしを逃がすためお与えになったのよ」

「ですが、王女様」

「わたくしが許すと言っているの! 従えないなら、そなたがここで身代わりになる?」

じろりと侍女を睨みつける。恐れ、震えながら侍女は世里奈の頭から手を離し、後ろに再び控えた。

「いい、世里奈。わたくしは親しいものにだけセリスティアナという名を、セリナと呼ばせている。そなたはこれからセリナよ」

世里奈ではなく——セリナ。

同じ言葉なのに、王女の口から零れたのは、この世界の異物でない音だった。

セリナ……。

「この城に残り、わたくしが逃げる時間を稼ぎなさい。もし、そなたと再び会うことができれば、褒美を取らせるわ。生き残っていれば……だけれど」

突然の出来事に呆然《ぼうぜん》とし続けているセリナに、王女が告げる。それはつまり——生き残れるかわからないということだった。

「王女様、そろそろ……門が破られます！」

窓の外を窺《うかが》っていた侍女の一人が、悲鳴まじりの声で訴えかける。

セリナもドンドンという丸太がぶつかる音にまじって、ギチギチと何かが壊れる大きな音が床から響いてくるのに気づいた。

それは、地獄から込み上げてくる恐怖の足音のようで身が竦んでしまう。

「少し待ちなさい」

侍女に答えると、王女はできあがったセリナの影武者の格好を隅々まで見回した。そして、花瓶を手に取ると、予告もなくセリナの頭からかけた。

「きゃっ……！　な、何をするんです!?」

水の冷たさと、いきなり水をかけられたショックで、セリナは声を上げた。されるがままになるのも限界だった。

「これでいいわ」

王女がセリナの濡れた髪の毛を手でさっと乱す。ストレートに梳《と》かしていた髪が水を含んで撥《は》ねてしまった。見ると、王女の髪も同じように緩くウェーブしていたのでそのためのようだ。

侍女が恭しく王女の髪にある三日月形をした髪飾り《カチューシャ》を外して、セリナの髪へピンで留めていく。

「もし、帝国に捕まるまでこの部屋から動いたり、わたくしのことをしゃべったりしたら、反逆罪で打ち首にしてあげるから。大勢の前で、裸にして死体もさらすわ」

「待って！　ちょっと待って！」

最後に脅し文句を並べると、王女は二人の侍女を連れて、隠れていたのとは別方向のタペストリーの裏にある隠し通路へと消えてしまった。

「脱出できる場所があるなら、わたしも……」

「なりません！」

老婆が叫び、セリナのドレスの端をきつく摑む。あっという間に隠し通路の扉は閉じ、部屋の空気が溜《た》まり澱《よど》んでいく。

残されたのはドレスに身を包んだセリナと、一人残った老婆だけ。

歳を重ねた鋭い眼光がこちらを見つめている。きっとセリナの手助けのためというよりも、見張りとしての役目だろう。

何がなんだか、セリナにはまったくと言っていいほどわからなかった。

瞬きの間に攻め落とされる直前の西洋風の城内にいて、いきなりタペストリーの裏から現れた自分とそっくりの王女様に身代わりをしろと言われる。

そんなことが現実にあるのだろうかとセリナは考えた。

――いや、きっとない……。

――何かが迫ってくるのに思い通りに逃げられない、ドレスが重くて苦しい……。

「……っ！」

めまいがして、倒れ込みそうになる。けれど、隣に立つ老婆がさっと腕を摑み、それさえ許されなかった。

「お気を確かに、王女様」

「王女様⁉　お婆さん、わたしは王女様なんかじゃ……」

「キルケ、とお呼びください。乳母でございます、王女様。大丈夫です。凜《りん》とした態度をなさっていれば、帝国の方も丁重に扱うはず。誰にもわかりません、王女様」

セリナのことを王女と呼んだことに驚き、慌てて否定したけれど、老婆はセリナを王女として扱う演技を止めようとはしてくれなかった。

何度も、子供に言い聞かせるように王女様と呼ぶ。

「無理です。わたし、まだ何もわからなくて、どうしてここにいたのかさえもわからないのに……ねぇ、キルケさ――」

色々な誤解を正そうとしたけれど、バンッという城内に響き渡る大きな音にセリナの声はかき消された。

また城を揺らす鬨《とき》の声が聞こえてくる。しかも、今度は城の周りからではなく中から聞こえてきた。

続けて、階段を駆け上がる、たくさんの大きな足音が近づく。

「……っ！」

この部屋の扉を乱暴に叩《たた》く音が響き、びくっとセリナは身体を震わせた。

「ここだぞ、ここに誰かいる！　手を貸せ――！」

怒ったような、興奮したような、感情剝《む》き出しの声が聞こえてきて、彼女は耳を塞いだ。

予想していたよりも早く、数分と持たずに扉は壊され、部屋の中に兵士が流れ込んできた。

「いたぞ！　王族だ！」

勝利の雄叫びのように、セリナを見た兵士が大声を上げる。逃げ出したかったけれど、足が竦《すく》んで動くことさえできない。

本当の王女の乳母であるキルケと共に兵士たちに囲まれる。

「間違いない。セリスディアナ王女だ！　生け捕りにしろ」

――本当に間違われている⁉

「ち、違……っ」

セリナが言いかけたところで、キルケが宝石のついた短剣を取り出し、キンッという乾いた音と共に抜いた。そして、セリナの前に立ちはだかる。

「セリスディアナ王女に対して、なんと無礼な態度！　控えなさい」

キルケが演技とは言え、守ってくれると感じた瞬間、短剣の先が反転し、兵士から守っているはずのセリナの首筋に触れた。

「な……なに！　キルケさ――」

「王女は蛮族の手に落ちるぐらいなら、自害を選びます。その身まで略奪には応じません！」

ザワッと兵士たちがうろたえたのがわかる。二人を取り囲み徐々に縮まっていた兵士の輪が、止まる。

「――わ、わたし……自害なんて……」

セリナは今にも首に短剣を突き立てそうなキルケの手を咄嗟《とっさ》に摑み、声をひそめて彼女へ訴えた。

その様子を、セリナが自ら喉に短剣を突き付けていると誤解した兵士から困惑の声が上がる。

キルケの力は強く、本気で止めていないと今にも首を切られそうだ。彼女もまたセリナにだけ微かに聞き取れる声を出す。

「――ハイルブロン軍を率いているのは、残虐で、獰猛な覇王ギルベルトです。あなたが尋問と凌辱《りょうじょく》に耐えられるとは思えません。偽りが露見し王女が存命と思われては困るのです」

「でも、身代わりで……欺くって……」

「物言わぬ死体ならば欺けましょう」

当然のようにキルケが冷静な声で告げる。殺気に躊躇《ためら》いを感じず、セリナの背筋が凍り付いた。

　キルケはどこまでも本物の王女の乳母だった。そのなりふり構わない忠誠心が怖い、取り囲む兵士よりも、近い刃のほうに恐怖を覚える。

「み、身代わりに最初から殺すつもりだったの？」

「逃れられない今、それがあなたのためでもあります。亡国の王女が敵の手に落ちた時、どうなるかわかっていないご様子……」

　――亡国の王女が敵の手に落ちた時……？

　深刻な物言いであったが、何も知らずにいきなり殺されるわけにはいかない。セリナは取っ組み合うように短剣を止め続ける。

「身代わりで、死ぬなんていや……」

「どうか、お覚悟を」

　兵士たちがまた輪を縮め始め、それを頃合いの合図と取ったのか、キルケが短剣を引き離す。ほっとしたのも一瞬、キルケが刃を振りかぶり勢いをつけてきた。

「ハイルブロン帝国へ滅びの呪いを！　王女様、私もすぐにおそばへ参ります！」

「きゃああああっ――！」

　止める手が間に合わない！

迫りくる切っ先にセリナが悲鳴を上げた刹那《せつな》、風を切る重たい音がして、大剣がセリナとキルケの間へ飛んできて、白い壁に深々と刺さった。

キルケの短剣は、弾かれたのか床に転がっている。

――た、助かった。

「何を手間取っている!」

力強い咆哮《ほうこう》が部屋を震わせた。

それは逆らえないほどの絶対的な強制力を持っていて、セリナの行動に困惑していた兵士たちの背筋を一瞬で伸ばしてしまった。

誰もが声の主を恐れ、動きを止める。

――誰? 何?

割れるようにして兵士たちが左右へ退き、その中を一人の大柄な男が歩いてきた。大股で床を揺らしながら、近づいてくる。

冑《かぶと》だけ取った漆黒に金の文様が描かれた鎧《よろい》が、音を立てている。

そして、壁に刺さった剣を軽々と抜くと鞘《さや》に納めた。ひび割れた壁の一部が、カラカラと音を立てて崩れていく。

キルケは恐れ戦《おのの》き、へたり込んでいた。

——この人が助けて……くれたの？

「ほう……この女か。隠れるのは終わりだ、シピトリアの女狐《めぎつね》」

鎧姿の男がセリナに向かって無遠慮に手を伸ばしてくる。

「……っ！」

頬を摑まれ、顔を上に向けさせられた。

観察するように男の鋭い眼光がセリナの隅々を射貫く。顔を背けることができず、じっとその瞳を見返すことしかできなかった。

——蒼い瞳……それに黄金の髪。

見惚れてしまい、言葉が出てこなかった。恐怖でも安堵でもない、驚きに似た感情が呼吸を止める。

今までセリナが見たことのある髪を染めた偽物とは違い、男の金髪は黄金の輝きを放っていた。瞳もまた、吸い込まれてしまいそうな、綺麗な深い蒼を湛《たた》えている。

髪と瞳だけじゃない。背も高く、腕も足も自分の倍ほどに大きく、威圧感があって、その場にいるだけで、皆の意識を集める。

こんなにも強烈な存在感を持つ人に、セリナは会ったことがなかった。

「黒曜石のような瞳と……髪」

くしゃりと男がセリナの髪に触れる。

「この城に唯一残る毛色の変わった娘を俺は探していた。お前がセリスディアナ王女だな?」

セリナは至近距離で、男の人をじっと見つめてしまったことに彼の声で気づかされた。

恥ずかしくなって、慌てて視線を逸《そ》らす。

「ち、違いま――」

「そ、その通りです。この方がシピトリア王国の王女セリスディアナ様。名乗りもせずに王女様へ触れるなど……許されないこと。すぐに手を離しなさい、無礼者」

セリナの言葉を遮るように、自らの役目を思い出したキルケが答えた。彼女もまた男の存在に威圧され、今まで言葉を失っていたようだ。声が震えている。

「ああ、それは失礼したな、王女様。俺の名はギルベルト。ギルベルト・ハイルブロン。ハイルブロン帝国の第一皇子で、この兵を率いている」

キルケを無視して、男がセリナへ恭しく名乗る。

「……覇王……ギルベルト、自ら踏み込んで……」

セリナのそばで男の名を聞いたキルケが、呻くような声を上げてへたり込んだ。

「……助からない、私たちはおしまいだわ……」

城に残り敵兵に囲まれてもあれほど冷静だったキルケが、こんなに恐れている人って……?

セリナを殺そうとした時の、キルケの言葉が思い起こされる。

〝ハイルブロン軍を率いているのは、残虐で、獰猛な覇王ギルベルト〟

――残虐で、獰猛……この人が……?

セリナは恐る恐る視線を自分の頬を摑む金髪の男へと戻す。

彼の顔は、不敵な笑みを浮かべ、じっとセリナを見続けていた。

「状況が呑みこめていないのか? それとも気丈に亡国となったことを認めないでいるのか? 泣き叫び、俺を罵倒しないのか」

挑戦的な彼の瞳の奥が、おかしそうに煌めく。ゾクゾクと恐怖が背中から這《は》い上がってくる。

――敵に捕まった……逃げ、ないと……。

身の危険を感じて、窓から飛び降りてでも逃げようと思ったけれど、彼の視線に射貫かれ、空間へ磔《はりつけ》にされてしまったかのように、動けなかった。

固まるセリナの腰にギルベルトの腕が触れ、抱きしめられるように引き寄せられる。尻を摑まれ、戦利品のように持ち上げられた。

不安定な場所では摑まるところは少なくて、彼の胸に肩を預けるしかない。

「シピトリア王国の王女は、ギルベルト・ハイルブロンが拘束した――！」

城内に聞こえる大声で彼がそう宣言すると、この部屋だけでなく、他の部屋の兵士たちも一斉に勝利の雄叫《おたけ》びを上げる。

彼らは口々に〝覇王ギルベルト〟や〝ギルベルト皇子〟などと、彼を称《たた》えていた。


セリナが王女の身代わりとなってから三時間ももたずに……。

シピトリアの王城は、陥落した――。

第一章　略奪された純潔

皇子の勝利宣言のあと、城内は勝利した兵の妙な興奮と、敗北した城の人間の悲しみで溢《あふ》れていった。

本物のセリスディアナ王女の母国が、戦争に負けたのだとセリナにもはっきりとわかる。

残された城の人間の絶望感も。

王国、帝国――本当はどちら側でもない、おそらく異世界から飛ばされてきたセリナにとっては、二つの感情の渦に巻き込まれ、震えるしかなかった。

「皇子、いつものように？」

兵士たちの雄叫びが静まると、一人の側近らしき兵がギルベルトに近づき、訊《たず》ねた。

「当たり前だ。死地へ共に赴いた部下たちに、報いる必要があるからな。だが、人は殺すな。殺しは色々面倒だ。奪うだけにしろ」

「わかっております。貴方を恐れ、誰も規律を破ろうというものはおりませんよ」

「ああ、規則違反は俺が直々に手を下す」

怖い顔でそう返すと、ギルベルトは再び部屋にいる兵たちのほうを向いて、息を大きく吸った。セリナを捕らえた時と同じ、雷鳴轟《とどろ》くような大声で城の兵たちに告げる。

「お前ら、生き残った俺の自慢の部下たち！　全員に褒美を取らせる！　この戦いで死んだ者は俺から家族に褒美を渡そう！　生きている者は――――」

腕に抱えられたままのセリナは、耳を手で押さえていないと鼓膜が破けそうだ。

「――――自分の手で奪い取れ！　この城内での略奪を認める。時間は――――俺がこの国の王女を屈服させるまでだ！」

「え…………？」

ギルベルトの言葉が終わると同時に、耳を塞ぎたくなるような、物と物とがぶつかり合う、破壊の音が鳴り響いた。

セリナには……彼の言葉の意味がわからなかった。

多少芝居がかった言い回しがあったとはいえ、彼の言葉は聞き取れる。

けれど、略奪を認めるということが彼女には信じられず、それが王女を屈服させるまでというのがどういうことを指すのかがわからなかった。

ただ、周りから聞こえてくる音からも、恐ろしいことが起きていることがわかる。

それでも不思議と震えることはなかった。見知らぬ人であっても、守るように力強く抱えられているからかもしれない。

「お前たちもさっさと行け！　俺は、この国で一番の戦利品をここでいただく」

ギルベルトはセリナを抱えたまま周りの兵たちに叫ぶ。

王女の部屋に集まっていた男たちは、我先にと急いで出て行ってしまった。

キルケもセリナのことを最後まで〝王女様〟と叫びながら兵に連れて行かれてしまう。

残されたのは、ギルベルトとセリナだけ。

がらんとした部屋を茫然《ぼうぜん》と見つめていたセリナは、廊下と繋がる扉がバンッと閉まる大きな音で身体を強張《こわば》らせた。

「あなたは行かないの……？」

「なぜだ。一番の宝がここにあるのに」

ギルベルトがセリナの背中のラインを撫でる。

「は、離してください！」

二人きりになってしまったことを意識すると、今さら男の人に抱えられているのが恥ずかしくなってしまった。

とはいえ、セリナはギルベルトがあまり怖くなかった。

キルケに向けられた短剣のほうが死に近く恐ろしかったから。ギルベルトは大剣を投げて阻止してくれたのだから、荒っぽいとはいえ、命の恩人に近い。彼は命まで取る気はなさそうだ。

「離せ？　俺に命令するのか、こういうことか？」

「……あっ！」

ギルベルトは要求通り、セリナを自分の腕から下ろした。

投げた、というのが正しい。彼は王女の寝室に彼女を抱えたまま入ると、ペットのように放り投げた。

驚いて、思わず舌を噛《か》みそうになり、悲鳴が漏れる。

ベッドは必要以上にふかふかで背中をベッドに叩きつけられても、痛みはほとんどなかった。落とされたショックのほうが大きい。

「な、何をするの？」

「決まっているだろう。お前は俺にとって極上の戦利品。戦いで気が荒ぶった男が女にすることと言ったら、一つだ」

セリナはベッドに放り投げたことを言ったつもりだったけれど、ギルベルトはこれからすることを暗に告げる。

それがわからないほど、彼女は子供ではなかった。すぐに頰が熱くなる。

同時にキルケの言葉が脳裏に蘇《よみがえ》ってくる。

〝亡国の王女が敵の手に落ちた時、どうなるかわかっていないご様子……〟

〝尋問と凌辱〟

「う、そ……」

セリナの様子にギルベルトの眉がおや……と吊り上がった。

「純情ぶるのは演技か、女狐。お前が計算高いのはよく知っている。民衆を嫌い、表舞台には出ず、だが裏では各国と密談し、シピトリアを牛耳っていた。それも終わり、今度は小娘のふりをして俺を籠絡するつもりか？」

ギルベルトが王女のことを謳《うた》うように挙げていく。あの王女様がしていたことみたいだ。

「そんなこと、考えてない……演技じゃ……」

言いかけてセリナはハッとした。怯えるのは演技ではなくても、王女は演技だ。それを彼にわかってもらえれば、窮地をしのげるかもしれない。

王女には悪いけれど、キルケはセリナを殺そうとしたし、ギルベルトは命ばかりは助けてくれた。

「――ごめんなさい、王女の演技です」

セリナは正直にギルベルトに向き合った。

「ほう……」

値踏みするようにギルベルトがベッドに手を置き、間合いを詰めてセリナを見た。

ギシッとベッドが揺れ、天蓋がさらさらと音を立てていく。

ギルベルトに視線で射貫かれる。

目を逸らせなくなる輝きが、爛々《らんらん》とセリナを見つめている。

「くくっ、どこまでも往生際が悪いな。鏡を見てから言ったほうがいいぞ」

「信じて……」

セリナの懇願に返ってきたのは冷ややかな視線だった。

「抱けば、わかる――――お前が俺に噛みつく本性を暴き出してやろう」

ギルベルトが自らの漆黒の鎧を身体から剝がし始める。

それはかなり手慣れた動作で、彼女がその事実を受け止める間に武具だけでなく、その下につけていた薄いシャツや肌着まで彼は床へ脱ぎ捨てていた。

「……っ！」

ベッドに倒れ込むセリナの前で、ギルベルトが一糸纏わぬ姿で立っている。

普通ならば、悲鳴でも上げて目を覆うのが正しい王女の態度ではあるのだろうけれど、セリナは見惚れてしまっていた。

腕も、太腿《ふともも》も、腹筋も、胸も、筋肉が隆々としていて、逞《たくま》しさが溢れている。

切り傷の痕があちこちにあったけれど、それも完璧を崩し、つい目で追ってしまう。

金髪同様に、それは見せるために作られたどこか歪《いびつ》な偽物ではなく、必要として鍛えられた本物で……魅了された。

視線が、彼の下腹部……隆々と怒張するものを見なければ――。

「……きゃあっ！」

セリナは男の裸を見た時の正しい反応を、ここに来て初めて示した。

一瞬、何かとマジマジと見てしまったそれは、戦いの興奮によるものか、大きく膨張していて、今も怒りの矛先を探し、脈打っていた。

「妙なことを言ったり、男のものを見て悲鳴を上げたり、忙しい演技だな。あれだけの国に取り入れば、見慣れているだろう？」

ギルベルトがにじり寄ってくる。ベッドから起きて逃げなければと思うのに、恐怖で身体が動かない。

「それとも……俺のこいつが気に入ったか？　咥《くわ》え込みたくてたまらない、か？」

「ふ、ふざけないで！」

セリナは最悪な冗談を言われていることに気づき、腹が立った。けれど、その叫びはギルベルトを逆に満足させてしまったみたいだ。

「ははっ、やはり、その反応が本物か？　強気でやり手の王女を手折る日を、待っていた」

ギルベルトがギシリとベッドに腕を置く。セリナを見下ろすと、彼の金の髪が零れるように揺れた。

「お前も脱げ。それとも脱がせてもらうほうが好みか？　王女様」

「えっ……えっ……!?」

――この人……本当に!?

彼の筋肉質な太い腕で羽交い締めにされたら、セリナでは敵うわけがない。

貞操に危機を覚え、血の気が引く。

事実を言えば彼が助けてくれる――その考えが、馬鹿で、おめでたい間違いだと気づいた時にはもう逃げ場がなくなっていた。

仰向けに倒れるセリナの身体は、彼の作り出す大きな影にすっぽりと覆われてしまう。すでに顔の左右にはその隆々たる腕が突き立てられ、ベッドが軋みながら大きく沈み込んだ。

「脱がせてもらうほうが好みのようだな」

「や、やめてっ！　ん、あっ！」

視界いっぱいにギルベルトの金の髪が飛び込んでくる。

彼はセリナの首筋に唇を押しつけていた。

興奮した熱い息が吹きかけられ、くすぐったさと今まで覚えたことのない感覚がセリナの身体を跳ねさせる。

背中を弓なりに反らす彼女を押さえ込むように、彼の口づけはさらに強く淫《みだ》らになっていく。

「ぁっ……んっ……」

首筋に唇をつけたまま、舌で舐《な》められる。蠢《うごめ》くように舌がいやらしく動き、彼女の象牙色の肌を嫌というほど刺激した。

初めての卑猥《ひわい》な感触と動きに、セリナの身体は敏感に反応してしまう。

どうすることもできなかった。

コルセットで思い切り締められ、ドレスから溢れて誇張された胸に、ギルベルトの身体が密着する。

全身に彼の重さを感じ、セリナは息苦しさを覚えた。でも、肌の触れ合いは温かさを感じて、心地いいとも思っている自分もいるのが馬鹿みたいだった。

「…………っ⁉」

蕩《とろ》けさせようというかのように、セリナの身体へ唇から熱を吹き込んでいたギルベルトの逞しい腕が、ドレスの胸元を摑む。

「シピトリアの王女の味を見てやろう」

そして、高価な一国の王女の赤いドレスは、簡単に引き裂かれてしまう。

びりびりと布の破られていく様は、とても暴力的な音で――――恐怖をセリナに呼び戻した。

「やめて！　わたしは……王女じゃない！　人違いです！　本当に身代わりなの！」

恐怖の中、セリナは必死に声を絞り出した。

「嘘を言うな。この汚れも穢れも知らない手が王族の娘でないはずがない」

ギルベルトの手がガッと彼女の手首を摑み、顔の前に引き寄せた。舌を出して、わざと見えるように、その指に口をつける。

首と同じように舌で刺激され、恐怖に似たゾクゾクとした感覚が背中を駆け抜けていく。

「それに、その珍しい風貌が何よりの証拠だ。黒髪、黒瞳。最高級のドレス。王女以外に誰だと嘘をつく？」

「――――んっ……⁉」

それでも違う——そうセリナは叫びたかったけれど、今度はその言葉を紡ぐ唇を塞がれてしまった。

ぴったりと間を埋めるようにギルベルトの唇が重ねられ、押しつけられる。

自分の唇が知らない男の人に奪われるのを、彼女は目を開いて受け止めていた。怒りや、悲しみよりも、驚きが強かったせいだ。

——キス……されてる……。

「お前は指同様、唇も気持ちいい。気に入った——今だけは籠絡されてやる」

「ん——んんっ！」

やっと離れたかと思うと息を整える間もなく、またすぐに唇を塞がれ、苦しさのせいで淫らな声が漏れてしまう。

溺れているようだった。

唇を押しつけるだけで、淫らなギルベルトの行為は終わるわけもなく、すぐに熱い口づけはより激しいものへと変化していく。

最初それは、セリナの唇の感触を楽しむように舌で舐めていたけれど、やがて唇をかき分け、入ろうとしてきた。

必死に抵抗し、唇をぎゅっと結ぶ。けれど、それでは抵抗の声を上げることも、息をすることもままならない。

「やめ……んっ！　あ、ん――――！」

苦しくなって、声を上げた隙を見逃してはもらえず、ギルベルトは開いた唇の隙間に舌を滑り込ませてきた。

その後は強引にこじ開け、中へと入っていく。

徐々に、口内に入っていく舌の感触は何とも淫らで、頭が呆然としてきてしまう。

「ん、んっ……ん、あああっ！」

完全にセリナはギルベルトの舌の侵入を許してしまった。

噛みついたりするだけの勇気はなく、その後は好き放題にされてしまう。

「ん、んっ――――んっ……」

甘い声が舌と唇の間から漏れる。

舌と舌が口の中で絡み合っていた。唇を強く押しつけられ、舌を刺激される。

男の人と肌を触れ合わせた経験もほとんどない彼女にとって、それは刺激が強すぎた。

風邪を引いた時のように頭は熱を帯びて、思考が鈍くなっていく。

唇を奪われていくのを、呆然と受け入れてしまっていた。

――これが……キス？　こんなにも激しいなんて……知らなかった……。

セリナの中に知識としてはあったけれど、相手はいなかった。

だから、免疫なんて、まったくなくて――。

乱暴で、激しい彼のキスに思考は霞《かすみ》がかかったように見えなくなった。

「やっと大人しくなったな。もっとしてやる」

唇を少しだけ離し、彼が呼吸する。興奮した吐息が顔にかかり、より頰に熱を移した。

火照り、呆然とギルベルトを見るセリナの様子に、ギルベルトは気に入ったと勘違いしたのか、さらに口づけを続ける。

――あ、ああ……何度も食べられてる……私の口……。

ついばむように、唇で唇を何度も包み込み、口をさらっていく。

その刺激へ集中している隙をつくように、彼の腕はさらにセリナの身体から衣服を剝ごうとしていた。

引きちぎられたドレスの隙間から露《あらわ》になっているコルセットに手を伸ばすと、外そうとする。しかし、キルケにきつく縛られたそれは簡単には外れることはない。

すると、ギルベルトは背中に回した手でセリナの上半身を起こした。

唇は離さずに、ベッドの上で抱き合うような格好になる。

「……っ!?」

次に聞こえてきた鋭い音に、セリナは反射的に身体をビクつかせた。

彼の手には見事な装飾のついたナイフが握られている。

――殺さないで！　お願い！

死ぬかと思ったけれど、次に感じたのは痛みではなく、解放感だった。

衣擦れの音を立てて、コルセットが身体から滑り落ちる。彼のナイフはセリナの肌を一切傷つけることなく、紐だけを切っていた。

「見る分にはいいが、楽しむには邪魔すぎる」

彼女の身につけていたコルセットを手にすると、部屋の遠くに放り投げる。それは舞いながら、寝室の壁にぶつかり、隅へと落ちた。

「あっ！　見ないでっ！」

目の前の見知らぬ男に胸さえも晒《さら》してしまっていることに気づき、セリナは羞恥に震えた。自由になっている腕で露になっている乳房を隠そうとするも、素早くギルベルトの腕がそれを阻止した。

両腕を摑まれ、キスで上半身を倒される。

ベッドの上へまた仰向けに襲われていた。

「さらりとした象牙色の肌。毛色の変わった風貌で、俺を籠絡してみせるか？」

抵抗しようとするセリナの身体を押さえつけながら、彼は彼女の身体を上から下まで観察していた。

びりびりに裂かれたドレスは隠す用をなさず、肌を晒してしまっている。

彼の視線が一巡し、再び太腿から這い上がって、セリナの腰のところで止まる。

「……珍しい下着をつけているな」

急ぎだったためか、王女や侍女がしていたアンダードレスをセリナは着せられていなかった。代わりに制服の下につけていた下着をそのまま つけている。

ドレスの隙間から見えるショーツを彼が興味深く見る。

「あとで脱がすのを楽しむとしよう。それより先にしたいことがある」

ニヤリと笑顔になると、獲物を食べる狼《おおかみ》のように顔をセリナの身体に押しつけた。

「んっ！　あっ！　ああっ！」

また、背中が弓なりに反る。

ギルベルトがセリナの胸に唇をつけていた。

中心を口で含むと、味わうように舌で舐め始める。

「お前の身体はどこも滑るようで気持ちいいな。さすがに一国の王女、なかなかに上玉だ。戦いの疲れが癒される」

「わたしは王女なんかじゃ……ん、あっ！　あぁあっ！」

勘違いを正そうとするも、刺激が邪魔をして上手く口に出せない。

唇と同様にギルベルトの舌は簡単にセリナの身体を刺激で震わせた。

舌を出して、見せつけるように胸の中心にある彼女の蕾《つぼみ》をちょろちょろと刺激する。そうかと思えば、口を大きく開けて、乳房に噛みつき、甘噛《あまが》みしていく。

翻弄されている、というのはこういうことをいうのだろうか。

彼女はもう何もできなかった。刺激を受け入れるしかできなかった。

「あっ……ぁあっ……ん、んぅ……あぁ……」

絶え間なく、変化し続ける刺激と快感が身体を襲い、羞恥心がそれを表に出さないように抑え込もうとする。それが無駄だというかのように、唇からは甘い吐息が漏れ、身体は淫らに震えてしまう。

「あっ……ん――っ！」

散々舌で嬲《なぶ》られ、尖った胸の蕾を彼の口が甘噛みした。

雷が走るような強い刺激が身体を巡り、びくっとセリナの身体を跳ねさせた。

「軽くイったか？　敏感で、いい反応だ。興奮させる」

淫らな肢体だと言われているかのようで、恥ずかしくなる。けれど、彼から与えられる刺激は経験のないセリナには強すぎて、どうすることもできなかった。

「んっ！　あっ……はっ……あぁっ……ん――！」

甘噛みと、舐める行為を彼が繰り返していく。

「美しい楽器のようだな。お前は」

「ひゃっ、あっ！　ん、ぁんっ、んんっ！」

彼女の言葉が震えるからだろうか、それとも淫らな声を奏でてしまっているからだろうか。

必死に何度も抵抗を試みようとはするも、セリナには何もできなかった。両手首を摑まれベッドに押しつけられ、今では彼の逞しい脚までもが、卑猥に太腿に絡められている。

何より刺激で身体が痺《しび》れ、自由に動いてくれなかった。

「は、あ……っ……ぁんっ……う……」

執拗に彼は胸を愛撫し続ける。

しかもセリナを刺激に慣れさせることなく、舐めたり、噛んだり、さらには先端を周りごと吸い出して変化をつけていく。

散々弄《いじ》りまわされ、身体は勝手に火照《ほて》り、疼《うず》き始めた。

――あ、あぁぁ……このまま……わたし……。

熱で正しく機能しなくなった思考で、漠然とセリナは自分の処女が散ることを意識し、諦めからか、身体からは徐々に力が抜けていった。

初めてを奪われる時の理想は、今までその機会に恵まれなかった彼女にもある。

好きな人と、たくさん笑ったあとで、お互い愛おしくなって……。

現実はそんな上手くはいかないと前からわかってはいたけれど、今の状況はあまりにも予想外すぎる――いきなり、見知らぬ場所に飛ばされ、身代わりとして、見知らぬ男性に奪われるなんて。

セリナは、人という獣の一種になって跨《また》がっている彼を見る。

額に汗を浮かべ、金色の髪を微かに揺らす蒼い目の男の姿は怖くもあったけれど、魅力的にも見えてしまう。無理やりされているというのに。

――自分を犯そうとしている人なのに……どうして？

疑問が浮かぶ。けれど、そんな考えさえも次の彼の行動で吹き飛んだ。

「ひゃっ！　い、いやっ！　やめて！」

強い拒絶の声を上げる。

胸以外に刺激を感じて、驚いたからだ。彼の手は大人しくなったセリナの手首から離れ、彼女の腰の下着に伸びていた。

見たことがないだろうそれの感触を触れて楽しむと、手にかける。腰に布が滑る感触に気づき、慌てて止めようと摑んだ。

「隠したければ、次からこんなに薄い布を身につけないことだな」

「ん――――!」

唇を塞がれ、また熱い吐息を吹き込まれる。

同時に邪魔しようとした手を振り払われた。ショーツが彼の手で力強く下ろされる。

半ば引き裂くぐらいの力加減だったけれど、ドレスと違い、それは破れなかった。腰を無意識に捻《ひね》っていたので、片方の足首で留まる。

「蠱惑《こわく》的な格好だな。露になっている」

いやらしい笑みを浮かべると、ギルベルトが身体を押しつけてくる。今度は圧《お》しかかるように全身が彼の肌と密着した。

股の間に逞しい脚が挟み込まれ、乳房は厚い胸板に押しつぶされていく。

唇が一瞬で触れられる距離に、彼の顔があった。

その瞬間――――処女を奪われる時を覚悟し、身体が恐ろしくて、震える。

「恐れるな。楽しさが半減する。大丈夫だ、すぐにお前も喜びの声を上げるようになる」

額に張りついた前髪を彼が手で払ってくれる。

「お願いです……やめて……もう、やめて……ください」

最後の懇願を口にする。無駄だとわかっていても。

「ここまで来て、止められるわけがない……いいから、大人しく俺に奪われろ」

身体が擦《こす》り合わされ、熱いものが太腿から秘部へと蠢《うごめ》いた。

それは彼のどの部分よりも熱かった。火傷する熱さとは違う、芯から伝わってくる熱。

すぐにそれはセリナの収まる場所を見つけ、先端が触れた。

「ん、あっ………」

少し触れただけなのに、肉棒が持つ熱の強さに彼女は震えた。

愛撫《あいぶ》されていたとはいえ、初めての緊張もあって固く閉じたセリナの秘部を、溶けさせるようにギルベルトの熱が押しつけられる。

全身を蹂躙《じゅうりん》するように裸体を押しつけたまま、彼の腰が上下して、彼女の秘裂に沿って擦りつけられた。

さらなる熱を摩擦で呼んだかのように、秘部は反応し、花弁が徐々に赤く染まっていく。

そして、侵入を拒んでいたはずのそれは咲き乱れるように左右へ押しやられてしまう。

「だめっ……入って来ないで!」

理性がそう叫ばせたけれど、効果は微塵《みじん》もなかった。

くちゅりと今まで聞いたことのない卑猥な音が聞こえ、セリナの中に何か異物が入ってくるのを感じた。

「あっ！　ぁああ――――！」

挿入の苦しさと痛みに、激しく声を上げる。

初めてな上に、興奮した肉棒は彼の身体同様に逞しく、彼女の身体には大きすぎる。それでもわずかな愛液を潤滑油にして、押し入ってくる。

「や、め、て！　やめて！　お願い……苦しい……痛い！」

「まさか……純潔とは――――っ、お前がわからない。もっと知る必要があるな」

ギルベルトが一瞬目を見開いたのがわかった。そのまま彼の顔が迫ってきて、唇と視界を奪われる。その間にギルベルトの手がセリナの太腿を掴み、左右に開いた。

挿入の角度が変わり、ほんの少しだけ楽になる。でも、痛みは変わらなかった。

「ぁ、ああっ！　あああ！　やめて……もう……や、め――――」

男の身体に乗りかかられ、脚を広げているという恥ずかしい格好になっていることなど、気にする余裕はなかった。

最後まで言うことは許されず、彼にうるさいとキスで口を塞がれる。

苦しさが倍増したけれど、意識が口と下肢とで散漫になった。それでも彼の突き出される腰の力は強さを増して、痛みと苦しさも比例していく。

愛し合う行為が、こんなに痛く、苦しいものだとセリナは思っていなかった。そこにロマンチックなものは欠片《かけら》もない。

――――もう……駄目……駄目……。

耐えきれなくなり、気絶しそうになったところで、意識を揺さぶるような強い刺激が膣《ちつ》内から全身に広がった。

「あうっ……うっ！」

処女を失ったのだと、セリナは朦朧《もうろう》とした意識の中で思った。

肉棒の侵入を最後に防いでいたものは破かれ、勢いをほとんど殺すことなく、肉棒は膣奥に強く突き刺さっていた。

激しい痛みこそなくなったものの、擦り傷ができた時のようなじんじんとした内からの痛みを感じる。苦しさも変わらない。

劇的な変化は、痛みや苦しさといったものではなく、もっと漠然とした感触だった。

自分の中に、自分でないものを抱えている。

それはぴったりと前から自分の一部だったかのように密着し、収まっている。しかし、伝えてくる強い熱や脈打つ鼓動から、他人のものだと認識させられた。

「俺のものに……なれ……」

共鳴するように、自らの鼓動と熱も強くなり、返す。

やがて、一つになったように合わさり、繋がっていく。

「う……あっ……」

——繋がる。

これが人と繋がるということなのだろうか。

不思議なことに、体内深くで誰かを感じることは安心感を伴っていた。

自分が誰なのか、本当に生きているのか、自問すると返してくれているようだ。

「その調子だ、受け入れろ……」

もちろん、一生で一度しかない初めてを、見知らぬ男にいきなり奪われたことに怒りや不条理さはある。それでも感じずにはいられなかった。

人と人が繋がる意味を、喜びを。

——この人はわたしを……大切にしている?

深いところで繋がっているからだろうか、そんなことが伝わってくる気がした。

ギルベルトはセリナの初めてを無理やり奪ったとはいえ、乱暴したのとは違っていた。

叩かれたり、汚い言葉を投げかけられたりしたわけではない。

彼女と繋がり、交わりたいという気持ちは純粋なもので、暴力的な感じはしない。今も彼は欲望を抑え、必死に腰を動かそうとしたいのを我慢しているのがセリナにはわかった。

だから、絶望的な気持ちにまではならない。

あまりに突拍子もない出来事が続いたせいで、感覚が麻痺《まひ》してしまっているのかもしれないけれど。

「そろそろいいな」

「あ……駄目っ……動かない、で……ああっ！」

セリナの苦しかった息が整い始めたのを確認し、ギルベルトが腰をゆっくりと引き始めた。

「あ、ああっ！　ああああ……！」

挿入される時とも違う、密着したお互いの性器が擦れ合う強い刺激が、彼女に甘い声を上げさせた。

刺激を逃がさないと、意識まで刈り取られてしまいそうで、わかっていても淫らな声が漏れてしまう。

セリナは必死にシーツを握り締め、刺激に耐えていた。

「んっ……あっ……ぁんっ！　あああ！」

入り口まで戻ったかと思うと、また彼が突出し、奥へと入っていく。ゆっくりとでも、それは彼女の膣奥に到達すると先端を曲げるほど強く押しつけられた。

先端と奥とが触れ合うと、膣襞《ちつひだ》が擦られるのとは比べものにならない刺激がセリナを襲い、腰が震える。

神経をじりじりと弄られているような、そんな感じが押し寄せていた。

ギルベルトはそんなセリナの脚を摑み、リズミカルに腰を前後させていく。

興奮ではなく、傷をつけないため条件反射的に溢れ出した愛液が膣と肉棒の間を満たし、それが淫靡《いんび》な音となって聞こえ始めた。

豪華な天蓋つきの王女のベッドも、男の重みと動きにギシギシと悲鳴を上げている。

そんな音さえも卑猥に聞こえてしまうのは、彼女の身体が淫らなものになってしまっているからだろうか。

広い部屋にもかかわらず、性交による熱気が充満し、噎《む》せるような熱さと独特の匂いが満たしていた。

この部屋に今あるものすべてがセリナを興奮させようとしているようで、実際に身体の火照りと身体の中心からくる疼きは増していくばかり。

「はっ……んっ……あ、ぁあっ！」

唇や胸と同じように、ギルベルトの行為はただ繰り返すものではなく、彼女の反応を見て変化をつけていく。

角度だけでなく、リズム全体も変わる。ただ、一定なのはその加速度だった。

初めはセリナの身体を噛み締めるように、味わうようにゆっくりだった抽送も、徐々にではあったけれど、速さを増していく。

そして、上から膣奥を突き刺すように、腰を叩きつけるような強いものに変わっていった。

「うっ……あっ、う……ああっ……！」

ベッドはふわふわだったので、身体がより強く揺さぶられ、酔ってしまいそうになる。

露になっている肌にはうっすらと汗をかき、彼の肌と合わさる度に淫らに張りつく。見るとギルベルトも額に汗を浮かべ、腰を振っていた。

——何度も来る……わたしの奥に……くる。

休む暇もなく、一心不乱に腰を振り続ける彼の肉棒は、何度もセリナの中に入り、ノックするように子宮を叩いた。

膣奥に押しつけ、それでももっと奥へ行きたいという意思を示すようにぐりぐりと擦りつけてくる。その度に痺れるような刺激と快感が訪れ、彼女は声を上げた。

これは決して、愛する者同士の行為ではないけれど、交わることには違いない。

セリナにとっては今までの経験で、これほど強烈に生と性を意識することはなかった。

「……っ！」

不意に見えた彼の顔が歪《ゆが》む。

何か激しい感情を抑えているようだった。同時に今まであれほど一定のリズムを刻んでいた抽送が乱れていく。

「あ、うっ……ぁ、あああっ！　んぅん！　ぁあああ！」

——彼のが……暴れて……る……ん、んぅん！　耐え、られない！

角度が挿入の度に変わり、膣が激しく擦られるというよりも削られる。肉棒の硬さをセリナは嫌というほどに感じさせられた。

それが終わりに近づいて、彼も欲望を抑えることができなくなっているのだと、なんとなく感じ取った。

でも、経験もなく知識もそれほどでないセリナにとって、何をすればいいのかわからない。

ただ、鋭さを増していく抽送の快感に喘ぎ続けるだけだった。

「あんっ！　ん……っ！　あ、あ、ああっ！　ぅんん！」

「良い声だ。それも奪いたくなる」

全部を奪おうとするように、抑えてはいるが興奮した声でギルベルトが言うと、本当に唇を塞いで、声を奪った。

シーツを握り締めていた手も上から覆われる。

口も、手も、覆い被さっている胸も——そして下肢も、ギルベルトとセリナは触れ合ったまま、絶頂に上りつめていった。

箍《たが》が外れたかのように、彼が力強く腰を振る。

お互いの身体は充満した淫らな空気を纏いながら、激しく衝突を続けた。

「ん、あ、ぁああっ！　あっ！　ぁああっ！　駄目……駄目、っう！」

何が許されないのかセリナ自身にもわからない。無意識にそう叫んでいた。

快感と刺激の波に襲われて淫らに震える彼女の身体を、ギルベルトは何度も何度も熱杭《ねっくい》で突き下した。それはベッドに打ちつけるかのようで、シーツが深く沈み込む。

木製の寝台が軋む音も、愛液の立てる水音も、二人の荒い息遣いも——淫らなものはすべてが大きく、強くなっていく。

勢いをつけて、膣奥へ肉杭を打ちつけられる感触に、セリナは今まで覚えたことのないどこか身体の奥の奥からわき上がる強いものを感じた。

それが何なのかもわからず、呑み込まれる。本能的に抑えようとしたけれど、堪《こら》えられたのは一瞬で、手足の先から脳天までその強い快感に犯され、全身が激しく波打った。

「ん、あ……んんんっ！　んっ……んっ……んぅぅ……」

激しい嬌声を上げながら、セリナが絶頂に達する。

手足だけでなく、膣内も痙攣《けいれん》し、挿入された肉棒を強く締め付ける。これ以上なく、彼と繋がっているのを実感した。

「……くっ！」

ギルベルトの口から抑えていた力が逃げるような声が発せられる。直後、彼もセリナを追うようにして腰を震わせ、達した。

「あ……ん、あぁぁ――――」

自分の体内が他人によって一斉に満たされていく。

その感触に浸り、それが何なのか考える余裕など絶頂した彼女にはなかった。ただ、熱いものが、身体を満たしていく。

――奪われた……彼に……わたしのすべてを……。

それだけは朦朧とした頭でもわかった。

ここにいる理由も、意味も……何もかも、わからないまま、自分は奪われたのだ。

「………」

彼が熱い息を吐きながら、無言でセリナへ身体を預けてくる。

熱を持った彼の肌が彼女のそれと再び重なり、一つの影になった。

「キスは……上手いな。俺で上達したのか、上出来だ、王女」

「――違……う、王女じゃない。世里奈……」

セリナは最後の抵抗で喉を震わせた。

「セリナ……ああセリスディアナ王女だったな。結局、お前の本性を見抜くことができなかった。身体に聞こうにも、まさか処女だったとは、興味深い」

――違うのに。偽者……なのに。

否定する力は、もうどこにも残っていなかった。

セリナにシーツを被せたギルベルトはすでに鎧をつけている。

抱かれたまま夜は更け、いつの間にか朝日が昇ってきていたようだ。

「略奪は終えた。帰還する」

塞がれた窓のせいで部屋は仄暗《ほのぐら》い。けれど、ギルベルトが立っている窓からは細い光が幾筋も流れ込んできていて、彼の髪と鎧を眩《まぶ》しく輝かせていた。

セリナは王女の部屋からシーツに包まれたままで、がくんがくんと揺れながら城の回廊を見ていた。

「一人で歩けます、抱えないで……っ」

両手足が自由にならない。セリナが胸から下にドレスみたいに巻きつけたシーツの上に、ギルベルトがさらに両腕ごと拘束するように別のシーツを巻きつけたのだ。

「こうして持つのが一番楽だからな」

そして、戦利品でも持ち帰るように、セリナを肩に軽々と担いで回廊を外へ向かって歩いていく。付き従う兵士たちはセリナのことを何も咎《とが》めたり、疑問の顔を向けてきたりはしない。

全員がきびきびとした動きで、城の中庭へ出ると、それぞれの隊へと分かれていく。じたばたしているのはセリナ一人だった。

規律正しく跳ね橋を埋めている兵士の蒼い軍旗、しかし、よく見ると緑の軍旗が中庭と跳ね橋を繋ぐ位置にまじっている。それを見て、ギルベルトが顔をしかめたのがわかる。

軍旗の下にいる白銀の鎧をつけた男が、顔を輝かせてこちらを見た。

ギルベルトを見て、それから、セリナを不躾《ぶしつけ》な目で見る。嫌な視線だ。

「兄上！　シピトリアの王女を捕らえたと聞きました。処刑の準備はできていますよ」

「しょ、処刑……って」

セリナは男の口から飛び出してきたとんでもない言葉をどう受け止めていいかわからず、目を白黒させた。どう考えても流れではセリナの処刑だろう。

「おやおや、したたかな女狐と聞いていたのに怯えていますね」

「シルヴィオ。勝手に触るな」

セリナに伸ばされたシルヴィオと呼ばれた男の手をかわすように、ギルベルトが足を速める。

「お待ちください兄上、それでは兵が納得しません。今後の士気を高めるためにも亡国の王族は極刑、連れ帰っても役には立ちませんよ」

さらりと恐ろしいことを言ってのける顔をセリナは怖々と見た。ギルベルトを兄上と呼ぶことからして弟の皇子だろうか。

弟皇子の姿は大柄なギルベルトに対して、背が高いところは同じだったけれど、身体は細く、全体的にすらっとしている。兄よりも艶のある金髪をしていて、深い森の緑色をした瞳からは知的な印象を受けた。しかし、それは非情でもありそうだという意味で……。

もうこれ以上、危険で恐ろしいことは過ぎたと思っていたのに、セリナの頭の中で激しく警鐘が鳴る。

「それとも、兄上ともあろうお方が、もうこの女に籠絡されてしまったとか？」

「城を落としたのは俺だ。くだらん挑発をするな」

ギルベルトがセリナを地面へ下ろす。そこは平らではなく、薪《まき》の山だった。シーツごしにも足に固い木が当たり、尖った細い枝がシーツに刺さってくる。

——なに、この地面？

「シルヴィオ、言っておくが〝シピトリア戦での増援は不要だった〟。安全になった今さらやってきても手柄はやらんぞ」

「わかっております。僕と我が兵は、シピトリアの秩序回復に協力しにやってきたのですよ」

セリナは二人が話し込んでいるすきに、上のほうのシーツをなんとか剝がした。残る一枚が落ちないように確認して、逃げ出す方向を探るもセリナを取り囲む視界には兵士しかいない。

それに足場が悪すぎた。チクチクして、でこぼこで歩きにくい。よろけてしゃがみ込んでしまう。

「お前が介入すると、荒れる。必要のないことだ。略奪を許した期間はすでに終わった。城下の回復は俺の役目だ」

「なっ……!? い、いや……僕は純粋に兄上の力になろうと」

取り繕ったようなシルヴィオの声。状況がわからないセリナにも、シルヴィオが利益を期待してここへ来たのがわかる。

「でしたら、せめて処刑のことは僕に――先ほど運び込ませて用意しました。執行しなければ兵も皆、納得しませんね」

「お前と、お前の兵が、だろう……悪趣味な奴だ。勝手にしろ」

ギルベルトが素っ気なく言い放ち、セリナを見ずに離れていく。

――なに?

いやな予感がして、セリナは足場の悪い中、立ち上がった。ちょうど支えになりそうな木が立っていたので、それに手を添える。

ふと、違和感を覚えた。

木が生えているにしてはその角度が不自然に真っ直ぐすぎる。

薪の中に丸太が立てて……ある?

――ここ……は、どうして気づかなかったの!?

薪の間にあるのは小枝と藁《わら》、木だと思っていたのは丸太の支柱。

「火あぶり……！　わ、たし……を！」

小さく叫んでその場から逃げ出そうとしたセリナを、シルヴィオと彼の兵が逃がさなかった。

太いロープで丸太にセリナを縛りつけていく彼らの顔には、残酷な笑みが浮かんでいる。

「いやっ……離して！」

――どうしよう、このままだと、火あぶりで処刑されてしまう！

緑の軍旗がセリナを取り囲み、一メートルほど高くなった彼女の視界で、蒼い軍旗がゆったりと、優雅な河の流れのように跳ね橋を渡っていく。

セリナは思わずギルベルトの姿を探した。彼は蒼い旗のちょうど中央で、逞しい体軀《たいく》の黒い馬に跨り、馬首を返してセリナを見ている。

「助けて……っ！」

今なら目が合って、声も届くかもしれない。

「火をかけろ！　女を燃やせ――」

シルヴィオの非情な声に、ゴウッという音がして、赤い炎が揺らめいた。

それはあっという間に灰色の煙を放ち、恐怖と共に熱が下から這い上がってくる。足はすでに熱を感じる。まだ、火傷をするほど近くはないけれど、すぐにでも高温になってしまいそうだ。

「うっ……いや……熱いっ！」

足裏に感じる熱が強くなった気がして、セリナは身をよじった。けれど、ロープも支柱の丸太もびくともしない。

視界は煙だらけで目を開けると沁《し》みる。もう、ギルベルトの姿も、シルヴィオと彼の兵の姿もはっきり見ることができなかった。

叫んだ拍子に煙を吸い、せき込む。苦しくてもうここで本当に死んでしまうのだと思う。

パチパチと薪が燃え、爆《は》ぜる音が近くなってくる。さっきよりもはっきり熱さを感じた。

――いや……。

大きくせき込んで、セリナは涙目になりながら瞳に最後の光景を焼きつけようとした。

さっきと同じ、目に沁みる煙の世界、ちらちらと目の端に入る赤い炎。

それから煙の上にある青い空と――黒い……。

「えっ……？」

黒い――？

身体が浮いたのと、すごく近くでバキッという音がしたのは同時だった。

黒い鎧と黒い馬、それからギルベルトの顔。

彼が炎に飛び込んで馬を駆り、支柱を折って蹴倒したとわかったのは、セリナがギルベルトの剣によってロープを切られた時だった。

浮いたと思っていた身体が、馬上で俯《うつぶ》せにギルベルトの手により押さえつけられている。

「兄上っ！　何を‼」

慌てながら責めを含んだ声でシルヴィオが叫んでいた。

「火刑《かけい》は姿が残っていたら無罪だったな。黒曜石の髪は燃えない、残念だ」

言いながら、ギルベルトがセリナの髪を梳《す》く。そして、縮れた髪一本ないのを確かめて満足げに目を細める。

火刑の支柱を馬で蹴倒す行為に、兵たちが恐れ慄《おのの》き、ギルベルトの周りのシルヴィオの兵士が規律を乱してあとずさりしていく。

見計らったようなタイミングで、折れた残りの丸太が炎に包まれていく。火が爆ぜる音、やがてガラリと燃え落ちる支柱。何人かの兵が声を上げて後ろに飛び退いた。

舞い上がった火の粉の中でギルベルトの顔が煌々《こうこう》と映し出される。

――覇王……強い。

腹が立つ顔なのに、この腕に捕らえられている間は安全だと思えてしまう。

「僕の処刑を邪魔するのですか？」

唖然《あぜん》としていたシルヴィオが瞳に色を戻し、ギルベルトへ詰め寄ってくる。

「処刑は終わった、この女は賓客として俺の城に連れて行く。政治に口を出していたという噂も聞く。シピトリアの統治のためだ」

――よかった……助かった？ ギルベルトが助けてくれた……。

熱さと煙から解放されて、セリナは安堵の息を吐いた。

「王族を根絶やしにしなければ、安定はしません。反対ですね。兄上の考えていることは意味がわからない」

「俺にはお前の考えのほうが、わからん」

ギルベルトはロープを解いたセリナの身を起こして、彼の前の馬上に座らせた。

力が抜けて崩れ落ちそうになるセリナの身体を後ろから抱きかかえてくる。

「そう責めるな、シルヴィオ。お前とお前の兵が望む行為もたっぷりと敗戦の王女には味わってもらう。この身をもってな！」

言いながら、ギルベルトがセリナの胸をシーツごしに掴み、揉む。

「いや……っ！ ん――」

その強さと、兵士の前で辱められた衝撃に、力が抜けていたセリナの身体がびくんと跳ねあがる。抗議するようにギルベルトへ向かって叫んだ唇を、ねっとりと彼の唇で塞がれた。

「んんっ……ん……あっ……ん……んん――」

ギルベルトの行為に、緑の旗を持った兵士が歓声を上げて称えていく。

辺りは処刑を始めた時よりも士気が上がっていた。

馬車の窓に、今までいたシピトリアの王城がかがり火に照らされ、小さく映っている。

セリナにはそれを懐かしく思うことはなかった。巨大な中世の城とそれを包む広大な闇に圧倒されるぐらいだ。

彼女がいるのは、ハイルブロン帝国へ向かう馬車の中。

セリナを火刑から救ったギルベルトは、セリナの黒髪を指先で弄りながら余韻《よいん》に浸ってから、侍女を二人つけ、城を出る準備を整えるように命じた。

監視役兼誘導役のキルケがどこかへ連れて行かれてしまったので、セリナには彼の言葉に従うしか選択肢がなく、大人しく馬車に乗った。

——命だけは助かった……あんなことを人前でされたけど……。

「セリナ様、寒くはありませんか？」

向かいに座る紫のドレスに、レースがついたエプロン姿の女性が、明るい笑みを浮かべながら訊ねてくる。彼がセリナにつけたエイルという名の侍女だった。

青みがかったクルクルした銀の髪を耳の下で左右に結い、人懐っこい灰色の瞳をしている。

見た目からすると、歳はあまり変わらないぐらい。引き合わされた時から明るい笑顔を絶やさないのは、きっと前向きでいつも笑っているからなのだろう。

おそらくは、母国が陥落して落ち込んでいると思っているセリナを必死に元気づけようと気にしてくれ、馬車の中で、乗った時からしきりに話しかけてくれる。

おかげで、知らない場所に一人で放り込まれた孤独に苛《さいな》まれることはなかった。

「……はい。大丈夫です。寒さには強いほうなので。ありがとうございます」

「わたくしたちに敬語は必要ありません、セリナ様」

同乗するもう一人の侍女に、言葉遣いを指摘されてしまう。

彼女の名前はフロリア。エイルと共に、セリナの世話を命じられたもう一人の侍女だ。

紺色をした纏め髪に、翠《みどり》の瞳。髪と同じ紺色のドレスに飾りの少ないエプロンをつけた、少し年上で、落ち着いた雰囲気のある侍女だった。

言葉は時々きついけれど、そこにも優しさや相手への敬意を感じられる大人の女性で、今、馬車に揺られているセリナの身体を拭き、髪を梳き、手足に火傷がないか点検するように水で冷やしたあとで、王女の部屋から優しい水色のドレスを選んで着せてくれた。

人に触れるのに慣れているのか、看護師に触れられた時のように、セリナの緊張続きだった身体がほぐれた瞬間を覚えている。

それは、今こうして話をしている時間も同じで、気遣いのこもった扱いに気持ちが段々と和らいでいた。

会って数時間しか経っていないけれど、セリナはエイルとフロリア、二人の侍女が、好きになっていた。王女にとっては新しい侍女になるのだろうけど、人に傅《かしず》かれたことがないセリナにとっては戸惑うことも多い。

ふと……セリナは本物の王女を思い出した。侍女のドレスを奪い、アンダードレスに外套を羽織らせるようなやり方……あんなギスギスとした関係は胸が痛む。

どうにか助かったとはいえ、セリナは、キルケの行方だけはやはり気になっていた。

フロリアに聞くところによると、捕虜として牢《ろう》に連れて行かれるらしい。

「ええと……エイル、フロリア。これからお願いします」

「ひとこと、頼みます、で結構です。セリナ様」

「わかりました……フロリア。できるだけ、慣れるようにします」

「でも、侍女にまで敬う言葉を使われていたなんて、セリナ様って優しいお方なんですね」

エイルが不思議そうに首を傾《かし》げる。

――それは……誤魔化さないと。

セリナは引き攣《つ》った笑いをした。優美に誤魔化し笑いをしたつもりだったのだけど、いきなりは上手くいかないみたいだ。

一国の王女であれば、きっと顎で使用人たちを使うのは日常的なことのはずだ。ギルベルトには自分が王女ではないと言って、結果的に信じてもらえなかった。これからどうするかは迷ったけれど、今は王女として振る舞ったほうがいいとセリナは結論づけていた。

よくわからないが、身体を休めろと彼は言った。

それは、王女に対しての労《いた》わりだったのかもしれない。

否定したはずが、すっかり偽者を本物だと信じ込まれてしまっている。

実は身代わりだったと今、気づけば、ギルベルトは恥をかかされたと激怒して自分に酷《ひど》いことをするかもしれないし、扱いも酷くなるだろう。

捕虜となりキルケのように牢――は、入りたくない。

火あぶりも、もう思い出したくもない。兵の前であんな屈辱的なことをするギルベルトにも近づきたくない。

――もう、こんな場所、いや……。

それに本当のセリスディアナ王女は去り際にもう一度会えれば、褒美をくれると言っていた。

このまま黙って王女を演じていれば、その時に元の世界へ帰る手助けをしてもらえるかもしれない。

打算的に嘘をつくのは少し心が痛むけれど、仕方のないことだとセリナは自分に言い聞かせ、偽り続けることにした。

幸い、侍女の二人はセリナのことを王女と呼ばずに、名前で呼んでくれるから心が痛まなくて済む。

「ご、ごめんなさい。色々と……まだ混乱していて……」

「心中お察しします、セリナ様。うるさい侍女で申し訳ありません」

つい誤魔化すというよりも謝ってしまうと、フロリアが目でエイルを非難しながらそう言ってくれる。

「い、いえ。話しているほうが、気分が晴れますから。あの……色々とお話を聞かせてくれますか？　帝国のこととか」

「もちろんです、わたくしたちが知っていることでしたら、どんなことでも。セリナ様が帝国を知るお手伝いができることを嬉しく思います」

答えたフロリアの横にいるエイルも大きく頷《うなず》いた。

――身代わりのことがバレないよう、慎重に質問していかないと。

自分はあまり外に出ない世間知らずな、深窓の姫君ということにして、セリナは頭の中を整理しながら二人に質問していく。

初めに彼女は、電気も動力もないようだったので過去に来てしまったのかと思っていた。だから、今自分がどの時代にいるのか見当をつけようと考えた。

怪しまれないようにしながら、聞き覚えのある国の名前が出てこないか、フロリアに隣国の名前を色々と挙げてもらったけれど、憶えのあるものはない。

ここは過去ではない。違う世界だろうか。いわゆる異世界？

「では、同じ大陸内で帝国に勝る大国はないという……こと？」

年上の人に敬語を使わないのは抵抗があったけれど、郷に入れば郷に従うものだと考えて、なるべく気軽な言葉遣いにしてみる。

もし、敬語を使い続けて、二人がギルベルトから叱られ、他の侍女と交代させられたら困る。ここに来て、初めて落ち着ける場が侍女二人と一緒にいる時だったからだ。

「はい。その……シピトリア王国を吸収した今、我がハイルブロン帝国はまぎれもなく大陸一の国土と民を持つ国家ということになります。残るは少数民族と南の小国だけですから」

「へぇ～、そうだったんだ」

エイルが相槌《あいづち》を打つ。

セリナが質問役、フロリアが説明役。そして、なぜかエイルが聞き役になっていた。

「あなたはもう少し学ぶべきだと思いますよ、エイル。こうして、セリナ様に話す機会があったでしょう」

「そう言われると、返す言葉もありません」

侍女の二人が明るくやり取りしてくれるので、馬車の中の雰囲気が悪くなることはないし、セリナ自身もそのやり取りを見ているのが楽しかった。

その後も質問は続き、セリナは様々なことを知ることができた。

この世界には電気や蒸気といった動力もまだなく、火薬はあるけれど、実用化されていないので、当然銃もない。自分の元いた世界から考えると中世時代に当たるようだ。

文化的な段階の違いを除けば、セリナの常識は通じること。つまり、魔法や驚くような動力といった彼女からしたら不思議なものは何もなかった。

北の国は年中雪で覆われ、南の国は常に暖かい、おそらく縦長の大きな大陸の中央付近に今、セリナたちはいること。

侍女二人の母国であるハイルブロン帝国は、大陸の中央を統べる大国でギルベルトの父が皇帝になってから、というよりもギルベルト皇子が軍を率いるようになって敵なし。次々と隣国を吸収している。

セリスディアナ王女のシピトリア王国は古く歴史もある国で、その血筋は各国に流れていて、友好的な国が多い。

だからこそ、帝国はシピトリアが各国を連合させる前に攻めたらしい。

その大軍を率いた皇子はセリナをどうするつもりだろうか。尋問されたり、痛いことをされたりしたら、セリナはあっさり折れてしまいそうだ。

彼の存在は怖い……そして、嫌いだけど。できれば、機嫌を損ねることはしたくない。

「その……ギルベルト皇子ってどんな人？」

その名前はしばらく口にしたくなかったけれど、知らなければなんの対策もできないと、セリナはどちらの侍女にでもなく訊ねた。

名前を出した途端に、頭の中で彼の記憶が蘇る。

いきなりやってきて、自分に淫らなことをしただけでなく、処女を奪っていったのだ。挙句に馬上で胸とキスまで………冷静になった今、セリナには彼への怒りがふつふつと込み上げてきた。

——ひどすぎる。無理やりなんて。でも……。

火あぶりから、助けてくれた。

燃えている炎が彼は怖くないのだろうか。

それに……。

認めたくないけど、ギルベルトの手の感覚、身体の感覚がセリナにはたっぷりと残っている。

強烈な記憶も——。

初めてだと知った時、彼が焦った様子と……気遣いを感じた。

セリナを気持ちよくさせようと、優しく愛おしく抱いていたようにも思えて……。

だからだろうか、怒りはするけれど、絶望感はない。ショックだけど、敵意剝き出しな嫌悪感は抱かないし、彼の仲間の侍女とも仲よくできる。

──奪った敵国の皇子なんだから。

自分の身体を無理やり奪った人に何を思っているのだろうと、セリナは頭を振った。シヨックで正気を失いかけているのかもしれない。

「ギルベルト様は……この帝国をお救いになった方です」

セリナが落ち着くタイミングを見計らって、彼女の質問にフロリアが答える。

「あの方が成人され、軍の先頭に立たれるまで、帝国は大陸の中央にあり、シピトリア王国を始めとする周辺諸国に囲まれ、常に領土を脅かされ続ける国でした」

フロリアが窓の外、遠くを見つめる。

「私の生まれた村は国境に近くて……隣国の兵がやってきては、何度も略奪や焼き討ちにあって。その度に怯えて、村のみんなで洞窟に隠れて……」

俯きながら呟いたエイルの手をフロリアがそっと包み込んで、あとを続ける。

二人に辛いことを思い出させてしまったようだ。

「ギルベルト様はそんな疲弊した帝国を変えてくださいました。隣国に怯えて暮らさなくて済むようにしていただいたのです。戦に出て勝つ純粋な力だけでなく、軍の仕組みを変え、隣国を牽制《けんせい》し、簡単に攻め込ませないように」

「だから、ギルベルト様は覇王ってみんなから呼ばれているんです。まだ皇子様なのに」

くすっとエイルが笑いながら口にした。

「将来、皇子が皇位を継がれる時、大陸すべてを支配し、戦はなくなる。そういう意味を籠《こ》めてだそうです」

フロリアも微笑みながらつけ加える。

「覇王は……普段……どんな人？」

二人が話す彼の姿は一面だけだというのは、セリナもわかっていた。けれど、少なくともこの二人からは慕われているのもまた事実だ。

そして、自分の身体を奪った人というのも、一面でしかない。

「確かに気性の激しい方ですので、敵は多く、勘違いされやすいですが、とてもお優しい方です。優しすぎるのだと思います……」

そこまで話したところで、フロリアがふっと視線を下に動かす。含みを持つような語尾に、そこに何が隠れているのか聞いてみたかったけれど、やめておくことにした。

あまり踏み込みすぎると、今度は距離を取られてしまうかもしれない。

あれほど明るかった馬車の中も、悲しく、寂しい空気が漂う。今度はセリナのほうから雰囲気を変えようと、話題を探した。

「そういえば、わたしのバッグってどこにある？」

「バッグ？　お持ちでしたあの珍しい鞄《かばん》のことでしょうか？　セリナ様の言いつけ通り、わたくしがしっかりと保管しております」

フロリアは屈《かが》みこむと、座席の下からセリナには馴染《なじ》みのあるスクールバッグを取り出してくれる。

この世界にはないものばかりかもしれないので紛失すると色々問題になると思い、持ち歩きたいと馬車の中まで離さないでいた。

「ありがとう、ちょっと待ってて」

確か、いつも入れていたはず。

セリナはフロリアからバッグを受け取ると、ガサガサと中を漁《あさ》る。

目的のものは、すぐに見つかった。

「お近づきの証《しるし》に、あげる」

びっくりさせないように中身を剝いてから取り出すと、二人に一つずつ渡す。

「これ……何です？」

興味深そうに、でもおっかなびっくり、手渡された小さな丸いものをエイルがじっと見つめながら聞く。

「飴《あめ》……だと知らないかも……えっと、お菓子。食べてみて、いきなり嚙んだら歯が痛いかもしれないから。こうして、口に含んで舐めるの」

おかしなものでないとわかってもらうためにも、セリナは硬めのビニールで左右を絞るようにして包まれた飴をもう一つ取り出すと、口に入れてみせた。

この世界に飴があるのかはわからないが、二人の反応を見る限り珍しいもののようだ。舐めた途端に侍女たちが驚いた表情になる。

「すごく甘いっ！」

「……砂糖の塊でしょうか？　いえ……微かに果実の味がします」

エイルがその甘さに声を上げ、フロリアが興味深そうに呟く。

「たぶん、そう……」

食紅なども入っているが、大部分の原料は砂糖のはずだ。

「っ！　こんな高価なものをいただいてしまって、本当にありがとうございます」

「たくさん持っているから気にしないで」

大げさすぎるほどに、フロリアが礼を述べる。

砂糖はまだまだこの世界では、高価なのかもしれないとセリナは思った。

数種類まぜて持ち歩いていた飴は、彼女のバッグにはまだ数十個も入っている。

「鞄も、このお菓子も、シピトリア王国ってやっぱりすごいんですね。帝国ではどっちも見たことありませんでしたよ」

気に入ってくれたようで、エイルは頬っぺたが落ちそうな満面の笑みを浮かべている。

「そ、それはどちらも他国の献上品なの。ええと……大陸の外……西の島国からの」

「大陸外にまで……シピトリアの外交網の広さに感銘いたします」

セリナは咄嗟に適当な言い訳をしたけれど、二人はそれを信じてくれたようだ。

でも、これからバッグの中身を人に見せる時は、注意したほうがいいかもしれないと彼女は感じた。あまりに不自然なものだと、本当に王女なのかと怪しまれてしまう。

――そういえば、何が入っていたっけ。

侍女の二人はまだ飴と外交の話をしていて、こちらに注意を向けていなかった。それでも、見られないようバッグの外に出さずに、中身を調べていく。

鞄の中には、当たり前のことだけれど、特別なものは何も入っていなかった。

いつもセリナが持っているものばかり。

教科書や文具などの勉強道具に、裁縫キットやヘアゴムといった雑貨、化粧ポーチにヘアスプレー、あとはハンカチにティッシュやリップクリーム、飴やお菓子。

隅々まで探っていると、内側のポケットからスマートフォンが出てきた。

もしかして通じるかもしれないと思い画面を見る。動きはしていたけれど、圏外になっていて通話できそうになかった。

ここで何かの役に立つとは思えなかったけれど、一応電池が切れないようにと電源は切っておく。

最後に弁当箱の入った巾着袋を調べる。中身は――――カラだ。

――そうか、わたし。家に帰ってきたところだった。

この世界に飛ばされた時のことをセリナは思い出した。

※　※　※

それは何も特別なことのない平日。

いつものように朝起きて、学園で勉強し、友達と少し寄り道をして、夕方家に帰ってきた。

母は夕食の買い物に出掛けたようで姿はなく、父も帰宅にはまだ早い。

家には誰もいなかった。

自分の部屋に入ると、制服を脱いで部屋着に着替えようとする。しかし、バッグを床に置きかけたところで世里奈は部屋の中に置かれた見慣れないものに気づいた。

「何これ、いつの間に？」

世里奈の部屋に置かれていたのは、装飾が見事なアンティークの白い鏡台《ドレッサー》。縦長の楕円の形をした大きめの鏡がついていて、縁には細かに花や蔦の模様が彫られている本物の年代物だった。

あちこちに金色で模様が細かく装飾されている上に、脚はあとでつけ替えたのか真新しく塗られた可愛《かわい》らしい猫足。鏡と釣り合うように机部分も大きい。おかげで、世里奈の部屋を前よりもずっと狭くしてしまっている。

友達に見せたら、可愛すぎるときっと笑われてしまうだろう。

「きっと、お母さんだ。また、もう……」

西洋のアンティーク家具や小物が好きな母は、時々こうして一目ぼれをしては、父にばれないようにするためか、世里奈の部屋へ勝手に置いていく。

家計を圧迫するような高価なものを買ってきたことはないので、可愛い趣味だと父も怒ったことは一度としてないのだけれど、それでも母は後ろめたさか、共犯にするためか、買ってきたものの一部を度々世里奈に押しつけた。

――でも、今度のはちょっと高そう。

所々、宝石がはまっていたらしき場所もある。そこは綺麗にヤスリがかけられていて、修理のためか何度か手が入っているようだ。

洗練されたデザインは、素人目にも値が張りそうだ。

「帰ってきたら、一言ぐらいは釘をさしておかないと」

世里奈の中に母の血が流れているのは間違いなくて、そんなことを呟きつつもこの中世の雰囲気漂う鏡台を気に入り出していた。

部屋にはかなり不釣り合いだけれど、なんだか妙に引かれる魅力がある。

――――さっさと着替えて宿題を片付けよう。

「……!?」

着替えに戻ろうした時、不意に鏡に映る景色が蜃気楼《しんきろう》のように揺らいだように見えた。

驚いて、世里奈が鏡台をじっと見つめるも、そんなことはない。

映り込んだ何かが動いたせいで勘違いしたのかと部屋を見回したけれど、窓を開けていないのでカーテンが揺れたりするはずもない。片倉家では、ペットも飼っていない。

試しにバッグを持ち上げ、鏡に映してみるも――――特におかしなところなどなかった。

――――気のせいかな？

世里奈は首を傾げ、何も考えずに鏡台の椅子に座って鏡を正面から覗《のぞ》き込んだ。

「え……!?」

するとカーテンが引かれた部屋のはずなのに、鏡面が激しく光を反射していた。眩しさに思わず彼女は目を瞑る。

瞬きをして目を開けた時――――。

世里奈が立っていたのは、シピトリア王城の王女の部屋だった。

見事な縁とその外側に模様が装飾され、ルビーが吊るされている純白の鏡台の前……………。

※　※　※

――――鏡!?

ハッとして、セリナは閉じていた瞼《まぶた》を開けた。

出発した時は夕暮れ前だったが、今は窓から漏れる明かりは完全になくなり、馬車の外には夜の闇が広がっている。

向かいに座る侍女二人は、目を瞑っていたセリナが緊張による疲れで眠っているものと思ったのだろう。そっとしておいてくれたようだ。

今はフロリアの肩にエイルが頭を預け、仲の良い姉妹のように眠りこけている。

――――鏡……自分の部屋にあった鏡と、ここで最初に見た鏡、似ている気がする。

家にあったのは宝石など使われていなかったし、装飾がないため一回り小さく見えたけれど、王女の私室で見た鏡台とは雰囲気が似ていた。

所々を直し、高価な宝石を取り払えば、同じといえなくもない。

加えて、家で最後に見たのも鏡、こちらで最初に見たのも鏡。セリナには、二つが別の世界を繋いだように思えてならなかった。

そうだとすれば、帰るにはあの鏡台が必要かもしれない。

「城に戻れば……帰れる!?」

思わず、セリナは声に出してしまい、口を手で押さえる。

幸い侍女たちは、その声で起きることはなかった。彼女たちも戦地を連れ回され、慣れない馬車の旅で疲れているようだ。

――――ごめんなさい、エイル、フロリア。もっと一緒にいたかったけど……。

――――シピトリア王城の鏡からなら、帰れるかもしれない、自分の世界に。

心の中で二人に謝ると、セリナは音を立てないようにそっと馬車の窓のほうに寄る。

帰れるかもしれないと思ったら、迷いはなかった。

馬車から逃げ出し、最初にいたシピトリア王城に戻ることをすぐに決断し、実行することにした。

侍女たちが眠っていて、夜道で速度の落ちている今がチャンスだ。

――開かない。

扉に触れて、取っ手らしきものを入念に探したけれど、見つからなかった。

乗った時のことを思い出すと、外側から御者が閉めてくれていたように思う。どうやら、内側からは開けられない仕組みになっているようだ。

御者に声をかけて、開けてもらった隙に逃げることも考えたけれど、知られてしまうとすぐに捕まってしまう可能性が高いし、侍女たちを起こしてしまう。

なんとか自分で開けられないかと思案していると、扉の換気用の小さな窓の上部が少しだけ開いていることに気づいた。

セリナの腕ならば、無理すれば入るぐらいの隙間に見える。そこから手を伸ばせば、外側の取っ手に触れることができるかもしれない。

――もう……少し……届いた！

痕ができるほど腕を窓に押しつけ、手を必死に伸ばすと指先に金属が触れる。それを下へ押しやるとカチンという高い音がして、馬車の扉が少し開いた。

外に飛び降りるタイミングを計るけれど、外は真っ暗で、セリナには道の両側がどうなっているのかわからない。

思い切って運を天に任せるべきか、それとも機会を待つべきか。

迷っていると、幸運なことに馬車がさらに速度を落とし、左へ曲がり始めた。

今しかないと思い、扉を開けるとセリナは飛び出した。

「うっ……！」

道の左右に広がっていたのは平原らしき場所だった。草のクッションに護《まも》られ、懸命に受け身を取ったので少し腕が痛むだけで済む。

——えっ？

それよりも問題は身体の回転が止まらないことだ。

地面に一度ぶつかると、そのまま転がり落ちていってしまう。しかも、微かに水の流れる音が聞こえてきた。

道は草原の真ん中ではなく、川岸の緩やかな坂の上にあったようだ。

もう、自分自身ではどうすることもできないほど速度がついてしまって、セリナの身体は川へと転がり落ちていった。

「きゃっ……！」

自分でこっそり身を投げ出しておいて悲鳴を上げるなんて、馬鹿みたいだったけれど、叫んでいた。

しかも、なぜかあの憎いはずのギルベルトの顔を思い浮かべながら。

「……!?」

刹那、蹄《ひづめ》の音がものすごい速度でセリナを追いかけてくる。

「往生際《おうじょうぎわ》の悪い王女だ」

ギルベルトだった。

一言文句を口にすると並走する馬からセリナのほうへ手を伸ばす。

「ここの川は流れが速い。夜中に落ちたら間違いなく死ぬ。俺が腕を掴んだ瞬間、足を思い切り蹴り上げろ」

返事をする暇もなく、彼の手が腕を掴み、力強く持ち上げられた。

ふわりと身体が浮いた瞬間、言われた通り地面を足で力の限り蹴った。

怖さのあまり反射的に目を瞑ってしまう。次に瞼を開けた時、セリナはギルベルトの腕の中にいた。

肩を抱かれ、彼の前で馬に横乗りで足を揃《そろ》えて座っている。安堵と恐怖が、ごちゃまぜになって、あとから身体を襲ってきているみたいだ。

「逃げるつもりだったのか?」

尋問するような声に、セリナは悪戯《いたずら》をした子供のようにびくっと肩を震わせた。否定も肯定もできない。

「それとも死ぬつもりか?」

「違う。死のうだなんて……わたしはただ……」

シピトリアの城にある鏡のところへ行きたかった――そう言いそうになるのを堪える。なぜだ、と問われれば、彼を誤魔化せる自信がセリナにはなかった。

「だったら、二度と馬車から飛び降りようなどという馬鹿な考えは持たないことだな。顔や肌に傷がついたらどうしてくれる?」

ギルベルトの言葉は自分を気遣ってのことか、それとも手に入れた戦利品と同じように考えているだけだろうか。

セリナが落ちたショックから落ち着くまで、ギルベルトは隊列に沿って無言で馬を歩かせ、それから彼女を二人の侍女がいる馬車に戻した。

警護が厳重になり、その後、ハイルブロン帝国領内に着くまでセリナが逃げ出す機会は一度も訪れなかった。

第二章　黒曜石の瞳を乱す寝所

馬車に揺られ続けて数日、セリナを護衛する一団は王国と帝国の旧国境を越え、かつては前線だったはずの大きな街に入った。

ぐるりと周りを囲む塀と、男性が数人いないと開かないだろう巨大な門が、領民と建物を外敵から守っている。街を丸ごと城壁で囲んで作られた城下町を実際に見たことなどなかったセリナは、その壮大さに圧倒された。

街自体が一つの建物のようで、巨人の国に連れてこられたのかと錯覚してしまう。

正面門をくぐり、セリナたちを乗せた馬車は大通りを進む。

街の一番奥の区画まで来ると建物の姿はなくなり、代わりに広い道と広大な庭が視界全体に広がっていった。

「セリナ様、見えましたよ。あれが私たちの城です。やっとベッドで眠ることができますし、温かくて美味しい食事も摂《と》れますよ」

エイルの指し示すほうを見ると、壮大な庭の景色とは不釣り合いな、無骨で並外れた大きさの建物が鎮座していた。

シピトリアで見た王城は、セリナの考える白く屋根の一部が突き出た西洋の城だったが、ここは城というより要塞だ。

巨大な円柱状で、かなりの威圧感がある。近づくと細かい凹凸や装飾があることに気づくものの、遠くからだと作りかけの大きな柱に見えた。

「まるであなたが待ち望んでいたような言い方ですね、エイル」

「だって、やっぱりベッドで眠りたいじゃないですか。馬車の中だと身体が痛くて」

久しぶりに、エイルの明るい声とフロリアの小言が聞こえてくる。

逃げ出そうとした夜から、セリナとしては二人に黙って行こうとしたことが後ろめたくて、侍女たちからしたら逃走が失敗した彼女を慰めるわけにも、非難するわけにもいかず、ぎこちない雰囲気が三人の中には流れていた。

ここまでの旅の間「食事はどうされますか？」「休憩は必要ありませんか？」など、当たり障りのないことを義務的に話すだけ。

ごめんなさいと言いたかったが、言いそびれてしまっている。

こんな重い空気をどうしたら払えるのか、悩んでいたところなので、二人のいつものやり取りはセリナにとって何よりも有り難かったし、嬉しかった。

「では、ここがハイルブロン帝国の首都?」

エイルの声もそうだったので、セリナも努めて普通に聞き返す。

「いえ、ここはギルベルト様のお城です」

「ギルベルト様より、セリナ様を帝都ではなく、まずはご自分のお城へお連れするように言いつかっておりますので」

フロリアがエイルの説明につけ加える。

まずは……ということは、いずれ帝都に連れて行かれるということなのだろう。

賓客としてセリナはこの城へ連れてこられた。時期になれば――――。

先のことを想像してみて、セリナの胸は嫌な鼓動を打ち始めた。

――――帝都へ行く……その時にはどんな身分で何をされるためなのだろうか。

敵国の王族として、尋問され、また処刑されたりするかもしれない。民衆の前でギロチンにかけられ、または磔にされて、見せしめとして殺されたら……。

負けた国の王族を皆殺しにして、叛乱《はんらん》や独立の芽を摘むのは西洋の中世であろうと戦国時代だろうと変わらないのは、セリナも知っていた。

そして、いずれはセリスディアナ王女の顔をよく知る者に会うかもしれない。亡国の王女ではないとわかったら、身分を偽った罪人として、連れて行かれることになるだろう。

――どっちにしろ、その時がわたしの最期……だと思う。

帝国の首都へ連れて行かれる前に、最初にいたシピトリア王国の城に戻り、王女の部屋にある鏡台のところへ行って、なんとかして元の世界に戻る。

そんなことは、今のセリナからすると不可能にしか思えない。

――まずはなんとか生き延びないと。

事態が突拍子もなさすぎて、逆に彼女はそれほど深刻に考えずに済んだ。これが元の世界でのトラブルならあれこれ考えすぎて、何もできずに膝を抱えていただろう。

セリナは考えすぎないように努めて明るく会話へ加わった。

「二人とも、このお城に住んでいたの？」

「はい、そうです。エイルも、わたくしもメイドとしてギルベルト様にお仕えしていたのですが、セリナ様のお付として侍女にしていただきました」

「おかげで御給金も多くなって、部屋も広くなったんですよ」

二人の話から、メイドと侍女は違い、侍女は使用人の中では序列も高いことがわかる。

――あれ？　どうしてわたしにわざわざ二人も侍女がつけられたんだろう？

ふとした疑問がセリナに浮かぶ。

捕虜として、一時的に世話するだけで、侍女を二人もつけるだろうか。

全部自分でやれと言われてもおかしくない。略奪を平気で行うギルベルトの姿からすれば、考えられない配慮だった。

――王女様だから……？

疑問に思ったところで、威勢のいい物売りの声が聞こえてくる。城下は活気に満ちていた。

「……ここって、すごく賑《にぎ》やかな街ね」

それに平和そうだ。シピトリアでの戦いが嘘みたいに思える。

「ええ、でもそれはここ数年でのことです。かつてのルバールは寂れた国境の街でしたから。そこをギルベルト様が変えられました」

フロリアの話では、このルバール城はギルベルトが成人した際、わざわざ皇帝に進言して、もらった領地だそうだ。

半年ほどかけて街ごと城壁で囲むと、堅固な砦《とりで》ともなる城を街の背後に建造した。最初に見た要塞のような城だというセリナの感想は、あながち間違っていなかったようだ。

元は王国に取られたり、帝国に取り返されたりを繰り返す荒れた街だったけれど、ギルベルトが領主になってからは一度も王国に奪還されたことはないらしい。

物資の必要な戦の最前線であるのと、ギルベルトが商売を推奨し、税を安くしているおかげで、人と物が集まり、帝国の他の都市だけでなく、王国とも行き来している。

結果、ルバールは活気のある生きた街に生まれ変わった。

エイルもフロリアもこの街の近くで生まれ、戦で孤児になってしまったところをギルベルトに拾われたそうだ。

彼は戦で親をなくした者を、男は兵士に、女は使用人として積極的に雇っているらしい。

また彼の良い面を聞かされ、セリナの気持ちは複雑だった。

胸がモヤモヤとして、ざわめく。

「セリナ様、もうすぐ到着いたします」

フロリアの言葉で、城はすでに全景が見えないほど近づいていたことに気づかされた。

主人を出迎えるためか、入り口付近には使用人たちがずらりと並んでいるのが見える。

やがて、馬車は速度を落とし、完全に止まった途端に人がやってきて、扉を開けてくれた。

手を差し伸べられたので、どうしようか迷ったけれど、恐る恐る重ねる。

「あ、ありがとう」

「ようこそ、セリナ王女」

「……えっ⁉」

日の光が眩しくて、使用人の顔を見ずに言ったセリナに聞き覚えのある声が聞こえた。

セリナには、この世界で記憶のある男の人の声なんて一人しかいるはずもない――

城の主人であるはずの、ギルベルトだった。

彼女をからかうためか、先に馬から下りるとセリナの馬車にやってきて、使用人のまねごとをしたようだ。

ギルベルトはセリナを馬車の外に引っぱり出すと、さっさと城の入り口へと大股で歩いていってしまった。

使用人たちから主《あるじ》の無事を喜ぶ声が聞こえ、この街の守備を任されていたのだろう部下たちが彼をすぐに取り囲む。

その姿は、周りから慕われる素質を持った人で、戦で見た危険な野獣のような彼とは大違いだった。

「セリナ様、お部屋にご案内いたします。お疲れになったでしょう」

「あ、はい。お願い……します」

囲まれているギルベルトの姿を漠然と眺めていたことに気づいて、誤魔化すように早足でフロリアのあとを追う。

もう一度振り返っても、彼は笑みを浮かべる人たちの中心にいた。

夜着として肌に薄いラベンダー色のガウンを纏っただけのセリナは、ベッドに腰掛けると上半身を倒した。ガウンは洗練されていて、刺繡は一切なく、肌触りのよいレースが胸元を覆っている。

髪は、エイルが念入りに梳かしてくれたので、ルバール城に着いてからは、さらさらとしたセリナのストレートの黒髪が撥ねることはなかった。

シピトリア王女の部屋にも負けない豪華な金銀糸で飾られた天蓋つきのベッドは、身体がゆっくりと沈み、肌を柔らかな絹が包み込む。

――すごい……けど、豪華すぎて落ち着かない……かも。

セリナに割り当てられた部屋が、この城でどれだけランクの高いところなのかはわからないけれど、その豪華絢爛な様は高級ホテルどころではなかった。

寝室、居間、衣装部屋、浴室と四部屋もあり、入り口とは別の扉の奥には、部屋続きでお付の侍女のフロリアとエイルの部屋まである。

天井はどこも不安になるほど高く、窓が大きく幾つもあった。カーテンを開ければ、部屋の中心に吊り下げられた豪奢な硝子のシャンデリアを使わなくても十分に明るい。

置かれた調度品は、ソファもクローゼットも、机も椅子も見るからに高そうで、所々に宝石がついていて、迂闊《うかつ》に触れなかった。

室内の至る所には絵画や金銀細工、陶器が置かれ、さながら美術館のようだ。

セリナの母が見たら、きっと飛び上がって喜ぶだろう。

しかし、普通の家で育った普通の感覚のセリナからすると、やや成金っぽくも見えるし、あらゆるところがキラキラしていて落ち着かなかった。

本当はベッドに身体を横たえるのも躊躇う。しかし、湯浴《ゆあ》みしたあととはいえ、真っ白で高級そうなソファは、すぐに汚れてしまいそうで座る気にならなかった。

庶民な感覚の自分が少し恨めしい。

それでも馬車の中に比べたら、室内は格段に快適だった。

周りに建物があまりないせいか吹き抜ける風が気持ちいいし、部屋につくと用意されていた湯で旅の汗と埃を洗い流せたので、身体がすっきりとしている。数日とはいえ、お風呂に入れない生活はセリナにとって、なんとかしたいことの一番だった。

もう足元が揺れることはないし、すぐ隣の部屋で侍女が控えているとはいえ部屋にはセリナしかいない。

今までほとんど意識したことはなかったけれど、一人でいられる空間と時間の大切さに改めて彼女は気づかされた。

逃げ出してからは、誰かが常にセリナを見張っていたから尚更のことだ。

食事までの間という約束でコルセットも外してもらい、夜着のガウンだけを身につけているので、身体的な解放感もある。

——本当に王女様になったみたい。

部屋の中で豪華な天蓋を見上げていると、改めて思う。

遠いところに来てしまったとも。

この豪華な部屋の台に置かれたナイロンのスクールバッグがなければ、きっとこれが夢だと思っていただろう。前半は醒《さ》めない悪夢、後半は幸せな夢だと信じて疑わなかっただろう。

「これからわたし、どうなるんだろう」

すべてはギルベルトの手の中なのは明らかだ。

そうはいっても、セリナに彼のご機嫌を取るつもりはなかった。身体を奪われたのだから、怒りはしても、愛想笑いをするなんてありえない。

ひとまず、彼が自分をどうするつもりなのか、問いただす必要があると彼女は考えていた。

二人の侍女をつけたことも、この豪華な部屋をセリナに使わせたのも、一国の王族だというのを考慮しても、敵国の捕虜としては扱いが良すぎる。

冷静に考えれば、セリナは今頃冷たく暗い牢屋に入れられ、鼠《ねずみ》と一緒に過ごしていたかもしれなかった。

「本当によかった。豪華すぎるとか贅沢を言ってたら罰が当たるかもしれない……」

客観的に見て、ギルベルトはセリスディアナ王女を丁重に扱っている。それが、今のセリナにとっては唯一の救いだ。

落城の時みたいに、二人になったら、態度が急変するかもしれないけれど。

「…………？」

ベッドに上半身を横たえたまま、色々考えていると、廊下から聞こえてくる大きな足音に彼女は気づいた。この部屋に段々と近づいてくる。

この部屋に足音を鳴らしながら訪ねてくる人物など、一人しか思い当たらなかった。

「セリナはいるな」

「ギルベルト様!?　はい、奥にいらっしゃいますがくつろいでおいでで……」

対応に出たフロリアの声に戸惑いがまじる。

「下がっていろ。入るぞ、セリナ！」

彼が侍女の控え目な制止に従うはずもなく、寝室に入ってくる。

緊張で彼女は身体を強張らせた。

馬車を下りる際に手を取られた時は、不意打ちなので驚くだけで、身構える暇がなかったけれど、今は違う。

自分の身体を無理やり奪った人の顔を見ると、様々な感情がセリナの胸に渦巻いた。

怒ってもいるし、恥ずかしくもあり……中には懐かしい気持ちがあることにも気づいてしまう。

頭を振って落城のベッドでの記憶を無理やり押しやると、文句を言うのだと自分に言い聞かせ、大股で入ってくる彼を睨みつけた。

「いい格好だな。時間があれば、押し倒しているところだ」

「えっ……あっ！」

ギルベルトの言っているのが自分の服装を示しているのだと気づいて、ベッドのシーツを手繰り寄せた。

フロリアが戸惑っていたのは、このためだった。セリナが夜着のガウン一枚でいたから。

彼の威圧感に負けないようにと胸を張っていたので、レースで覆われた胸元から、膨らみがはっきり見えてしまっていたに違いない。

「安心しろ。今、言っただろう。俺にその時間はない。だが、そんな扇情的な姿を俺以外に見せるなよ。絶対だ」

「……は、はい」

やけに真面目な顔で彼が言うので、勢いに負けてセリナが頷く。

「わかったから、そんないやらしい目で見ないでください」

――どうして、そんなこと言われないといけないの。

肯定してから、文句が浮かんでくる。

どうにも彼の前では冷静でいられない自分を、セリナは持て余していた。いつもよりも感情が膨れ上がりやすい。こんなことは元の世界でもなかった。

「別にいいだろう、減るものじゃない。触れたら抑えが利かなくなるのだから、目の保養をするぐらいは許されるべきだ」

「なんの用事ですか？　時間がないって言ってましたけど」

「ああ、お前の魅力に時間を忘れるところだった」

これ以上話しても強引な理論で押し切られてしまうだろう。彼が部屋に来た用事のほうを促すと、ギルベルトはベッドに座るセリナの横へ腰掛けた。

触れないと言っていたはずなのに、そっと手を伸ばしてくる。

反射的に身体がびくっと震えたけれど、彼が触れたのは腕や胸ではなく、肩から零れ落ちた彼女の黒髪だけだった。

「乱れた髪もいいが、真っ直ぐのほうがお前らしいな」

「……っ、勝手に触らないで……」

そっと梳くようにギルベルトがセリナの髪に指を滑らせる。

「三日ほど出てくる」

「えっ……戻ったばかりなのに？」

ギルベルトが城にいないのは身の危険を感じることもなくなるので、喜ばしいことだけれど、セリナの口から最初に出てきたのは戸惑いの言葉だった。

「お前の相手ができなくて俺も残念だが、戻ってからたっぷりとしてやるから我慢しろ」

彼女の反応を見て、ギルベルトがわざとらしくいやらしい視線をガウンから出ている脚に向けてくる。

「我慢なんて必要ないです！　いっそあなたが戻らないほうがわたしとしては助かりますから」

「そうか。ならば、できる限り早く戻ることにしよう。お前を困らせるために」

ギルベルトは、セリナとの会話を楽しんだかのように笑みを浮かべると立ち上がる。彼の触れていた髪が持ち上げられ、ふわりと広がった。

「側近を一人置いていく、マークスという男だ。何か困ったことがあれば、侍女か奴に言え。欲しいものがあれば、何でも手に入れるよう命じてある」

「自由が欲しいだけで、他に欲しいものなんてないです」

お目付け役が増えるの……？　これ以上に何かしてもらっても逆に困る。

「自由なんてそもそも買えるものじゃない。誰にでもあって、誰にでもないものだからな」

最後に意味深な答えを告げると、ギルベルトは来た時と同じように足音を立てて、さっさと出て行ってしまった。

用件だけを告げて、勝手に帰ってしまう。なんて自分本意な人なのだろう。

「セリナ様、申し訳ありません」

彼が去ってすぐにフロリアがやってくる。彼女に非があるとは思えないが、ギルベルトの突然の来訪のことを謝っているようだ。

「気にしないで。勝手に来たんだから」

彼が城にいる間は、ドレスをきっちりと着込んでいないと駄目だろうと彼女は考えた。

いつ部屋に入ってくるかわからないからだ。

あのウエストを無理やり締め付け続けるコルセットをしなければいけないと思うと、セリナは気が重かった。

それでも少なくとも三日は彼がいない。見知らぬ城の一室とはいえ、フロリアとエイルも一緒なので、やっとこの世界に来てからセリナは落ち着いた日々が送れそうだった。

※　※　※

ルバール城から往復の進軍で五日、馬車で六日、馬を飛ばして三日のシピトリアの城壁にギルベルトは立っていた。

ついに手に入れた城への移動は苦ではない、この上ない喜びのはずなのに、彼は勝利に酔いしれない気分でいる。そわそわと浮足立つ。

戦後の混乱を整え、治安を回復する指示を出す。それは、望む以上の速さで行われていたが、ギルベルトはさらに急《せ》いていた。

セリナに三日で戻ると言付けてから、精鋭の私軍と夜通し馬を走らせ、朝になってこの城壁に到達し、太陽が真上にくる正午まで、食事を摂っていない。

早く終わらせて、早々に視察の仕事を終え、ルバール城へ舞い戻りたかった。

――指示を出していたら最低四日はかかることを、セリナの黒髪を撫でていたら、つい三日と言ってしまった。

「南地区の残りは、マークスが仕切れ……あ、いや――続けろ」

――マークスはルバール城へ置いてきたんだった。

一番に信頼している騎士隊長のマークスがここにいないことにも苛立《いらだ》つ。

けれど、彼ならばギルベルトの留守中に何か起こっても上手く対応してくれるだろう。

セリナを目の届かないところに置きたくはなかった。

そうならざるを得ないなら、危険は少ないほうがいい。

城の連中にも、セリナを傷つける発言や態度を取るなと命じておいた。

――そこまでさせたのは、あの象牙色の肌のせいだ。

黒い髪も瞳も蠱惑的だが、あの肌のことは触れ合うまで知らなかった。

「……馬鹿な、俺は籠絡などされていない」

ギルベルトは彼女を思った。

これまで、シピトリア王女の狡猾《こうかつ》さは、領地を統べる者にとって困惑の対象だった。

気まぐれな同盟、密告の書簡、顔を見せない逢引《あいびき》の外交。

油断ならない女狐だと思っていた。会ったらすぐに消してしまえとも……。

彼女の私室を兵に囲ませた時も、どうせ滅ぼす国なのだから、死なせてもかまわないと思っていた。

けれど、乳母に刃を向けられ怯える彼女は、とてもちっぽけに見えて、不安げで、庇護《ひご》欲をそそった。

気づいた時には、戦地で死しても手から離さないと思っていた大剣を投げていて――。

危険だと思った。さっさと手放してしまわなければと。

だが、シルヴィオが火刑をした時にセリナと目が合った。さっさと置いていけばよかったのに、見届けなければと馬の足を止めてまで。

――あの目が。

ギルベルトに助けを求めていた。その美しい髪一本ですら燃やしてたまるかと思った。

気づけば炎に飛び込み、セリナを助けていた。

「……助けた、からには責任がある」

ギルベルトは己に言い聞かせた。

本来であれば、火刑をやめても帝都に護送し、父である皇帝の指示に従い、セリナの処遇を決めるべきである。賓客など苦し紛れにすぎない。

だが、制圧の吉報《きっぽう》で帝国領が沸く中、帝都からの催促がないのをいいことに、彼女を手元に置いている。

——馬鹿な、敵国の王女に何を容赦することがある？

——情《じょう》など……。

ギルベルトはセリナの顔を思い浮かべた。その不安げな眼差《まなざ》しも。

シピトリア王城からルバール城への旅だけで、セリナは具合が悪そうだったし、帝都に引き渡したら、つらい目に遭うのは目に見えていた。

与えた私室で、彼女はやや生気を取り戻したように見える。敵対していたとはいえ、ギルベルトを毛嫌いしている部分が引っかかるが。

「俺は感謝されるべきだ」

夜に顔を見に部屋へ入っただけで、獣でも見るような目を向けられた。

女狐ならもっと上手くしな垂れてくるものだ。

しかし、そんなセリナは想像できない。

悪い噂とは違い、素直なところが気に入っている。身体の反応も含めて……。

あれが弱々しい演技で、寝首を掻《か》くつもりなら、たいした女で、望むところだった。

しかし、守ってやっているのだから、もっと気を許して欲しい。

——何をしたらセリナは喜ぶんだ？

今、彼女が住んでいたシピトリア王城は、少しずつ修繕が始まっていた。

ギルベルトの統治により、他の制圧より兵士を多く割き、損壊した城下の建物の修復にも努めていた。

時が経ち、修繕が進んだ光景を見せたなら、セリナの曇った表情に輝きは戻るだろうか。

——セリナは、関係ない。帝国領を安定させたいだけだ。

「飢える者を出すな！　流民を希望する者にも食糧を配れ」

ギルベルトは部下へ指示を飛ばしながらも、セリナのことを考えていた。

——ああ、シピトリアのはずれには鉱山があったな。

——噂通りの高慢な女なら、贈り物でも見繕って機嫌を取ってやるか。黒の瞳に合う宝石は……。

そして、鼻先でちらつかせてやろう。

反応が楽しみだ……。

早く、会いたい。

ギルベルトは低く笑うと、再び、指示を飛ばし始めた。

※　※　※

城での生活は、セリナにとって思ったよりもずっと快適だった。

元の世界にあった便利なものは何もないし、夜中は電気がないので暗いから眠るしかなかったけれど、彼女が退屈することはまったくなかった。

侍女のいる生活は楽しくて、城でやりたいと思ったこともたくさんあったからだ。

一日は朝食を部屋で摂り、ドレスに着替えることから始まる。コルセットも、セリナが嫌がるのを気遣ったフロリアが、柔らかくて苦しくないものを用意してくれた。

食事のあとは、エイルが淹れてくれた紅茶を飲みながら、ギルベルトの書斎で侍女たちとこの世界のことを色々と学んだ。とは言っても、セリナにとっては耳で聞くのが専門だった。

本を開いてみたが、セリナに読める文字はなかったせいだった。

セリナが羊皮紙に書いてみせた日本語も、エイルやフロリアには読めず、話して伝え合うほうが早かったから。

「賑やかですね」

二日目になり、侍女と歓談していると、開け放していた書斎の扉が叩かれた。

襟つきの上質な上衣《ダブレット》を身に着けた男の人が、立っている。

「書斎に入っては駄目でしたか……ごめんなさい」

反射的に書斎に入ったことを咎められたのかとセリナは慌てたが、彼は優しそうに微笑みを浮かべながら入ってくる。

薄茶色の短い髪は、彼の穏やかな栗色の目元を隠さず、つられて笑顔になってしまいそうだ。

「いいえ、ご自由になさって構いませんよ。私はマークスと申します。お困りのことはありませんか？　セリナ様」

「あ……ギルベルトが言っていた」

側近の人？　彼が出て行く前に、そんなことを言っていたかもしれない。

フロリアとエイルはマークスに対して、さっと控えるような仕草をした。ここへ来て、王女の所作に戸惑っていたセリナにとってありがたいことは、使用人が先回りしてセリナがどう動くのが良いか、やんわり促してくれることだった。

——二人の反応からすると、偉い人みたい。

セリナは会釈して訊ねた。セリナの偽りの身分は、ある程度のことなら訊ねても問題なさそうなこともここへ来てわかっていた。下手に狼狽《ろうばい》するよりは聞いたほうがいい。

「マークスさんは、フロリアやエイルの上に立つ方なのですか？」

「マークス、で結構ですよ、セリナ様。私は騎士隊長を務めています。ギルベルト様を一番近くで支える役目です」

「騎士隊長さん……？　ギルベルトについていかなくていいの？」

「はい。セリナ様に退屈や不自由ないようにと仰せつかっています」

にこにこと澱《よど》みなく答えるマークスは、含むところなく、自らの役目を誇らしく思っている様子だった。

「お時間があれば、乗馬にお誘いするように言いつかったのですが――ギルベルト様のご乗馬アヴァロンに女性用の鞍《くら》をつけてあります」

――アヴァロン？

聞き慣れない言葉に首を傾げるセリナの後ろでエイルが嬉しそうな声を上げる。

「アヴァロン!?　素敵です！　ギルベルト様が大切にされている、王様からいただいたとても美しい馬ですよ、セリナ様。ギルベルト様のもう一頭のご乗馬カルヴィンと並ぶ名馬です。ぜひお乗りになってください」

「でも、わたし……馬なんて――」

乗った経験がないし、馬車からの脱出に失敗して、ギルベルトの馬に拾われたことしか覚えていない。

「きっと楽しいです。ただいま、乗馬服をお持ちします」

いつもは冷静なフロリアも、弾むような声で書斎を出て行ってしまう。

そんなに楽しそうに思えないけど、馬に乗れたら、逃げ出す時に便利かも……。

――。

セリナは計算半分、勧められ半分、馬に乗ることになった。

それは、思いのほか楽しい午後になった。

マークスの教えが良いのか、セリナは初日から誰かに引かれなくとも馬をゆっくりと歩かせることならできるようになっていた。

様子を見て、マークスも栗毛の馬を並べる。

女の人は横向きに乗るなんて、鞍を見て安定が悪そうだと怯えていたが、慣れればバランスを取るのも難しくない。

「セリナ様はコツを掴むのがお上手ですね」

お世辞なのか本心なのかマークスがにこにことセリナを褒める。

「この馬が、綺麗で大人しくて……暴れないからです」

アヴァロンは一度もセリナを怖がらせることがなかった。

「……乗馬がこんなに楽しいなんて、思わなかった」

セリナは心からの思いを口にした。

「セリナ様は馬にお乗りになれないと、ギルベルト様が心配されておりましたので」

「そ、そう……」

逃げ出すことに失敗した夜のセリナは、よほど不格好《ぶかっこう》だったに違いない。

「それに、閉じ込めて悪い気を溜めてしまい、怒りっぽくなっても困るから、適度な運動を、と……言いつかっております」

「わたしはペットじゃないのに……」

ギルベルトが気を遣ってくれたなんて思ったのは勘違いだったみたいだ。

セリナは慣れてきた馬の歩みを速めた。

ルバール城の周りは、その無骨な姿とは対照的に広大で、美しくて、様々な種類の草花が咲いているので、一日では見て回れないほど。

マークスが馬を歩かせながら教えてくれたことによれば、この庭園は、月に一度、領民にも開放されるらしく、楽しみにしている人も多いらしい。

部屋に軟禁されていれば、退屈で仕方なかったと思うけれど、セリナは乗馬を含めて城の近辺を出歩く分には咎められなかった。

それどころか、使用人や城に出入りする彼の部下も敵対国であった彼女のことを憎んだりすることはなく、誰もが親切に接してくれる。

――こんなことは長く続かない。それでも……。

とても捕虜とは思えない自由な生活にセリナは戸惑いつつも、ここへ来て初めて訪れた穏やかな暮らしに感謝した。

いつか身代わりがバレたり、元の世界に帰れることになったりしても、忘れたくない貴重な時間だった。


ルバール城に連れてこられてから、三日目の朝日が広大な城の庭に燦々《さんさん》と光をそそぐ。

すっかり慣れてしまった沈み込む豪華な天蓋ベッドからセリナは上半身を起こすと、寝間着《ネグリジェ》姿で背伸びをした。

目覚まし時計もないのに、朝日が昇ると自然に目が覚めて、お腹《なか》が減る。

前の生活では、夜は日が変わるまで起きていて、朝は無理やり身体を目覚めさせ、朝食抜きで学園に行くというのが習慣だったので、自分でも驚きだった。

きっと乗馬をして疲れてぐっすり寝ているのと、夜は蠟燭《ろうそく》の灯りしかないせいだろう。

ここでの生活は、とても健康的な生活だった。気分も体調もいいし、朝は身体中が喜んでいるみたいに力がみなぎっている。

「おはようございます、セリナ様」

「おはよう、フロリア」

こちらが起きたことを察したフロリアが続き部屋から出てくると、カーテンを開け始めた。周りに高い建物がないから着替えを覗かれる心配もないので、着替える前にまずは光と風を外から取り込む。

窓が開かれた途端に、朝の冷たく澄んだ空気が風になって部屋に流れる。

ベッドから出ると、セリナは窓に近づいて深呼吸する。途端に空腹を覚えた。

「あれ？　そういえば、エイルは？　何か他の仕事？」

いつもなら彼女と一緒に来るはずのエイルの姿がない。

「……はい。そのようです」

フロリアにしては、歯切れの悪い言葉だった。何かあったのかセリナが訊ねようとした時、エイルが急いだ様子で朝食のトレイを運んでくる。

「遅くなりました。セリナ様」

「今起きたところだから、大丈夫。気にしないで」

微笑みかけると、ぺこりと頭を下げ、エイルも仕事に取り掛かった。

二人が慣れた手つきで、セリナの寝間着を脱がしていく。

着る時も脱ぐ時も、侍女たちの手を借りることに最初は抵抗があったけれど、そもそもコルセットやドレスは一人では着ることができないので任せることにした。

手を上げたり、下ろしたり、最低限の動作だけをすると彼女たちが次々と衣服を着せていく。

「今日はこれを着るの？」

フロリアが両手で持ってきたドレスは、今までよりも一段と豪華で派手だった。濃青《ラピスブルー》に銀糸の刺繍がたっぷりと入っている。スカート部分もレースやパニエを重ねた華やかな作りになっていた。

その代わりアクセサリーは控え目で、首飾りはなく、青い雫《しずく》の形をしたイヤリングだけだった。

元いた世界でも大人しめの服を着ていたセリナとしては、自分に似合うのか不安だ。

「今日はギルベルト様がお戻りになりますので」

「あっ、そ、そうね……」

三日前の夜に、わざわざ彼が言いに来たことを侍女の言葉でセリナは思い出した。

せっかく、城での生活に慣れ始めていたのに……。

「今日は気合入れてすっごく綺麗にしますね。失礼します、セリナ様」

エイルの声に従って手を上げると、コルセットがつけられ、二人がかりできつく締められる。今日はドレスのシルエットを作るためか、ぶ厚いコルセットだった。

コルセットは胸から腰にかけてのラインがすっきりして綺麗になるけれど、常に息が苦しい感じになる。

セリナは、これも慣れだと諦めて我慢することにした。

用意された濃青《ラピスブルー》のドレスを着せられ、鏡台に座るとエイルが後ろに立ち、髪の毛を梳かし始める。

髪の毛を結ってくれるのは、いつもエイルの役目だ。

「今日はどんな風にしますか？」

エイルはドレスに合わせて毎日違う髪形にしてくれる。今までの生活ではまずないことなので、密かにセリナは楽しみにしていた。

「お任せします。ドレスに合わせてくれれば」

ギルベルトが帰ってくるのであれば、彼女にすべて任せたほうがいい。

「…………エイル？」

髪の毛を櫛で梳かしたまま、エイルから返事がないのでセリナがもう一度声をかける。

「す、すみません。少し考え事をしていて……今日は髪をどういたしますか？」

さっきも同じことを訊ねられた気がする。

「……エイルの見立てにお任せするでいい？」

「もちろんです。任せてください！」

櫛を動かしながら、エイルが髪形をどうするのか考えている。考えに熱中していたから、二度同じことを訊ねられたのだとセリナは聞き流した。

セリナは侍女にすべてを任せ、目の前に置かれた鏡台を漠然と見つめる。

鏡台はとても立派だったけれど、身支度の度にセリナは思うことがあった。

――この鏡台じゃ……帰れないんだ。

もしかすると鏡台なら何でも、元の世界とを繋ぐ扉になるかもしれないと考え、最初の日にこの部屋の鏡も確かめたけれど、結果は何も起こらなかった。

やはり、シピトリア王城にあったあの鏡台でないと駄目なのかもしれない。元の世界の鏡台とも似ていたのでその可能性は高かった。

それでも見る度、来た時のように鏡が光らないかセリナは覗き込んでしまう。

「エイル……どうかしたの？」

考え事をしていて今まで気づかなかったけれど、エイルの手はまだ髪を梳くばかりで進んでいなかった。もう十五分はそうしている。

「あ！　も、申し訳ありません。すぐに取り掛かりますので」

「エイル……顔色が少し悪くない？　体調が悪いの？」

鏡に映るエイルの顔からは、いつもの健康さがなくなっている。寝不足なのか、目の下のくまが隠しきれていない。

「大丈夫です。なんでもありませんから……っ！」

そう言いながらも、エイルは顔を歪めると腹を押さえた。

「お腹が痛いの？　だったら、休まないと――」

立っているのもやっとという様子で、気づいたフロリアが彼女の身体を慌てて支えた。

「セリナ様が気にされることではありませんので。エイルの代わりに今日はわたくしが髪を結わせていただきます」

突き放すようなフロリアの口調に、セリナは壁を感じた。

「駄目、話して。病気や怪我《けが》なら手当てをしないと」

これ以上聞くのは、彼女たちが触れて欲しくない場所に踏み込むということ。躊躇いはしたけれど、セリナは引こうとはしなかった。

命にかかわるかもしれない。

「これは本当にそのようなものではないのです。一時的なもので……」

「だったら、どうしてそんなにも苦しそうに？」

「今日、我慢すればいいことなので…………はっ！」

しまったとエイルが口を手で塞ぐ。

——我慢？　何を？

フロリアの顔色も見ようと鏡を見る。素早く俯かれてしまったけれど、彼女も顔が青く、エイルよりも頬がこけていた。

きっと、セリナに顔を見られないよう隠していたのだろう。

「もしかして、二人とも……食事をしていないの？　どうして？」

馬車での旅の途中では一緒に食事を摂っていたので、食べていないのはルバール城についてからだろう。思い起こせば、二人はセリナの給仕をしていたけれど、彼女たちが食べているところは見なかった。

わからないのは食事を抜く理由……だけど。

断食の祈りを捧《ささ》げるものや場所を城では見なかったので、宗教的なことではなさそうだった。

「………どうして？」

セリナの問いかけに、二人とも答えない。

「教えてくれないなら、わたしも食事を抜く。お腹が空《す》いている二人の前で自分だけ食べるなんて酷いこと、できないから」

自分のことばかりに気を取られ、二人の変化に今まで気づかなかったことをセリナは強く悔いていた。だから、罰として食事を抜くのは構わない。

「それは困ります。ギルベルト様に知られれば、わたくしたちが怒られてしまいます」

「わたしだってあなたたちを困らせたくない。でも、そうしないと聞けないから」

侍女二人は顔を見合わせると、しぶしぶ理由を話し始めてくれた。

「――罰として、ギルベルト様がお戻りになるまで食事を抜くように言われております」

「なんの罰？」

「それは……」

フロリアが口ごもる。でも、これ以上隠しきれないと観念したのか続ける。

「城へ戻る途中、セリナ様から目を離した罰です」

「……！」

彼女たちに罪はまったくない。セリナが勝手に二人の目を盗んで逃げたのだから。

それなのに罰せられるなんて間違っている。

セリナは衝撃を受けた。逃げ出したことなんて、もうすっかり忘れていたのに。

この世界はセリナが悪い行いをしたら、彼女が反省して終わりというわけではないのだ……。

エイルもフロリアもセリナへ気づかせることなく優しく接してくれていた。

――そんなことって……。

食事を抜くなんて、忙しく働く彼女たちが空腹で倒れたらどうするつもりなのだろう。

食事を抜くべきは自分だとセリナは思った。

ギルベルトへだけでなく、自分への憤りもわき起こってくる。

「ごめんなさい。わたしのせいで酷い目に遭わせてしまって」

セリナは鏡台の椅子から立ち上がると頭を下げ、二人に謝った。

こんなこと、謝っても謝りきれない！

「頭を上げてください。わたくしたちの不手際には違いないのですから。ギルベルト様は相手が誰であろうと規律に大変厳しい方ですので、納得しております」

「そうです。セリナ様は悪くありません。このぐらい慣れていますから」

フロリアの言葉に、エイルも続く。

「本当にごめんなさい。とにかく、わたしが責任を持ってギルベルトに言うから食べて。そうしないと二人とも倒れてしまう」

しかし、セリナが幾ら言っても、二人は首を振るばかりだった。

きっとギルベルトへの忠誠だけでなく、恐怖もあるのだろう。

公平ではあるけれど、怖いほどに規律に厳しい――それが彼の別の一面のようだ。

こんな青い顔をして、ふらふらしている二人を放っておくわけにはいかなかった。こうなったら、少し強引にでも食べさせたほうがいい。

「早くしないと冷めるわ。あなたたちが食べるまでわたしは食べないから！」

そう言い張って、セリナは強引に自分の食事を二人に摂らせた。

食事を終えたフロリアとエイルの目をしっかり見て謝る。

「わたしの行動が二人を苦しめてごめんなさい。これからは勝手な行動は慎みます」

この世界に溶け込めて上手くやっていると勝手に思っていた自分が愚かしい。

「本当にお気になさらずに。失敗をして、罰を受けるのは当然のことですから」

フロリアたちとセリナの食事の譲り合いは続き、結局ギルベルトが戻るまで、以後の食事は三人で分けるということに落ち着いた。

あまりに二人がいつも通りだと疑われるから、ばれないようにするにはそのぐらいがちょうど良いのかもしれない。

――それにしても、給仕だってする二人の食事を三日も抜くなんてやり方がおかしいし、不注意ともいえないことなのに罰するなんて間違っている。

自分のせいなので後ろめたさはあるけれど、ギルベルトが帰ってきたら、セリナは今回の件に強く抗議するつもりだった。

もし、そのことでギルベルトが二人をまた罰するようなら今度は全力で守りたい。

城で温かく迎え入れられたからといって、侍女の一件は懐柔されるわけにはいかない。

「ギルベルト……」

不思議とセリナは彼を怖いとは思わなかった。

会っていない時間のせいで、印象が和らいだから？

それとも……ギルベルトからは一番恐ろしい辱めをすでに受けたせいで、彼に対しては、恐怖という感覚が麻痺してしまったのかもしれなかった。

ギルベルトの帰りは思ったよりも遅く、力強い馬の蹄の音が聞こえたのは完全に日が沈んでからだった。

セリナは彼を迎えるために着せられたドレスを脱ぎ、緊張から待ちぼうけにかわり、彼が戻らないと安心したところで……。

ちょうど湯浴みを済ませ、自室の窓辺で涼んでいたセリナの耳に馬の嘶《いなな》きが聞こえる。

ギルベルトが帰ってきたのだとわかり、ぎくりとしてから、胸の鼓動が一段大きくなった。

身につけているのは、パールホワイトの生地が厚めの寝間着《ネグリジェ》で、セリナの現代の感覚からするとガウンに比べれば、普段着に近い。

胸が覆われ、袖にレースもついているので、余所《よそ》行きの光沢のあるシルクのワンピースみたいだ。髪形は半分だけ編んだ髪をアップにしてエイルが結い上げたままになっていた。

セリナは立ち上がり、胸元に握った手を当て、浅く息をした。

朝食を終えてから、セリナはずっとそわそわしていた。

今朝は、彼と顔を合わせたら侍女に与えた罰について文句を言おうと息巻いていたのだけれど、他のことも一つ思い出してしまったからだ。

〝お前の相手ができなくて俺も残念だが、戻ってからたっぷりとしてやるから我慢しろ〟

ギルベルトが出発前に告げた言葉。

その意味は紛れもなく、二度目の行為をすると宣言していることに違いなくて――――。

――また迫られたら、どうしよう。

一度考えてしまうと、頬が熱くなり、そのことが頭から離れなかった。あんな淫らなことをされてしまうのかと思うと、逃げ出したくなる。

でも、使用人のことを訴えるには彼がここに来るのを待つしかない。

もし襲われそうになったらどう言って逃れればいいのか。そんなことをセリナは一人、悶々《もんもん》とソファに座って考えていた。

「戻ったぞ、セリナ。いい子にしていたか?」

「え、あっ……ギルベルト!?」

声に反応して弾けるように立ち上がると、数日ぶりに見る彼の姿が入り口にある。

彼が着替えを終え、すぐにやって来てしまったので、考えはまったくと言っていいほどまとまっていなかった。

ギルベルトの蒼い瞳がセリナの姿を映すと、目を見開いて、満面の笑みになる。

「少し見ない間に、美しくなったな」

「え……あ、服？　髪？　昼間にフロリアとエイルが着飾らせてくれた名残で……」

第一声が褒める言葉だったのでセリナは意表をつかれ、動転してしまう。

同時に、普段着で問題ないと思っていた寝間着が妙に気になり出した。

ギルベルトからしたら、この格好は、誘っている夜着《ネグリジェ》に見えるかもしれない。

「いや、違う。飾り気のないお前のことを讃《たた》えている」

「わたし？」

「その象牙色の肌が美しくなっている。健康的で艶やかだ」

城に来るまでの疲れと緊張が取れたのだから当たり前だと、そう言い返せばよかったのだけれど、妙に彼を意識してしまい、それができなかった。

男の人に褒められる免疫もなかったので顔を赤くし、下を向く。

「俺に抱かれることを考えて、美しくなったのか？」

「そんなわけないでしょう。これはフロリアたちが色々とよくしてくれたからで。それにあなたが城にいなかったから、安心して暮らせたの」

いやらしい彼の顔にハッとして、セリナは精一杯の否定をした。

――わたし……どうして、この野蛮で、淫らな人の言葉を意識しているの。

胸の高鳴りが収まっていく。たぶん、彼の顔を久しぶりに見たせいだ。

金色の髪は蠟燭の灯りで彼の激しい性格のように赤く輝き、蒼い瞳はどんな宝石よりも強く輝いているように見えているのだから。

ギルベルトと目を合わせないように、セリナは横を向いた。

「そんなに俺が恋しかったか？」

「さっき言ったでしょう。あなたがいないおかげで、とても穏やかに暮らせたって」

「少し放っておいただけでそんなに臍《へそ》を曲げるな。猫じゃあるまいし」

「猫って……わたしはあなたのペットじゃない。それに構ってもらえないから機嫌を損ねたわけではなくて」

人の話を聞いてくれないか、または勝手に解釈してしまう。困り果てたセリナは大きなため息をついた。

「お前の機嫌を取るのに、ちょうどいいものがあった」

「……？」

ギルベルトが、左手に持っていた袋を無造作にテーブルの上に放り投げた。

キーンと石がぶつかり合う大きな音が部屋に響く。

「何が入っているの？」

「出してみろ」

恐る恐るセリナが袋から取り出してみると、黒い宝石のネックレスが出てきた。

大粒の高価そうな石が、交互に二種類使われている。

一方は光を吸収するような深い黒で艶のある丸い石、もう一方は黒くありながらも光を強く反射している複雑にカットされた楕円形の石。

「お前の瞳と髪と揃いだ。似合う」

ギルベルトがネックレスを取り上げると、勝手にセリナの胸元に重ね、一人で満足そうに頷いた。

「この石って……」

「黒金剛石《ブラックダイヤモンド》と縞瑪瑙《オニキス》のネックレスだ」

セリナが呟くと、ギルベルトが石の名前を口にした。

「……ブラックダイヤモンド⁉」

オニキスのほうは、彼女も見たことがある。でも、店に並んでいたものよりもずっと綺麗に磨かれていて、質がよさそうだ。

しかし、ブラックダイヤモンドのほうは聞いたこともなかった。黒いダイヤモンドなんて、見るからに高価そうだし、とても希少な石だろう。

意匠も凝っている。この城へ来て宝石のネックレスを見る機会が増え、比較してわかることは――このネックレスは、この世界でも計り知れないような高価なものに違いなかった。

「気に入ったか？　大切にしろ」

彼は物への執着がほとんどないのだろう。セリナの反応に満足すると、ネックレスにはもう興味がなくなったかのように、押しつけてきた。

「えっ……もらえません」

いきなり握らされたので、一瞬プレゼントされたということがわからなかった。気づくなり、セリナはネックレスを彼に押し返す。

ギルベルトの顔が一気に不満そうになる。

「なぜ受け取らない？　気に入ったのだろう」

「気に入りはしましたけれど……」

――この人にこれ以上借りを作りたくない。

とは口に出せない。言うと口論になるのは目に見えていた。

それに、今はギルベルトにもっと違うことを言わなければいけない。

「こんな高価そうな物、いりません。それより、わたしにプレゼントをくれる気遣いがあるなら、どうして周りの人たちにもっと気を遣ってあげられないの？」

「周りの者？　なんの話だ？」
意見しようと思っていた侍女の話を持ち出した途端に、ギルベルトの表情が不機嫌から
さらに険しくなっていく。
気圧《けお》されそうになるけれど、セリナは負けないように声を張り上げた。
「フロリアとエイルの話です。食事を抜くなんて、ひどい！　二人とも倒れる寸前でした」
「なんだそのことか。自らの役目を全うしなかった者に罰を与えるのは当然のことだ。鞭《むち》
打ちしないだけましだと思え、お前の国では違うとでもいうのか？」
勇気を振り絞ってセリナが言っても、ギルベルトに動じた様子はなかった。逆に聞き返
されてしまう。
「あれはわたしが勝手にしたことで――」
「二人はお前を目の前で逃がし、侍女としての役目を怠った。これが事実だ。違うか？」
「それは一方的な言い方で……」
「失敗した者に罰を与えないと、規律が緩む。恩赦したり、ましてや見逃したりすること
などありえないことだ」
ギルベルトという人は、はっきりと自分の中に決めたルールに絶対的な自信を持ち、そ
れに従ってどこまでも突き進む人なのだろう。

でも、今回のことは間違っている。

「いいえ。自分の過失でもないのに、罪を問われるのは間違ってる。それともあなたはここに来るまでの間、眠らずにずっとわたしを見張っていろという命令を彼女たちに下したとでも言うの？」

「…………」

今度は反論せずに、ギルベルトが睨みつけてくる。

その怖い蒼い瞳は、辺りの空気を一瞬で凍らせるかのようだ。

「それに、食事を抜くのは駄目。もし、空腹で朦朧として転び、怪我をさせたらどうするの？ どう責任を取るつもりですか？」

気づけば、セリナは感情のままに言葉を相手にぶつけていた。そうしないと、押し負けてしまいそうで、必死だった。

「…………変わった女だ。王女のくせに使用人をそこまで庇《かば》うとは」

「え……」

――――王女でないことに気づかれた⁉

ハッとして目を逸らしそうになったけれど、先に視線を逸らしたのはギルベルトのほうだった。それは負けを認めるかのようで、先ほどまでの威圧感がふっと消えていく。

「お前の言葉を認めれば、これを受け取ってくれるか？」

テーブルの上に置かれていたネックレスを、彼が見やる。

彼はあっさりと規律を曲げる訴えを聞き入れまでして、セリナにプレゼントを受け取って欲しいのだろうか。

「侍女のことと贈り物は……違うから……」

セリナは首を横に振る。

少し迷ったけれど、やはり贈り物を受け取るつもりはなかった。

受け取ってしまうと、何もかも、あのベッドでのこともネックレス一つで許されることと認めてしまうようで、嫌なのかもしれない。

身体を奪われたこと、初めてを奪われたことだけは許せない。

「せっかくお前に似合うと思ったのに。なら、これは用済みだ！」

突然拗《す》ねた子供のように、ギルベルトがネックレスを乱暴に握り締め、投げ捨てようとする。セリナは彼の手を摑んで止めた。

「駄目！　そんなことしたら！」

「なら、受け取れ！　身につけて俺に見せろ！」

「………」

セリナはもう一度首を横に振って拒絶した。

「なぜ、言うことを聞かない。俺に意見する。好きな男に操でも立てているのか？」

「え……ん——!? ギル、ベルトっ……んんぅ！」

いきなり唇を乱暴に奪われた。

口を覆うようにして塞がれると、唇の間に舌を押し込まれる。突然襲われたセリナに防ぐ手立てはなかった。

卑猥な感触をした彼が入ってくる。

「んっ……んっ……んん————！」

窒息させるかのように、彼は唇を離してはくれなかった。

舌でセリナの口の中を淫らに蹂躙していく。ゾクゾクと背中が震えた。

頭を掴まれ、唇を強く押しつけられる。吐息が無理やりまじり合っていく。

「来い。約束通り抱いてやる」

やっとギルベルトの顔が離れたけれど、今度は腕を掴まれてしまった。

「嫌っ！　離して……」

「お前の意志なんてどうでもいい。お前は戦に負けた敗戦国の高貴な奴隷。そうだ、毛色の変わった俺の寝所用の奴隷だ。拒むことは許されない。ベッドへ行け！」

プレゼントを拒否し続けたせいで、彼を怒らせてしまったようだ。

野獣と化したギルベルトは、激しい口調で命令すると無理やりセリナの身体をベッドのほうへ連れて行き、突き飛ばした。

ベッドの上へ俯せに倒れ込む。

「やめて！　何をするの⁉」

「奴隷としての役目を怠った罰だ！　屈辱的な行為をたっぷりとその身にくれてやるといっただろう？」

ギルベルトが、寝間着《ネグリジェ》に手をかけると引き下ろそうとしてくる。

以前のような下着もつけていなかったので、そんなことを許してしまえば、裸体を晒すことになり、身体を奪われてしまうと思ってセリナは必死になって抵抗した。

「乱暴しないで！　お願い！　ぁっ……」

半分だけ結っていた髪がほどけ、ベッドに広がっていく。

——また、奪われてしまう。男の人に……嫌っ！

最初よりもずっと乱暴で、気持ちを無視した行為を、許せない。セリナの中に、彼への怒りが込み上げてきた。

寝間着《ネグリジェ》を脱がそうとして、後ろから肩を摑む彼の腕に思い切り嚙みついた。

「……っ！」

これには、屈強な戦士であるギルベルトも一瞬驚き、その手を緩めた。ここまで強く抵抗されるとは思わなかったのもあったのだろう。

隙をついてギルベルトの手から抜け出したセリナは、四つん這《ば》いでベッドの反対側から逃げようとする。助けを呼ぶ声を上げることを考えもしたけれど、城の主がいる寝室に誰かが駆けつけてくれるとは思えなかった。

「お前は自分の立場がわかっていないようだな。今から教えてやる」

嚙みついたことで、彼の怒りは倍増されてしまったようだ。

低い声で吠《ほ》えると、広いベッドの上を獣となってセリナを追いかける。

怒りに燃えるギルベルトから逃れたい一心でセリナは手足を動かしていたけれど、深く沈み込んでしまう上等なベッドは水の中を歩くかのようで思ったように進まない。

加えて、四、五人は窮屈することなく眠れる広さがあるので、端にたどり着く前に捕まってしまった。

「きゃぁあっ！」

彼は手首を摑み、悲鳴を上げるセリナを引き寄せると、半楕円状のヘッドボードに彼女の身体を強く押しつけた。

「どうして、お前は俺の言う通りにしない？」

ギルベルトが、セリナの顔のすぐ横に勢いよく腕を突き出す。ドンッと大きな音を立て、ヘッドボードが激しく揺れた。

「あなたが、間違っているから！」

——侍女への罰も、乱暴するのも。

巨軀の彼にベッドの上で追いつめられ、手足が震えるほどに怖かったけれど、セリナは反論することを止めなかった。

このまま抵抗もせずに犯されてしまうなんて、絶対に嫌だったから。

「間違ってなどいない」

「あなたは絶対に間違ったことを言わないの？　そんなことありえない」

「この城では、いや、いずれこの帝国では俺の考え、言ったことが正しいことになる」

彼のその言葉にだけ、セリナは微かな迷いや苦悩を感じ取った。けれど、それが何を指しているのか、聞く前にギルベルトの身体が動いた。

「いや、俺が正しくさせる。今夜のお前のようにな」

「ギルベルト……？　ん、んん——！」

何も言わせまいとするかのように、唇を塞がれる。

ベッドの上に座っていても彼の背は高く、キスは上から降ってきた。触れて、それでは淫らさが足りないと唇を押しつけられる。

身体ごとヘッドボードに押しつけられた。

「あ、ん……んぅ……んぁあ……ん――」

逃れようと顔を左右に動かそうとしたけれど、顎をがっちりと摑まれてしまう。ギルベルトの口づけは、唇を合わせるだけではなく、当たり前のように舌が入れられた。口内を舐められ、舌を絡めとられ、卑猥な感触に頭が呆然とし始めていく。

――いや、なのに……身体は力が抜けて……。

彼の硬く筋肉質な胸板に手を突き、押し返そうとしたセリナの腕はキスだけで力を失ってしまう。どうしようもなかった。

「ん、は……ぅ……んぅ……」

頭の中は、舌の卑猥な感触に支配されてしまう。

最初は嚙んでやろうとも思ったのに、そんな気持ちも萎んでいった。

「あっ……ん――！」

強引で淫らな口づけを続けながら、ギルベルトがセリナの寝間着《ネグリジェ》に手を伸ばす。それに気づきはしたけれど、今度は抵抗することができなかった。

胸元を摑まれ、引き下ろされる。シルクの生地が肩を滑り落ち、胸が露になってしまう。

「象牙色の肌がうっすら染まっていくな、密やかな朝焼けのようだ……」

「……やっ……んっ……ぁあっ！」

ギルベルトの唇は、次の標的として乳房を選んだ。

脚を立ててベッドに座るセリナの胸に顔を押しつけ、その蕾を摘む。

「ひゃぁああっ！　あっ！」

いきなり、乳首を嚙まれていた。

強すぎる刺激が彼女の身体を駆け抜け、身体をびくっと痙攣させる。そのまま休むことなく、彼は淫らに胸を舐めていく。

「お願い……やめて……こんなのは嫌っ！」

やめてと何度言っても、ギルベルトには届かなかった。

言葉が通じない野獣に変わってしまい、一心不乱に乳房を舐め、甘嚙みし、舌で嬲っている。

「あううう……うっ……ぁあっ！」

ギルベルトの頭に手を置いて、押し返そうとしたけれど、胸を強く嚙まれると力はまったくというほど入らない。

口に含まれているのとは逆の胸も、彼の手がいやらしく揉む。舐められ、手で歪な形に変えられる乳房がセリナからも見えてしまう。息が次第に苦しく、熱くなっていくのを止められなかった。

——嫌……なのに……どうして感じてしまうの？

彼の指先は一度目よりもずっと乱暴で、強引だった。でも、どこを触るとどれだけ感じてしまうのかわかっているかのように、セリナを甘く蕩かせる。

淫らな吐息が漏れてしまうのを止められなかった。

「ん、ああっ……うんん！　ぁあん！　あ、あ、あ、あ……」

逃げる場所などなかった。逃げる力もなかった。

寝間着《ネグリジェ》をはだけ、ヘッドボードに身体を押しつけられながら、セリナはギルベルトの口や指に愛撫され続けた。

寄り掛かってくる彼の身体も重く、熱くなっていく。

「脚を開け！」

命令するギルベルトの声が聞こえてくる。

幾ら身体に蕩けるような愛撫をされていても、そんな淫らなことを自分からすることなどできない。

首を左右に振ると、彼の太い腕がセリナの細い両脚を摑んだ。

「やっ……う……あ……」

羞恥心から脚に力を入れて抵抗したけれど、ギルベルトの筋力に逆らえるわけもなく、じりじりと左右に脚が開いていく。

「あ、あぁぁ……嫌っ……」

完全に開くと、寝間着《ネグリジェ》の裾をまくり上げられた。

締め付けの少ない下着はすぐにはぎ取られ、セリナの秘裂が抵抗むなしく彼から見えてしまう。

いやらしく、そして不穏な感じでギルベルトが笑みを浮かべる。

「このネックレスはお前にくれてやると俺は言ったな」

ずっと摑んでいたネックレスを、彼がセリナの顔の前に持ち上げる。

「何を……するつもり？」

嫌な予感がして聞いたけれど、ギルベルトは何も言ってくれなかった。

代わりにネックレスを両手で摑むと、一気に引きちぎる。

「……ひゃっ！」

糸から外れた黒い宝石がベッドの上に散っていく。

暴力的な行為で従順にさせようとしているのかと、彼女は思ったけれど、それはもっと最悪なことのためだった。

ギルベルトは、シーツの上に落ちているオニキスを一つ拾うと指の間に挟んだ。

「存分に受け取れ……」

そう吐き捨てると、開かれた股から露になっている秘部に彼が手を伸ばした。

「ん、あ、ああっ！　何を……う、うぅぅ……」

オニキスを挟んだ指を花弁に押しつける。柔らかくなり始めたそれの上から秘裂を上下に擦りつけ始めた。

「ぁっ……んっ……ぅ、ぅん！　んぅんん！」

まだ硬くなっている秘部の入り口と花芯に石が当たる。幾ら綺麗に磨かれているとはいえ、それは指や肉棒に比べたらずっと硬く、無機質で、強烈に刺激した。

声を抑えようとしても、淫らな吐息が出てしまう。

黒い宝石が、何度も花芯から膣口にかけての滑らかな道筋を往復していく。

「ひゃ、あっ！　あああっ！」

段々と石を握る彼の指に力が入り、秘部に強く押しつけてくる。それはめり込ませるかのようで、卑猥さに腰が痺れた。

行為自体の卑猥さに震え、身体が勝手に反応していく。今まで乱暴な彼の行為に反応していなかった秘裂が伝い始めた蜜で濡れ始めた。

「あっ、んっ……んんっ、ああっ！　やめ……てっ！」

オニキスを秘部に押しつける力は止まることなく、強くなっていく。まるでそれは埋めようとしているかのようで――。

――まさか！　石を⁉

あまりに力を入れ続けるので、それまで思いもよらなかったことがセリナの頭に浮かんだ。もし、彼がオニキスを秘部に入れようとしているのだとしたら。

あまりに卑猥で背徳的な行為に震えあがる。けれど、悪い予感は当たってしまった。

「何を……するの……っ！　ん、あ、ああああ――！」

ギルベルトの指に挟んだオニキスが花豆を捉え、ぐりっと擦り剝く。空気に触れた花芯の刺激に震えあがった時、彼の指はそのまま石を膣へと押し込んだ。

――中に……入って……ぁ、あああぁっ！

「ん、んんっ！　んぅんんんん！」

膣口に丸く磨かれたオニキスが触れる。ぐりぐりと擦られ、強烈な刺激と快感にセリナの腰がガクガクと震えた。

愛液で濡れた秘裂はそんな行為さえ受け入れてしまって、徐々に石を呑み込んでいった。

「あ、あぁぁああ……取って……嫌っ！」

膣にはっきりとした異物感を覚え、セリナは声を上げた。頭を左右に振って、嫌悪感を表す。しかし、その様子をギルベルトは残虐な肉食獣のように見ていた。

「このネックレスはお前にやるといっただろう?」

そう宣告すると、さらにオニキスを彼女の膣に押し込んだ。

「ひゃぁあああっ！　や、めて……っ！　あぁああああ！」

硬い膣の入り口を激しく擦りながら、黒い宝玉が進む。苦しさと強い刺激がセリナを襲い、悲鳴のような嬌声を上げる。

しかし、それも数秒のことで――押し込まれたオニキスが半分、膣内に埋められると残りはすぐにツルリと入っていってしまった。

「あ、あ、あああ……」

――中に……石が……そんな……。

強い異物感と淫靡さがセリナの背筋をゾクゾクと震わせる。

少しでも身動きすると、オニキスが膣を擦り、強い刺激と快感が襲ってくる。すぐに取り出したいと思うも、自分ではもうどうすることもできない。

指で掻き出すことなど恥ずかしくて、できるわけもなかった。ただ、刺激に耐えるため、全身を緊張させることしかできない。

「どうだ？　オニキスの感触は？」

ギルベルトが、残忍な笑みを浮かべている。

「宝石職人が丹念に磨いたおかげで、痛みはないだろう」

「……う、うぅぅ」

呻き声を上げながら、首を横に振った。

見たり、指で触れたりした時には感じなかった微かなざらつきを感じる。動く度にそれが膣襞を擦るのだ。

それにオニキスはとても硬かった。膣が触れ、刺激で収縮する度に硬く冷たい感触が身体を駆け抜ける。それは彼女に耐えがたい羞恥心を呼び起こした。

――変な感じがするのに……苦しいだけじゃない……どうして……。

ギルベルトに見つめられているせいだろうか、羞恥に燃えた身体が熱くて、身をよじりたくなる。

「気に入ったようだな。だが、次はどうだろうな」

「……っ!?」

恐ろしい言葉が聞こえ、セリナはギルベルトのほうを見た。

彼の手にはオニキスではなく、ネックレスについていたもう一つの黒い宝石——ブラックダイヤモンドが握られていた。

わざと見せつけるように人差し指と中指の間に挟み、彼女のほうに向けている。

その宝石は、妖しくギラギラと輝いていた。

縞瑪瑙《オニキス》と違い、黒金剛石《ブラックダイヤモンド》は光を反射させるために何面にもカットされ、鋭い角が幾つもある。

もし、オニキス同様膣に入れられれば……。

「やめて……お願い……もう、挿《い》れないで……」

今からギルベルトがしようとしている恐ろしいことに、セリナは震えあがった。止めるよう必死に懇願するけれど、無駄なことだった。

「心配するな。一番小さいのを選んでやったからな」

「やっ！」

膣内のオニキスが動くのも構わず、脚を閉じようとする。

けれど、寸前のところで彼の腕がそれを阻んだ。

ギルベルトの強い腕力に逆らう術はなく、ブラックダイヤモンドが膣にあてがわれる。

オニキスよりも鋭い刺激が秘裂を襲った。

「いっ……あ……あああ、うっ！」

膣に宝石を入れるなどというあまりに淫靡な行為に、拒絶するような声がセリナの口から漏れていく。

痛みを和らげようと蜜壺《みつつぼ》からは彼女の蜜が溢れ出していった。

しかし、それが災いして、たっぷりの潤滑油で濡れた膣口は、ごつごつとしたブラックダイヤモンドを受け入れていってしまう。

「あうっ……うっ……ううう……」

彼の指に押された宝石は、膣口に強すぎる刺激を与えながら埋められていく。

セリナは無意識に脚を浮かせ、痛みに耐えようとつま先までピンと身体を張りつめた。

時々その快感と刺激に耐えきれず、ビクンビクンと身体を卑猥に震わせながら黒い宝石を膣に入れられていく。

何度も嫌だと首を左右に振ったけれど、ギルベルトは取り合ってくれなかった。

「これでネックレスはお前のものだ」

「ひぁ……あ……あ……」

オニキスよりも直径が小さなブラックダイヤモンドは、セリナの膣口に引っかかることなくすっぽりと入ってしまった。

異物感が二つになり、身動きが取れなくなる。

少しでも動けば、宝石の角が膣を鋭く擦り、石同士が触れ合って蠢いてしまう。それは耐えきれないほどに強い刺激に違いなかった。

「これでわかっただろう。俺を拒絶することなど、今のお前にはできないということを」

「あううう……わ、わかったから……もうやめて……取って！」

勝ち誇るギルベルトに、これ以上屈辱的で卑猥なことを続けないように懇願する。でも、彼が自らの衣服を乱し始めたのを見て、それが無駄なことだとわかった。

「さあ、夜伽《よとぎ》の時間だ。たっぷり可愛がってやる」

――こんなの愛する行為じゃない！

叫びたかったけれど、声にならない。喉を震わせることも、膣内の宝石を揺することになってしまうからだった。

指先さえも動かせないことをいいことに、彼はベッドの上で脚を開いて座るセリナの腰を掴むと引き寄せ、興奮していきり立った肉杭を突き入れた。

抱き合うような姿で重なり合い、挿入されていく。

「あ、ううう！　あああああ！」

——そんな……石が入ったままで……。

石の刺激で秘裂の外側まで愛液は溢れ出ていて、肉棒の先端が触れた途端にぬるりと滑り、全部が挿入されてしまう。

腰を突き合わせるような体勢もあって、肉杭はすぐにセリナの身体を貫いた。

肉棒が見えなくなるほどに膣内に埋められ、先に入れられた宝石を押し込む。

「……あ、ああ——っ！」

オニキスが膣奥に触れ、強烈な刺激を返す。

思わず、セリナの身体はベッドを跳ねた。腰がビクンと震える。

「そんなに気持ちいいか。俺もだ」

——違う。気持ちいいなんて……ない。

——ないのに……へん……苦しいのに……擦れて、爆ぜてしまう。

無機質な石の感触は、彼女の神経を激しく奏でたけれど、それは耐えきれなくなりそうなほどの強さで、逃げ出したかった。

「あうう っ……あ、あああっ！　抜いて！　お願い！」

この感覚を、快楽だと認めたくなかった。

卑猥な言葉を口にしている自覚はあるけれど、懇願せずにはいられなかった。

苦しさが限界にまで達し、自分のものとは思えない荒い息が聞こえる。

「まだ動いてもいない。我慢しろ、愛玩奴隷としての役目を果たせ」

――愛玩奴隷……だなんて……。

セリナへ自覚させるようにそう呼ぶと、ギルベルトの腰がゆっくりと動き始める。

「ひゃぁあああっ！　あっ！　あああっ！」

大きすぎる彼の肉杭が密着する膣壁を削り取っていく。神経を直接爪で引っ掻かれるかのような刺激に身体は激しく抵抗し、悶《もだ》え、躍った。

セリナの嬌声が広い部屋に広がり、反響していく。

乱れ喘ぐ彼女の様子にか、宝石を入れた膣の感触にか、ギルベルトは興奮した様子で荒い息を露な胸に吹きかけながら腰の速度を徐々に速めていった。

――あぁぁ、石が中で響いて……もう止めて！　苦しいのに、何かがせり上がってきておかしくなる！

速くなっていく抽送は、やがてベッドごとセリナの身体を揺すり始めた。

肉棒に押し出され、さらに揺さぶられ、膣内で宝石が蠢く。

異物を三つも挿れられた膣には隙間がなく、中のものが動く度に膣襞が擦られ、響き、強烈な刺激となって降りかかってきた。

淫らなキスとは違う、気を失いそうなほど濃厚な熱気がセリナを襲い、理性が刈り取られていく。普通ではない男女の行為は、あまりに激しくて淫らで、頭が真っ白になっていく。

絶え間なく刺激にさらされ、震えさせられて、喘ぐだけしかできなくなっていた。

「あ、あ、あああ……んんんんん！」

腰を掴む彼の腕に力が入り、思い切り引き寄せられる。

卑猥な音を立てながら、愛液をかき分けて彼の肉杭がセリナの膣深くに挿入されていく。

子宮口に宝石が追いやられ、擦ると同時に押し広げながら根本まで入ってきた肉棒の感触を強く感じた。

怒張した彼の熱杭は力強く鼓動し、震えながら絡みつく膣壁を押し返す。

「ううう……あああぁぁ……」

――もう……駄目……我慢……できない……。

――へん……へんなのに……気持ちが――ああっ。

我慢の限界だった。宝石の感触も、硬く大きな肉杭が抽送するのも。

もう耐えることができなくなり、セリナの身体は意思と力を失っていく。それでも膣だけが刺激に反応して、強く中の異物を抱きしめていた。快楽を包んで放さないみたいに。

まるで他人事のように、耳元には愛液をかき混ぜる抽送の水音と、腰を叩く乾いた音と、軋むベッドの音が聞こえてくる。

部屋は靄《もや》がかかったように二人の熱気と、性の匂いが充満し、濃密な空気となっていた。

「んぅん！　ぁ、あああっ！　あんぅ、んんっ！」

壊れたように嬌声を上げながら、抽送されていく。

――あ、あぁぁ……やっと……終わる……。

終わりが近いのを、挿入されている肉棒から感じ取る。

それは一層激しく脈打ち、膨張し、熱かった。

「……くっ！」

彼の力む声が聞こえ、腰を打つほど激しかった抽送が止まる。深く突き刺さった熱杭は、激しく膨れ上がりながら、その気と熱をセリナの中に放った。

「あ、あ、あっ、あ、あああ……」

決して慣れない感触。

彼にすべてを蹂躙される感覚。

それらを感じながら、新たな刺激にセリナは嘶き、手足を痙攣させた。

後片付けにフロリアとエイルを呼ぶわけにはいかず、また乱暴されてしまった悲愴《ひそう》感を覚えながら、セリナは一人汚れてしまった自分の身体を布で拭く。

乱れた寝間着《ネグリジェ》を直し終え、何もかも忘れるため眠ってしまいたかったけれど、そうできない問題があった――ギルベルトだ。

彼は行為のあと、そのまま裸でベッドに倒れ込むと寝息を立て始めてしまった。

その身体を揺すってはみたものの、起きる気配はまったくと言っていいほどにない。

あんな酷い乱暴のされ方をしたあとなので本当は顔も見たくなかったけれど、セリナは目を覚ますのを待つしかなかった。

最初はソファに座り、気を紛らわせるために何か別のことをしようと考えたけれど、この世界での暮らしに夜中にできることは少ない。それに、同じ部屋に彼がいると思うと気になって、眠ったり、考え事をしたりすることもままならなかった。

結局、セリナはベッドの中ですぅすぅと寝息を立てる彼の様子を窺っていた。一刻も早く起きてくれることを望みながら。

「ぜんぜん……起きない」

——疲れているのだろうか。

襲われた時とはまったく違う、彼の穏やかな寝顔を見ていると不意にそんな言葉をセリナは呟いてしまう。

城に帰ってから一晩経たずに出掛けていったことや、セリナが贈り物を受け取らず、拗ねたような彼が頭をよぎったからだ。

「…………」

——心配してなんていない、この人は残虐非道な悪い人。

すぐに頭を振って、自分の言葉を打ち消したけれど、言い訳っぽくなってしまう。

「そう、わたしはこの人が憎い。恨んでる。だって、二度も乱暴されて」

自分へ言い聞かせるように呟くと、セリナはこれ以上惑わされないように彼から顔を背けて窓辺に立つ。

元の世界とは違う、靄がかかったぶ厚い硝子窓をずらすように開けるが、指先が風に触れる隙間しか開かない。

何世紀も前のような暮らしの中で、元の世界よりもずっと綺麗に見える星々が、わずかな窓の隙間からでも眩しいほどに美しく輝いていた。

第三章　宴の庭で乱されて

夢を見た。

目が覚めると、元の世界の日常。

セリナではなく、世里奈に戻っていた。

朝、母に起こされる。身支度を整えると時間はすでになくなっていて、朝食を摂らずに駅まで走るとなんとかぎりぎり遅刻しないで済んだ。

退屈な授業を真面目に受け、休み時間には他愛もない話題で友人と盛り上がる。

それはギルベルトのいる世界とは、まるで違った。恐ろしい戦いもないし、他人を尊重して、良くも悪くも距離を取って暮らしている。

誰も自分の中にずかずかと踏み込んで来ない分、燃えるような情熱や野心といった強いものを持つ人はいなかった。

城での生活に比べたら、やることが多くて忙しいけれど、変化は少ない。

劇的な事件はそう起こらない。日常が回っていく。

そんな平和な帰り道、世里奈は友人と話していて、ふと夢で見た中世のことを話す。

いきなり王女の身代わりになって、男の人に襲われて、城に囲われて。

『欲求不満なんじゃない？』『漫画の読み過ぎでしょ』などとからかわれ、世里奈は『ひどい！』と笑って返すけれど、友人の一人が急にこう言った。

『何寝ぼけているのよ！　それは夢じゃないわ。こっちが夢よ！』

俯きながら口にした友人は、ゆっくりと顔を上げる。

彼女は自分と同じ顔をしていて、意地悪そうな笑みを浮かべていて――――。

「……！」

ハッとして目を覚ますと、セリナの視界に入ってきたのは天蓋。周りを見なくてもそこが、自分の部屋ではなく、ギルベルトの治めるルバール城の一室であることがわかる。

カーテンの隙間から太陽の光がちらちらと差し込むところを見ると、朝のようだった。

身体がとても怠《だる》い。

「痛っ……！」

ベッドから抜け出ようとすると下肢が鈍く痛む。身体の不調の原因はそれだった。

――昨日も、ギルベルトに抱かれたんだ、わたし……。

悪夢のせいで曖昧になっていた記憶を手繰り寄せる。

二回目に抱かれた夜から、セリナは毎夜、ギルベルトによって抱かれる日が続いた。

朝起きると彼に何度も抽送された秘部が微かな熱を持っている。

宝石を挿《い》れられた夜ほどは激しいことをされなかったけれど、毎夜のように部屋に入ってきて交わるものだから、身体は起きるといつも重かった。

その熱に慣れてしまいそうな自分が怖い。

「おはようございます、セリナ様」

彼女の動く気配を察した侍女フロリアが部屋に入ってきて、カーテンを次々と開けた。

部屋の中が一斉に陽《ひ》の光で照らされ、豪華な調度品たちが輝き出す。

眩しいほどの光を感じても、セリナはあまりの怠さに身体を起こすことができなかった。

「大丈夫ですか、セリナ様。少し顔色が悪そうですけど」

フロリアに続いて入って来たエイルが心配して、声をかけてくれる。

「大丈夫。少し疲れているだけだから」

昨夜のギルベルトのせいで……とは言えるわけない。

「その……ギルベルトが夜部屋に来ないようにはできないの？　何か拒否する手立てとか、こうすると来られないとか」

「それはできません。ギルベルト様は皇子様ですから」

微かな望みで聞いてみたのだけれど、きっぱりとエイルに否定されてしまう。

「でも、素敵だと思います」

セリナではなく、なぜかエイルがため息をつきながら呟いた。

「何が？」

「お疲れになるぐらい、ギルベルト様に毎日情熱的に愛されているってことがです」

「そういうのとはちょっと違う気がするけれど……」

立場上、やんわりと否定したつもりだったけれど、エイルには聞こえなかったようだ。

ちょっとした仕返しを思いつく。

「手が止まってる。ぼーっとしているとフロリア姉様にもう一度怒られるよ」

「ひっ！　い、今、やります。すぐやります！」

小声で囁《ささや》くと、びくっと身体を震わせて慌てて彼女が朝食の給仕に取り掛かる。

二人とは食事の件もあって、からかい、からかわれるぐらいの仲にはなっていた。

「いただきます」

朝食は、折り畳み式のテーブルの上に、美味しい匂いと湯気を上げる料理が並ぶ。

ふわふわオムレツ、自家製のベーコン・ソーセージ、数種の野菜のサラダに野菜のスープ、パンが数種類、搾り立ての果物のジュース……。

夕食と違って朝食に関しては、毎日のメニューはあまり変わらないけれど、飽きるようなことはなかった。

どれもが採れたての新鮮で、驚くほどに美味しいからだ。

今日のスープは、ほどよく甘味のあるニンジンだった。そこに硬めのパンを浸して食べる。元の世界からするとここのパンは硬めのものばかりなので、こうしてセリナは柔らかくしてよく食べていた。

「何か城で変わったことはあった？」

食後にフロリアの淹《い》れてくれた紅茶を飲みながら二人にセリナは訊《たず》ねた。二人は使用人の情報網で、城の中での様々なことを知っていた。

たとえば、庭でどんな花が咲いたであったり、厩舎《きゅうしゃ》で仔馬《こうま》が生まれたり、誰と誰が逢引していたといった感じで。

それらを聞くのがセリナの日課になっていた。

「残念ながら、わたくしは何もありません。エイルは？」

「昨日で七日連続、ギルベルト様が城にいらっしゃることぐらいです」

話を振られたエイルが、不意にそんなことを言い出す。

「そんなにいつも留守にしているの？」

セリナからしたら、初日から二日いなかっただけで、あとは毎夜ギルベルトと会っていたのでそれは驚きだった。

「はい、大変お忙しい方ですので、ここまで城に毎日お戻りになるのは大変珍しいかと思います。昼間、お出掛けにはなっているようですけれど」

セリナの問いに、フロリアが答えてくれた。

――やっぱり、疲れてるんだ。

交わったあと、ギルベルトはセリナのベッドで寝てしまうことが多い。

無理しているのかもしれない。なんのためだろうか。

「セリナ様と一緒にいたいからではないですか？　ギルベルト様が毎日城にいるのは」

「それは、ないと思う」

「え……そうですか？」

エイルは冷やかそうとしたのだろうけれど、セリナは真面目にそれを否定してしまった。

彼女がきょとんとしている。

「あっ……そんな人ではないってこと。ギルベルトは女の人とかのために行動する性格ではないでしょう」

誤魔化しながらも、セリナの胸の中には違った考えが浮かんでいた。

――ギルベルトは、別の企みがあって毎日帰ってきているのでは？

セリナを助けて、賓客として連れて行くと言った時、シピトリアの統治を手伝わせるようなことを彼は言っていた。政治的なことを質問されたらどうしようかと思ったけれど、王女として何かを訊ねてくる気配は、ない。

あれが出まかせだとするなら、ギルベルトの狙いは他に……。

もしかしたら、セリナを毎夜乱暴に抱くのも何かあってのことかもしれない。

たとえば、王女であることを疑って、セリナが眠っている間に周りを調べているとか。

「……!?」

城の生活に慣れてしまって、すっかり忘れていたことにセリナは気づき、椅子から立ち上がった。あれを見られたら、不審に思われるだろう。

慌てて、部屋を見回したけれど、それはどこにもなかった。

確か壁際にある荷物を置く台の上にあったはずだけれど、ここ数日見た記憶がない。

「フロリア、わたしのバッグ知らない？」

「バッグ？　えぇと……セリナ様の鞄ですか？　少しお待ちください」

何事かと驚く侍女に訊ねると、彼女はすぐに奥の部屋からセリナが捜していたスクールバッグを見つけてきてくれた。

「こちらでしょうか？」

「ええ、これ。見当たらなくなってたから……よかった」

中身を急いで確認する。

教科書も、裁縫キットも、飴も、スマートフォンもきちんと入っていた。

けれど、何か足りない。

――あ！　制服がない!?　どうして、あれだけ？

見逃すなんてありえないけれど、バッグの中をもう一度隅々まで確認しようとするのを、フロリアの控え目な声が止めた。

「あの、セリナ様。先日、そちらの鞄の中を見る許可をいただきましたので、差し出がましいようですがドレスを洗い、靴を手入れさせていただきました」

セリナがバッグの中身を確認している間に、別の場所から持ってきてくれたのだろう。

フロリアは彼女の見慣れた制服と靴を手にしていた。

――ドレスって……制服のことだ。そんな大層なものではないのだけど。

制服は綺麗《きれい》に洗濯され、畳まれている。スカートのプリーツも元通りだった。

着たものを洗わずに入れたままだったことが、気恥ずかしくなる。侍女の機転に感謝して、セリナは制服を受け取った。

「とても丈夫な布ですね。洗濯してもまったく縮みませんし、皺《しわ》にもほとんどなりませんでしたから。一体、なんの生地を使われているのですか？」

思いもよらず、フロリアに制服を褒められ、質問されてしまった。

おそらくは、この世界にはない素材だ。セリナは苦笑いして誤魔化すしかなかった。

「わたしもよく知らないの」

「では、これも大陸外の献上品なのですか？」

「……そ、そうなの。一着しか持っていない貴重なものだったから」

「扱いには今後、十分に注意いたします」

「ええ、お願い。大切なものだから」

この制服にもう一度袖を通す時はいつになるだろう。帰る時？　そんな機会がくるかわからない。

少しだけ落ち込んでいると、エイルがセリナの制服と革靴を珍しそうに覗き込んだ。

「靴はピカピカですね。革みたいですけど……丸くて変わった形です。ドレスは裾が短いから、両方とも子供用ですか？　プリーツがたくさんついていて、可愛いですね」

制服や素材に彼女たちは馴染みがないようだ。そういえば、シピトリア王城でセリスデイアナ王女もそんなことを言っていた気がする。

「……この国には、女の人が脚を見せるような服はないの？」

「あるわけありません。そんなはしたないことをしたら男の人を誘っていると思われて、軽蔑されます。シピトリアでは違うのですか？」

「そんなことないけれど……これを贈ってくれた国には、普通に脚を出している人もいるらしくて……」

「すごいですね。どんな国なんです？　一度行ってみたいです。これを着て歩くのにはかなりの勇気が必要そうですけど」

エイルに聞き返すと、逆に驚かれてしまう。また誤魔化すのに苦労するはめになった。

「わたしもよく知らないの。父……じゃなくてお父様やお兄様を通して聞いただけだから」

「そうですか、残念です。他にどんな珍しいものを持っているんですか？」

今度はエイルの興味が鞄の中に移る。

たぶん、フロリアにはすべて見られてしまっているので問題ないはずだけれど、また余計なことを言ってしまうかもしれない。

上手く話題を他にそらせないものかと考えていると、セリナの後ろ、部屋の入り口に人の気配がした。

「俺にはつれないのに、随分と侍女とは親しげに話すんだな」

振り向かなくてもわかる。声とその不機嫌な口調からギルベルトに違いなかった。

「申し訳ありません、ギルベルト様」

「フロリア、エイル、謝る必要なんてない。わたしが二人には、親しく話して欲しいと思っているんだから」

「……セリナ様」

彼の言葉に怯え、フロリアがすぐにエイルの頭を下げさせたけれど、セリナはそれを必要ないと言って止めた。

「それに女の部屋へ、いつもいきなり勝手に入ってくるのが間違っていると思います。着替えや湯浴みをしていることだってあるのに」

そんなに強く言うつもりはなかったのだけれど、話し始めるとつい彼には喧嘩腰《けんかごし》になってしまう。二人についての棘《とげ》のある言葉のあとだったから、尚更だった。

「五回は扉を叩いたんだが……壊れるまで叩いていたほうがよかったか?」

どうやら、話に夢中でセリナたちは彼の立てた音に気づかなかったようだ。

もしかしたら、勝手に入ってくることに再三文句を言っていたから、今度はノックするようにしてくれたのだろうか。

膨らんでいた彼への反抗心が萎んでいく。

「ごめんなさい。本当に気づかなくて」

「今はそんなこと、どうでもいい」

セリナは謝ったけれど、ギルベルトの態度は苛立ったままだった。そんな細かいことにこだわる人ではなかったので、何か違う理由があるようだ。

「フロリア、今夜、シルヴィオが来ると厨房《ちゅうぼう》に伝えてくれ。くれぐれもミスのないようにともな。エイルはセリナの身の回りの世話を頼む」

彼の指示に、侍女二人が頭を下げ「かしこまりました」と答える。

「シルヴィオって、あの、わたしを火あぶりにしようとした⁉」

焼かれそうになったことを思い出して、セリナは声を上げた。忘れたくても忘れられない恐ろしい記憶。

「その謝罪と見舞いを兼ねてだそうだ。皇帝からの使者という形式での来訪だから、形だけでも受け入れなければいけない。お前がどうしても嫌なら寝込んだと伝えるか？」

「…………いいえ、謝罪とお見舞いなら、わたしがいないわけにはいかないと思います」

本心では会いたくなかったけれど、皇帝からの使者と聞くと、隠れていたらギルベルトどころか、侍女にも迷惑をかけそうだった。

「俺が隣にいる。危害は加えさせない」

それだけを言うと、ギルベルトは去っていってしまった。

「ねぇ、フロリア。シルヴィオって、ギルベルトの弟みたいだけど……」

彼の後ろ姿を見送ってから、侍女に訊ねる。

「はい、ギルベルト様の弟君に当たる方です。いらっしゃるのは珍しいのですが……」

何か含みを持ったフロリアの言葉。

——兄弟なのに、あまり会わない？

ギルベルトの苛立つ様子からしても、戦場でもおぼろげに覚えているのは言い合いをしている二人の声。あまり兄弟仲が良くないのかもしれない。

「……シルヴィオ様のことは、私たちもあまり好きではありません」

「エイル。ご主人様のご兄弟のことを悪く言ってはなりません」

「でも……」

ぽろりとエイルが漏らしたのを、フロリアが窘《たしな》めた。

それ以上詳しいことを聞くわけにもいかず、三人とも無言になって部屋に重い空気が流れる。

「お二人とも支度に行かなくてもよろしいんですか？」

そこへ、今度はギルベルトのあとを追ってきたのだろうか、マークスが声をかけた。

侍女二人は弾かれたように動き出すと、慌てて朝食を片付け始める。

「あとで衣装合わせに参りますから、失礼いたします」

そう言い残すと、エイルもフロリアも今夜の準備のためか、大急ぎで部屋を出て行く。

「衣装合わせって……？」

今着ているドレスで謝罪を受けて、食事の前に話せばいいだけでは？

独り言のつもりで呟いたのだけれど、マークスがセリナの疑問に答えてくれた。

「シルヴィオ様がいらっしゃいますので、急遽、城で晩餐会《ばんさんかい》が開かれます。当然、セリナ様にも盛装でご同席していただきます」

「そう、ですか」

晩餐会のマナーについては、知識としては教わっていたし、ギルベルトと夕食を共にしたこともあったのである程度はわかる。けれど、本番となると不安だった。

しかも客人がギルベルトの弟皇子となると、尚のこと。

「ご心配なさらずに。使用人たちがフォローしてくれますから大丈夫です。セリナ様はこの城に滞在するお客さまですから、堂々となさっていてください」

セリナの不安を感じ取って、マークスが微笑みかけてくれる。

「それよりも、注意すべきはシルヴィオ様についてでしょう」

「まだ、わたしを殺そうと……？」

大真面目にセリナが問いかけると、マークスが「心配ありません」と笑ってくれた。

セリナを見つけるなり火あぶりにしようとしたぐらいだ。シピトリア王国に恨みでも持っているのかと思ったけれど、そうではなさそうだった。

使用人たちの不安は、別のところにある気がする。そう――ギルベルトとのこと、とか。

その様子を侍女やマークスから感じ取り、セリナは口を開いた。

「ギルベルトとシルヴィオ……お二人は仲が悪いのですか？」

「私の口からは何とも。ですが危険な方でもありますので、ご注意ください」

頷くマークスの顔が険しくなる。

他人にあまり聞かれたくないことなのだろう。

彼は開けたままになっている入り口に視線を向けて、どうするか迷ったようだけれど、結局扉を閉めた。

「セリナ様も知っておいたほうがよろしいかと思いますので、お話ししますが……」

そう前置きして、彼がシルヴィオとギルベルトの関係について話してくれた。

「表向きは、昔、ギルベルト様はシルヴィオ様に手痛く裏切られたことがあり、それがきっかけで弱みも隙も見せず、規律に厳しい方になられたということになっています」

「……表向き？」

「ええ、これは使用人も知っている話です。間違ってはいないのですが、本当のところは少し違います」

声をひそめ、マークスが話してくれたのは兄弟の亀裂を生む決定的な出来事だった。

数年前、当時、皇帝の命令でギルベルトが守っていた砦を、何を思ったのかシルヴィオが突然、私兵を率いて攻めたのだ。

ここからはギルベルトと騎士隊長マークスの憶測ではあるが、おそらくシルヴィオの行動は陽動。当時、対峙《たいじ》していたシピトリア王国と通じ、打って出てきたところで砦を奪い、挟み撃ちにするつもりだったのだろう。

実際に密偵から敵国の砦に出兵の動きがあったことを、ギルベルトたちは摑んでいた。だから、誘いには乗らず砦を守備することに徹し、しびれを切らしたシルヴィオが攻めてくるのを返り討ちにしたのだ。

砦を一向に離れない兵の様子に、シピトリア軍はシルヴィオの動きに呼応することはなく、事態はあっけなく収束する。

帝国への反逆行為としかいえないことをしたにもかかわらず、シルヴィオが皇子の位を剝奪されずにいるのは、ギルベルトが庇《かば》ったからだ。

戦場では覇王の呼び名にふさわしい冷静な判断で弟皇子の裏切りに対処こそしたが、肉親である弟の行為が信じられず、皇帝には演習だったと嘘をついてしまった。

だが、逆にそれが二人の関係をよりこじらせてしまったようだ。

一度、生まれた溝は埋まらず、庇ったこともシルヴィオを疑心暗鬼にさせるばかりで、ギルベルトもそんな彼を遠ざけるようになっていった。

「二人の間にそんなことが……」

兄弟で争う。そんなことがセリナには信じられなかったし、悲しかった。

「では、シルヴィオ様は随分と怖い方なのですね」

「いえ、怖さでは我が主《あるじ》のほうが怖いですが……」

苦笑いするマークスの顔が、真剣なものになった。

「シルヴィオ様は冷酷なのです。仮面の下で、相手の喉に嚙《か》みつく機会をじっと窺っているような方ですから」

セリナの認識に違いはなく、シルヴィオは随分と危険な人物のようだ。

マークスの言葉に落城の火あぶりを思い出してぞっとする。冷酷で残虐、火刑を嬉々としておこなっていた。

「ですから、ギルベルト様からセリナ様へのご忠告を伝えに参りました。今回のシルヴィオ様の訪問は怪しく、何を考えているか読めません。ですから、貴女様も十分に気をつけられるようにと」

亡国の王女であるセリナへすべてを話すことには違和感を覚えていたけれど、マークスの話はギルベルトのこの言葉を伝えるためだったのだろう。

シピトリアの王女であることをシルヴィオに利用される可能性があると、彼は心配しているのだろうか。でも、どうやって……。

ともかく、セリナはギルベルトからの忠告を心に留めておくことにした。

「先ほど話したことは、ギルベルト様と側近の数人しか知らないことです。くれぐれも他言はしないようにお願いいたします」

「わかりました。ありがとうございます、色々と話してくださって」

騎士隊長とはいえ、今話したことがセリナの口から漏れてしまうと困るだろう。もちろん、秘密は悟られないようにして口を噤《つぐ》むけれど。

「構いませんよ。貴女様はあの方が見つけられた唯一の安らぎなのですから」

「……？」

「いえ、忘れてください。今の言葉はさすがに話しすぎました。私はこれで。二人でいるところをギルベルト様に見られたら殺されてしまいますから」

逃げるように彼が一礼すると部屋から出て行く。

——安らぎ？　わたしが？

誰もいなくなった広い部屋で、マークスの言葉をセリナはいつまでも考えていた。

城全体がどこか落ち着きをなくし、正確に時間を刻むはずの時計の音さえも慌ただしく聞こえてくる。

セリナはしばらくして戻ってきたエイルの手で、着飾られた。

美しく豪奢《ごうしゃ》な晩餐会用のドレスは、桃色のシルクタフタであちらこちらに水色のリボン飾りが結ばれている。ウエストラインの大きなリボンには、青と銀の糸で菫《すみれ》の刺繍が入っていた。

ネックレスも開きかけた花の形に、小さな宝石が集められて嵌《は》められている。六輪もの宝石花が歩く度に首元でシャラシャラと音を立てて落ち着かない。

イヤリングも揃いの宝石花が右と左に一輪ずつ咲いている。

髪は両サイドを持ち上げ、編み込んで頭の後ろに、キラキラ光る桃色の宝石がついたピンで留められている。後ろの髪は時間をかけて真っ直ぐに梳《と》かされていた。

――こんなに盛装しているの、わたしだけだったらどうしよう。

それからはすることもなく、重いドレスで動き回るわけにもいかず、部屋でじっとしていることしかできない。

陽が沈み始めた頃、ギルベルトの指示で自室から書斎に移動したセリナは、文字を読めないので地図や図鑑といった挿絵のある本を漠然と眺めていると、馬車の到着を知らせるベルが城に鳴り響いた。

しばらくして、ギルベルトがシルヴィオを伴って入ってくる。

「わ……」

セリナはその光景に目をパチパチとした。

ギルベルトも盛装なのか、双獣紋が刺繍された色鮮やかなベストに、美麗な上着《ジュストコール》を身につけている。首にはクラヴァットが巻かれていた。それが少し窮屈そうだったけれど、とても似合っていた。気づけば目で追ってしまう。

――褒めたくないけど、格好いい。

ギルベルトの盛装を見て、セリナは彼が皇子なのだと実感した。

本物の王女でないのに、こんなに美しいドレスを着せられて、本物の皇子であるギルベルトがすぐ近くにいる。

セリナが王女でいるから、誰もがよくしてくれるのだと改めて気づかされてチクリと胸が痛んだ。

「セリナ、改めて紹介しよう。弟のシルヴィオだ」

——ギルベルトに見惚《みと》れている場合ではなくて。

慌てて隣の男の人へとセリナは向き直る。

盛装したシルヴィオの姿は、相変わらず嫌な笑みを浮かべていた。

シルヴィオの上着は、かっちりとした濃緑《ビリジャン》で、金とエメラルドグリーンの縁取りがあった。彼は細やかな編み目をしたレースのクラヴァットをつけている。

一見、ギルベルトよりも繊細で高貴な雰囲気があり、皇子らしいのだけれど……気をつけろとマークスから伝えられた忠告を思い出す。

「お久しぶりです。セリスディアナ・シピトリアです」

なるべく威厳を持って、手の甲を彼のほうに差し出す。城で過ごしているうちに、王女らしくと身につけた礼儀作法だった。

「何度も、お会いできて光栄です、セリスディアナ王女。シルヴィオ・ハイルブロンです。シピトリア王城でのご無礼、お許しください」

「……はい、もう忘れました」

シルヴィオの指は手袋をしているのにとても冷たかった。

「寛大なお心に感謝いたします」

はいと答えたセリナ以上に、シルヴィオからは、感謝も過去の無礼の詫《わ》びも何も感じない。きっと本心ではないのだろう。

――怒っては駄目。自然に……頬がひくついて上手く笑えないけど。

苛立ちと作法。上手くできているかわからないけれど、誰にも恥をかかせたくない。

間違ってはいないか不安だったけれど、シルヴィオが優雅な動作で跪《ひざまず》くとセリナの手の甲に口づけする。

そこで男性は離れるはずだったのだけれど、彼は手を掴んだまま立ち上がった。

困惑するセリナに、ぐっと顔を近づけると二人にしか聞こえない声でシルヴィオが囁く。

「相変わらず、この城は卑しい身分が多くて吐き気がいたしますね」

――えっ⁉　今、この人なんて……。

あまりに小さい囁きに、はっきりとは聞き取れなかったけれど、この城を馬鹿にした言葉を言ったようだった。

「気安く触るな！」

懐疑《かいぎ》の目で彼を見るも、ギルベルトの声が二人を引き離した。

兄に肩を摑まれそうになるのを避けると、シルヴィオはセリナから離れる。

「噂《うわさ》に違《たが》わぬ美貌に魅了されてしまいまして。つい……失礼しました」

言い訳を口にしながら、シルヴィオがセリナを見る。

その瞳は美しいのに、冷たく鋭かった。つい耐えきれなくなって、視線を彼の顔から逸《そ》らす。

「晩餐にしましょう。ご馳走《ちそう》してくれるのですよね、兄上。ここへ来るまで十分に腹を減らしてきましたから」

「いいだろう。食べたら、さっさと帰れ」

「つれないですね、兄上。久々の兄弟の再会だというのに」

「俺はいつ、誰にでもこうだ」

そばから見ていると、ぶっきらぼうな兄と賑《にぎ》やかな弟、といった構図だけれど、ここに血腥《ちなまぐさ》い争いがあるのかと思うと——ぞっとした。

前もって忠告されていなければ、セリナへ謝罪をし、ギルベルトと友好を深めようとするシルヴィオに対して、つれない態度を取ってはいけない、二人を仲よく取り持たなければ……と少しだけ思ってしまったかもしれない。

――けれど、これは企みのある、注意しなければいけない晩餐会。

「いくぞ、セリナ」

「参りましょう、兄上の大切な賓客のセリスディアナ王女」

「え、ええ」

二人の皇子にエスコートされ、セリナは晩餐会の間に向かった。


晩餐会の間は普段ギルベルトとセリナが夕食を摂《と》る食堂ではなく、あまり使われていない一階の大広間に準備されていた。
二、三十人は並んで食べることができる広い部屋の長いテーブルに、椅子が三脚だけ置かれている。
普段は暗い室内が数十の燭台《しょくだい》に照らされ、壁の鏡と銀食器がその光を拡散する。

当日に決まった急な晩餐会にもかかわらず、準備に滞りはなかったようだ。壁には巨大な絵画が飾られ、各所に高価そうな壺《つぼ》や宝飾品が並べられていた。

部屋の正面には、剣と竜が絡み合うハイルブロン帝国の赤い旗と、ギルベルトのものだと思われる獅子《しし》二頭が噛み合う猛々《たけだけ》しい蒼《あお》い紋章旗。

そして、ゴブレットと剣が絡み合う緑のシルヴィオの紋章旗がかけられていた。

使用人に促され、セリナがシルヴィオの向かい、ギルベルトの左手の席に腰掛ける。二人もそれを確認してから座ると、数十人の使用人が一斉に料理をテーブルへ運び始めた。

給仕する使用人の中には、フロリアとエイルの姿もある。

野菜と魚介のスープ、雌鳥のロースト、鮭《さけ》を丸ごとパイで包んだ料理、豚肉のポワレ、子羊のバターソテー、卵とアスパラのゼリー寄せ、十数種類の野菜を使ったサラダ、他にもデザートがたくさん——食後に残ったものは使用人たちがあとで食べるそうだけれど、とても三人では食べきれない数十という料理が並ぶ。

特に肉料理は、ギルベルトの好みなのか多彩だった。

鳥、牛、豚だけでなく、鴨や羊、鹿と何種類も並ぶ。中にはワニ肉なんてものもあった。

料理はスープも含めすべて大皿でテーブルに置かれ、使用人が取り分けてくれる。

初めての晩餐会に心は躍ったけれど、同席するギルベルトとシルヴィオのことが気になっていたし、今日は念入りにコルセットをきつく締められてしまったので、残念ながら少しずつしか口にすることができなかった。

でも、その一口一口のどれもにセリナは舌鼓を打つ。

二人はというと、黙々と料理を口に運ぶだけで時々牽制《けんせい》するように視線を送り合っている。

それでもしばらくして、シルヴィオが口を開く。それは、ギルベルトに向けての言葉ではなく、セリナへ向けた発言だった。

「どうですか？　城には慣れましたでしょうか？　兄に酷《ひど》いことをされていませんか？」

「……良くしていただいております。敵国の王女にもかかわらず、ギルベルト様だけでなく、城の他の方にも親切にしていただいて」

ほんの一瞬だけどう答えるか迷ったけれど、セリナは優しい侍女や騎士隊長のことを思い、そして、少しだけ疲れているギルベルトの横顔が頭に浮かび、嘘をついた。

「兄が親切に……それは珍しいことですね。この弟にさえ酷く当たる兄が」

わざとシルヴィオが、ギルベルトを煽《あお》っているのはセリナも気づいた。だからなのか、二人の会話に彼は口を挟んでこない。

仕方ないとはいえ、それはセリナにとってはシルヴィオと会話を続けなくてはいけないので、辛い状況だった。

「でも、まだ歴史の浅い我が帝国の晩餐会では、シピトリア王国のセリスディアナ王女にはご満足いただけないでしょう?」

なんと答えたらいいのか難しい問いを、シルヴィオにされてしまう。

――わたしはセリスディアナ。シピトリアの王女。

なるべく高貴そうに、シピトリアの王女を想像してセリナは言葉を選んだ。

「いえ、この城での食事も晩餐会も母国に勝るとも劣らぬもの、ですわ。食材も新鮮で、調理も素晴らしいですから。もちろん、慣れ親しんだ王国の料理が恋しくはありますが」

話している最中にも、シルヴィオのねっとりとした視線をセリナは感じる。

できるだけ気にしないように、表情に出ないように努めた。

「でも野蛮に見えるでしょう。大皿で、テーブルにずらりと、まるで獲物を見せつけるように並べるなんて。確か、王国では一皿ずつ給仕すると聞いていますし」

「え、ええ……そうですね。しかし、どちらもそう変わりはありませんわ。給仕の違いはあっても、美味しいものには変わりませんから」

「さすが、歴史のあるシピトリア王女のお言葉ですね。威厳と余裕があります。よろしければ、王国の話など、何か貴女の口からお聞きしたいですね」

――そんなこと言われても知らない。どうしよう……。

困っていると、ドンッという音ががらんとした広間に大きく響いた。

「その汚らしい視線をいい加減、セリナから外せ」

きっと我慢していたけれど、耐えきれなくなったのだろう。ギルベルトがテーブルを叩き、シルヴィオを睨《にら》みつけていた。

「え？　僕はただ王女の目を見て話していたに過ぎませんが……何か癇《かん》に障りましたでしょうか、兄上」

「何もかもがだ」

不機嫌そうな声でギルベルトが答えると、シルヴィオが困惑した表情を浮かべる。

「失礼いたしました。セリスディアナ王女も御気分を害されたのでしたら、謝ります」

シルヴィオが優雅な所作ですっと席を立つと、頭を下げる。

「わたしは別に気にしておりません」

「そうですか、ああ――――よかった」

彼に誘導された言葉だとわかっていても、そう答えるしかなかった。

今度は、はっきりと感じるほどに嫌な視線がセリナに向けられる。

「そういえば、以前セリスディアナ王女の歌声は素晴らしいとお聞きしました。よろしければ、僕のために聞かせてもらえませんか？」

——歌が得意だなんて。この世界の歌なんて知らないし。

青くなるも、すぐに冷静に考えれば、さすがに断れるだろうとセリナは思った。

幾ら囚《とら》われの身とはいえ、王女に歌をせがむなんて、失礼なのはわかる。

きっとシルヴィオは、ギルベルトの城にいるセリナが気に入らなくて、嫌がらせをしているのだ。言う通りにする必要はない。

逆に、従えばギルベルトへ恥をかかせることになるかもしれない。

「今回は準備もしておりませんので——」

「晩餐会だというのに、なんの余興もないのですから」

セリナの言葉を遮るように、シルヴィオが声を張り上げる。

「でも、仕方ありませんね。こんな辺境の城ですから。使用人は平民だらけ。騎士隊長も成り上がりで、部下は卑しい出身の者ばかり。品性は生まれで決まるものだというのに。これでは兄上も粗暴になるというものです」

本性を現すように、シルヴィオがルバール城の皆を馬鹿にするような言葉を口にし始める。

——なんてこと言うの？　品性のないのはあなたのほうでしょう！

侍女たちを始め、城の人たちにとても良くしてもらっていたセリナは、彼の言葉に腹を立てずにはいられなかった。

「このような場所では、セリスディアナ王女も歌いたくはないでしょう?」

「できます――――」

気づけば、そう口にしていた。

「準備をして参りますので、少しお待ちください」

席を立つと壁際に控えていたフロリアとエイルを引き連れて、広間を出る。

セリナも、何もまったく考えもなしにできると言ったわけではなかった。


ドレスの裾を持ち上げ、慌ただしく部屋に戻る。

奥の部屋に置かれたスクールバッグを手に取ると、セリナは中からスマートフォンを取り出した。

――――動いて、お願い……!

この城へ向かう馬車の中で電源を切っていたため、真っ黒な画面。祈りながら電源ボタンを押すと、しばらくすると起動画面が浮かび上がってきた。

不思議と懐かしさも感慨もない。

セリナの意識は、晩餐会にしか向いていなかったから。

――悔しい。

何も言えない侍女や兵士を馬鹿にするなんて、ギルベルトがなぜ彼らを取り立てているかも知っていて、貶《おとし》めるなんて……。

フロリア、エイル、マークス――優しく接してくれているルバール城の人々、それからギルベルトまで悪く言われた。

自分が関係のない客人、身代わりだとわかっていても、酷い言葉で皆をなじったシルヴィオにセリナは腹を立てていた。

「あの……セリナ様？」

心配顔でエイルが窺うようにこちらを覗き込んでくる。

「大丈夫……人を集めて、宴《うたげ》によく使われる楽器を何でもいいから出して待っていて。すぐに行くから」

影はもう一つあり、エイルの後ろからフロリアの声もした。

「お恥ずかしながら、わたくしもエイルも、楽器が得意ではないのです。マークス様もリュートはお弾きになりますが、曲を合わせたりするお時間が……」

「心配ない。弾くふりだから、歌うわたしに合わせているように手を適当に動かしてくればいいの」

「弾くふりですか……?」

「ええ、みんなそう。わたしも——上手くいくと思うから」

困惑顔の侍女二人は、セリナの自信に満ちた表情に覚悟を決め、頷き合った。


急ごしらえのステージは、セリナの指示の下で使用人の手により速やかに行われた。

彼らの度胸はたいしたもので、焦るそぶりは見せずに、晩餐会のテーブルのわきにある、床が一段上がった磨かれたステージに、狭い間隔で半円を描くように椅子が並べられていく。

元より演舞や吟遊詩人が使うためにあった場所の背後に、天鵞絨《ビロード》のカーテンが引かれ、ステージを狭くする。

そこへ、一礼してフロリア、エイル、マークス、それから楽器に心得のある騎士が二人入って着席した。

セリナは背筋を伸ばして最後に厳かにドレスの裾を揺らしてステージに立つ。

少し高い視界から、晩餐会のテーブルが隅々まで見渡せ、ギルベルトの心配そうな顔が目に入った。

けれど、嘲笑しようと待ち構えてセリナを見ているシルヴィオの視線にだけ、セリナは向き合う。

——負けたく、ない。

わざと狭くした奏者席の中央に立つセリナを囲んでいるのは……。

竪琴《リラ》を支えているフロリア。

横笛《フルート》を怖々と持っているエイル。

リュートを手に、奏者としての微笑みを絶やさないマークス。

騎士が持つ角笛とタンバリンのような打楽器。

——あとは、スピーカーモードにして音量最大、で……。

セリナは緊張する手でスマートフォンを操作した。ここで慌てたら台無しである。

長方形の丸みを帯びたフォルムを隠すことなく、胸にかざす。

「小さくて珍しい楽器ですね。弾き語りですか？」

どうやら、シルヴィオはスマートフォンを楽器だと思ってくれたみたいだ。

「はい、七色の音が出せます」

奏者の距離を縮めたのは音の出所《でどころ》を知られたくなかったから。

「美しきルバール城での晩餐会に、わたしの歌を添えさせていただきましょう」

セリナはスマートフォンを唇の前に掲げ、再生ボタンを押した。

途端にサビから始まるお気に入りの曲が、大音量で流れる。

それは、広い城の壁や天井を伝い、想像していたよりもずっと華やかに響く。

西洋の古い城に、セリナの世界で流行のラブソングが流れる。

セリナはすぐに口を開き、歌詞を紡いだ。

歌なしの曲なんて入っていなかったから、自信を持った口パクだったけど……。

『彼方《かなた》まで追いかけて　今すぐ抱きしめて　夢の中でも離さないで』

繰り返し、聞いていた大好きな曲だったから、歌詞も、息つぎのタイミングも全部覚えている。

『何も手につかない夜　君を想えばこんなに温かい』

この世界で言葉は通じる、文字はお互いに読めないけれど、歌なら通じるのだろうか。

英語の部分は？　ギルベルトにもわかってしまう？　何度もラブとコーラスが入っている。

セリナが切ないラブソングを好きなことが知られてしまう？

『プレゼントはなんでもいい　形あるものを抱いて愛《いと》しむから』

彼に向けた歌ではないのに、この世界の風景の歌ではないのに、歌詞を口に出すと、街角や電車の中の光景が消え、彼がいる世界に当てはまっていく気がした。

『流れる景色に　君の記憶ばかりよぎる　さっき歩いた道をまた並んで歩きたい』

こんなに愛しく、切なくなんて思っていないのに、ギルベルトが視界にいるせいか、そっちばかり気になってしまう。

本物の歌姫の美声をセリナの歌だと、完璧に作られて配信されている音楽をセリナの演奏だと誤解してくれた背後の奏者たちの不安が途切れて、楽器をリズミカルに奏で、弾くふりをしている動きが伝わってくる。

それぞれが、似た音色を探して、即興でもするように音を辿《たど》っていく。

生き生きとした気配にセリナの緊張が和らぎ、スマートフォンを掲げるのとは反対の手で、そのフォルムをなぞる余裕までできた。

ちょうど、曲調が緩やかになるところで、透明なピアノの旋律が強調される部分を弾く真似をしてみる。

これで、セリナが手にしている不思議な楽器も、メロディーを奏でていることを印象付

けられたはず。

楽器も歌声も、この場にあるものや、セリナの声とは違うのに、そうなんだと自分に言い聞かせて堂々と振る舞う。初めて聞く音色のせいか、誰も疑っていないように見える。

背後の奏者も、セリナがほとんど弾き、足りない部分はそれぞれが奏でていると思い込んでいる様子だった。

セリナは歌いながら、ちらりとシルヴィオを見た。彼は口を開けて圧倒されたように固まっている。

どうやら、彼に仕返しはできたみたいだ。

セリナの一番お気に入りのフレーズは、繰り返されるサビの部分にある。すれ違っていた気持ちを素直に伝えられて、ありがとうと告げる歌詞。

また、ギルベルトと目が合ってしまった気がして、胸が高鳴った。

それでも緊張して失敗するわけにはいかない、セリナは完璧に歌いきる。

そして、曲の終わりと同時に、そっと演奏停止を押した。

「……はぁ……っ、は……」

歌が終わると、セリナはどっと汗をかいていた。

席を立ったエイルとフロリアが嬉《うれ》しそうに近づいてきて、セリナの肩を支えるように優しく触れる。

セリナは最後の気力でドレスの裾を左右に摘《つ》まんで広げて持ち上げ、膝を折り、優雅に一礼してみせた。

「ルバール城の晩餐会はお楽しみいただけましたでしょうか――」

エイルやフロリア、他の奏者たちもセリナに倣う。

ギルベルトや使用人から、抑えきれないといった喝采が飛んできた。

苛立ったように、一人シルヴィオが席を立つ。

「確かに、歌が随分と得意なようですね。くっ、僕はこれで失礼します……！」

つかつかとシルヴィオが宴席を抜け、扉ごしに御者を呼ぶ声が聞こえてくる。

このまま帰ってしまうようだ。

セリナは、ほっとため息をついた。

このあとで彼とやり合う気力なんて残っていなかったし、歌や演奏のことを詳しく聞かれたら答えられる自信がなかった。

「……わ、わたしも下がります。皆、お疲れ様」

今になって、心臓が震えあがり、バクバク鳴っている。

セリナはステージから下り、エイルとフロリアに連れられて晩餐会をあとにした。

緊張が解けた身体は、いつになったら鼓動が収まるのだろう。

――興奮しているせい？

――もう足が動かない。

セリナは自室に戻るまでの長い回廊でへたり込みそうになっていた。

建物と建物を繋ぐ一階の回廊は、彫刻がほどこされた柱がずらりと並び、それを境に石畳の石材が変わり、庭へと繋がっている。

頬を撫《な》でる夜風が心地いい。

――こうしていたいけれど、立っているのは限界。

セリナはよろけて柱の一つに頭をつけて、立ち止まった。

ひんやりとした大理石が額から熱を吸い取ってくれているみたいだ。

「セリナ様、大丈夫ですか？　お部屋へお運びしましょう」

宴席を出てから〝すごいです〟と興奮冷めやらなかったエイルが、ハッとしたようにセリナへ駆け寄る。

「平気……横になりたいけれど、ここの風が気持ちいいから……」

侍女に運ばせるわけにはいかない。セリナが自分の足で歩かなければ、エイルとフロリアに迷惑をかけてしまう。

「宴席の熱に中《あ》てられてしまったのでしょう。ましてや、あんなに素晴らしい曲を、美しくお歌いになったのですから」

セリナの髪をフロリアがそっと持ち上げ、首筋に風を通してくれた。それだけでも随分熱が引いていくのがわかる。

「あちらの東屋《ロトンダ》でお休みになってはいかがですか？　夜の庭は落ち着く香りを風が運びますから」

フロリアが指し示した先には、夜色の花に囲まれた六角形の石造りの建物があった。

「そうさせてもらう……」

部屋に戻るのよりもはるかに近い、その場所に引き付けられ、セリナはよろよろと足を進めて、冷たい石造りのベンチに腰を下ろす。

——ここ、すごく気持ちいい……。

夜の庭園を見たのは、セリナにとって初めてだった。

昼にばかり花は咲くと思っていたけれど、夜に咲くものもある。

月に見てもらおうと精一杯咲き誇る花々は、太陽の下とはまた違う凛《りん》とした美しさがあって――とても綺麗だった。

涼しげな夜風に乗って運ばれてくる甘い香りが、疲れたセリナの身体を包み込んでいく。

それは歌ったために張りつめていた緊張や興奮を優しくほぐしてくれているかのようで、フロリアが言ったように心が鎮まっていった。

「ありがとう、フロ……」

彼女にお礼を言おうと振り向いたのだけれど、先ほどまでいてくれたはずの侍女の姿はそこにはなかった。

捜すと、回廊のほうに歩く人影を見つける。

「えっ……フロリア？　エイル？」

何も言わずに置いていかれてしまったことにセリナは不安を抱いたけれど、その理由はすぐにわかった。

回廊の途中にある庭園には、侍女たちではないもう一つの人影があったから。

他の二つと違い、それはこちらへ向かってくる。

「…………！」

顔を見なくとも、その背格好から誰なのかセリナにはわかった。

きっと、その人が二人に下がるよう命じたに違いない。二つの影が建物に消え、もう一つの人影が彼女の休んでいる東屋《ロトンダ》に入ってくる。

今まで何度となくセリナを覆ったその人影は、ゆっくりとした所作で近くに咲いていた花弁が幾重にもなった大輪の花を折った。

「我が城の歌姫はここにいたか……」

「ギルベルト……」

彼は手にした花をセリナに差し出す。

疲れていたからだろう。今までのわだかまりも忘れ、素直に花を受け取った。

茎を持ち、鼻先へと近づけると、すっきりとした微かに甘い匂いが辺りに広がる。偶然か、それとも知っていて選んでくれたのか、それはとても癒される香りだった。

「花は素直に受け取ってくれるのか？」

「疲れていて、断る気力がないだけ……だと思う」

自分でも自信がない。

いつになく、ギルベルトが優しい顔をしているように見えたから。

きっと疲れているから、そう見えるだけだろうと結論づける。もしかしたら、自分の身体はすでにベッドの中で、これは夢なのかもしれない。

だから、いつもより素直になってもいいと思った。

「城の皆は、お前に感謝していたぞ。シルヴィオの鼻を明かしてくれたことに。今頃、晩餐会の後片付けと称して、騒いでいることだろう」

――あなたは……喜んでくれた？

少し雰囲気に、花の香りに酔ったのかもしれない。つい、そんなことを口にしそうになる。

「……あなたは行かないの？」

「俺が一緒にいないほうが、心置きなく皆が騒げるだろう。それとも側にいては邪魔か？」

誤魔化すように少しはにかみながら言った彼に、セリナは首を一度だけ左右に振った。

とても気分が良くて、今はこの達成感を誰かと分かち合いたかった。

話していたかった。

「シルヴィオは……弟さんはいつもあんな感じなの？」

戦の先頭に立ち、毎日のようにその後の処理で忙しく出掛け、国のために身を削っているのに、弟のシルヴィオにはあんなにも冷たく、腹の立つ態度を取られている。

そんなギルベルトが不憫《ふびん》でならなかったし、それでも挫《くじ》けない彼はとても強い人だと思った。

「あいつの話はしないでくれ。奴の名をお前が口にするだけで嫌になる。それよりお前の話を聞かせて欲しい」

シルヴィオの名前を聞いただけで、ギルベルトの機嫌は悪くなる。それでも、いつもより口調は優しかった。

「わたしの話？　聞いても面白いものなんて何もない」

セリナがいた元の世界では、こんなにも心を震わせる出来事があっただろうか。

「そんなことはない。そうだな、歌の話を聞かせろ。先ほどの歌は何という曲だ。自分で作ったのか、誰かに作らせたのか」

「自分の曲ではないけど、曲名は……思い出せない」

――和製英語なタイトルを言っても、わからないかもしれないのでセリナは誤魔化した。

「なぜ、俺には歌うことを話してくれなかったんだ？」

詳しく話すわけにはいかないので適当に誤魔化すと、今度はそのことにギルベルトがなぜか腹を立て始める。

「それは……話す必要がなかったから……」

「シルヴィオは歌が得意と知っていたのにか？」

「あれは……偶然、彼が知っていただけで……」

言い掛かりもいいところだったけれど、本当は王女ではないことを隠している後ろめたさもあって、反論もできずに口ごもる。

「お前の身体を隅々まで知っているのは俺だけだ。なのに、どうしてこんなにも不安になる」

「ギルベルト？　んっ……！」

いきなり、ギルベルトが強い力で抱き寄せてくる。

いつもは反発を覚える行為だけれど、彼の温かさが今日は心地よかった。つい、身体を預けてしまう。

「抱かせろ」

ギルベルトらしく、短く要望だけを告げるとセリナの身体に手を伸ばしてきた。

ドレスの間に手を入れられ、まだ宴の熱で火照った肌を彼の指が撫でていく。

「こんなところで……駄目……やめて……」

身体中が緊張から解けた脱力感で力が入らない。

逃げるためにベンチから立ち上がろうとしたけれど、セリナは腰を掴まれ、引き戻されてしまった。

後ろから手が伸びてきて、太腿《ふともも》と胸に触れる。すぐにドレスは乱され、淫らな姿にさせられてしまう。

「せめて、部屋で……あ、んっ！　んぅ……」

抵抗しようとしたけれど、セリナにはいつものような彼への怒りや憎しみがなかった。

その温《ぬく》もりが愛おしくて、身体を預けてしまいたくなる。

――わたしは……どうしてしまったの？

「ぁ、あ、んっ……ぁあっ……」

コルセットが緩められ、無理やりずらされる。

胸が露《あらわ》になり、すぐ隠すようにギルベルトの手が重ねられた。幾度もされたように、指を卑猥《ひわい》に動かしながら、揉《も》まれる。

触れられた場所からセリナの肌は赤く染まり、敏感な部分が刺激を感じて主張し始めた。

硬くなった胸の先端を彼の指が挟み、あやすように両側から押していく。それだけのことであれほど怠かった身体は勝手にびくびくと淫らに躍った。

「ん……んん――ぁ……ぁあ……」

夜とはいえ、誰が通るかわからない庭で淫らなことをされていることに羞恥心を覚え、せめて甘い声が漏れてしまわないようにと、口をぎゅっと結ぶ。

それでも時々、溢《あふ》れてしまうのは止めようがなかった。

胸だけでなく、彼の温かな指が脚にも触れる。

その感触を楽しむように太腿を何度か撫でると、上っていく。阻むものを退けるように、彼の指は簡単に下着を剝いでしまった。胸に続いて露になった秘部に彼の手が伸びる。

「んっ⁉　ぁ……んぅ――」

胸の先端を二本の指で強く擦《こす》られながら、彼のもう一方の手が秘裂に沿って上下していく。淫らな感触と行為に震えが止まらなかった。

「セリナ、お前は俺のものだ」

「ああっ！」

興奮した荒い息を吐きながら、後ろからセリナを愛撫する彼が囁く。

熱い吐息が耳元に吹きつけられ、耳朶《みみたぶ》を舐《な》められる。彼は首からうなじにかけて、情熱的な口づけを続けた。

――すごく感じてる、わたし……いつもよりも……。

外での淫らな行為に、セリナはいつも以上に自らの身体が火照り、疼《うず》くのを感じた。

夜風が露《つゆ》になり、しっとりと濡れた肌を滑っていく。

今までは気づかなかった虫の音や草花が揺れる音までもがはっきりと聞こえ、何かに見られているかのようで、彼女の羞恥心を煽った。

加えて、彼の指先がいつになく情熱的で、淫らに感じる。

それはいつもよりも彼が優しかったから？　それとも嫉妬しているから？

自分が素直になっているから？

「ぁ、ああっ！　ん、あぁぁぁ……」

答えは出せないままに、ギルベルトの指に嬌声《きょうせい》を上げさせられる。

後ろから抱きしめられるようにして、セリナは東屋《ロトンダ》のベンチの上で愛撫され続けていく。

「くっ……王女様は俺の心を乱して満足か？」

耳元で苦しげなギルベルトの声がした。けれど、心から苦しそうなわけではなく、切なさが入り混じっている。

〝王女様〟の言葉にセリナの鼓動が跳ねた。

ちゅ、ちゅっと音を立ててキスされていく首筋が粟立《あわだ》つ。彼の切なさとは別の、セリナの切なさ……罪悪感がキスで花開かれていく。

――――わたし……違うのに、こんなにギルベルトと馴染んでしまっている。彼のお城で、王女と嘘をついたまま、勝手に立ち振る舞って……。

落城のどさくさに紛れてではなく、今ここでもう一度はっきり言わなくては、と思う……でも、ギルベルトに触れられていると、思考がすぐに乱れてしまう。口にしたら、全部、甘い嬌声になってしまいそうで。

「わたし……違……ああっ……首……そんなにしたら、痕が……」

「俺のものになるキスの烙印《らくいん》だ。噛みついたほうが好みか……ん――っ」

ギルベルトが首筋を甘く噛む。

烙印――そのチクリとした優しい甘噛《あまが》みの感覚が、セリナの心の蕾《つぼみ》をまた一つ開かせた。

――ギルベルトのことしか考えられない……止めないと、この気持ち……駄目なのに。

身代わりなのに優しくされたら、もう、戻れなくなる。優しいのは、セリナに対してだからではなく、王女に対しての扱いなのに……。

「お前が欲しい。亡国の王女に溺れたと噂されてもいい、傷つける奴は俺が蹴散らす」

――わたしは、違うの。

それを口にしたと想像した時の震えがくる前に、ギルベルトの指で感じさせられる。

彼がまさぐっているのは、セリナの秘密ではなく心だと、その指先から伝わってくる。

知りたい、欲しい、と……敏感な突起を弾いた。

「……あ、駄目……んっ、あっ！」

「口だけだな。セリナ、もう蜜を零《こぼ》している」

愛液を誘うようにギルベルトが指先に絡めて、今度は優しく敏感な尖端《せんたん》を包むように二本の指で押していく。

「ふ……ぁぁあ……」

身体がびくびくとして、彼にすっかり身を預けてしまう。何もかも、今がいい、今欲しいと、他のことが考えられない。ギルベルトに求められるまま、応じたくなる。

「ああっ……ふぁっ、あああっ……」

何度も、何度も、愛撫を続けていた下肢に触れる指が、セリナが軽く達した頃合いを見て花弁を左右に開く。秘部が夜気に触れ、その刺激だけでセリナの腰は痙攣《けいれん》した。

「俺の腕の中にずっといろ」

そんなギルベルトらしい言葉が今度は首に優しくキスをしながら、囁かれる。

淫らに身体は震え、奥から疼き出すのをセリナは止められなかった。

彼の太い人差し指が蜜壺に押しつけられる。愛液で湿っていた膣口《ちつ》がねっとりと絡みつく卑猥な感触が身体を駆け抜ける。

「あ、ああっ！ ん、んん――」

必死に声を出さないようにすることなど、無駄なことだった。

直接、セリナの最も敏感で露な場所を指で弄《いじ》られ、嬌声が漏れる。ギルベルトは優しく指の腹で膣の入り口付近を愛撫した。

それはいつもみたいに無理やり戦慄《わなな》かせるものではなくて、撫でるように、くすぐるように指で刺激していく。

快感を誘われるような行為に、膣は疼くように震え、とろりと愛液が流れていく。

優しい愛撫にセリナの身体はほだされ、力と抵抗する意思を失わせてしまった。

——どうして、今日はこんなにも優しいの？

後ろから触られ、脱がされ、指で弄られる。されていることは乱暴するのと変わらないのに、今の穏やかな気持ちのせいか、感じ方はまったく違った。

ギルベルトの息遣いや興奮だけでなく、セリナに優しくしようとする気持ちまでもが伝わってくる。そして、愛されていると錯覚した身体は開いていく。

「優しく……お願い……誰かに声を聞かれたら……こんなの……」

もう彼が行為を止めるとは思えず、毎夜交《や》わった身体はお互いもう熱いほど火照っていて、止められないとわかり、セリナの口からそんな言葉が漏れた。

初めて彼を受け入れるような言葉を。

「努力するが自信はない」

率直すぎる彼の言葉が聞こえてきて、愛撫がより淫らになっていく。

汗ばんだ乳房をギルベルトの手が包み込み、ぴったりと吸いつく。その感触に彼は喜びながら、柔らかな膨らみを揺する。

それだけでもセリナの心に淫らな気持ちをすり込ませるのに十分だというのに、下肢の愛撫も止まらなかった。

膣口を指の腹で刺激し続けていた指が、徐々に中へと入っていく。

それは本当にゆっくりとした速度だったけれど、確かに挿入される感覚がざわざわと増幅していく。

「あっ……あっ……ああっ……!」

今までからしたら、焦《じ》らされるようなその行為に腰が淫らに震えた。恥ずかしいけれど、その動きは催促するかのようで、彼も興奮して、指の動きを速めた。

――あ、あぁあぁ……いつもより指……感じるっ!

愛液を掻《か》き分けるくちゅりと淫らな音を立て、指が膣内に入れられていく。

ごつごつとした骨ばった感じや、ささくれた手の皮まで、ありありと自分の中にあるものがわかる。

こんなにも、自分の身体が敏感になってしまったのは初めてのことだった。

触られていない部分まで、露になっている肌は風が当たるだけで刺激となる。淫らに震えてしまう。

「あ、ん……ん――んぅ……はぁ、ああ……」

自分の息遣いも、彼以上に熱く、荒い。

獣に食べられて、自らも獣になってしまったのだろうか。

指も唇も、すべてを本能的に求めてしまいたくなる。

「あ、あぁぁぁ……ギル……ベルト……っ！」

名前を呼ぶと心が跳ねた。

彼も同じようで、太腿に押しつけられた熱く逞《たくま》しいものが震えるのがわかる。

「セリナ……俺の心をここまで掻き乱すのはお前だけだ」

――それはどういう意味で？　悪い意味？　それとも……。

疑問が浮かぶけれど、セリナには口にできなかった。すれば、この関係が違うものになる予感があったから。怖かったのかもしれない。

……すべてを受け入れるのが。

だって、彼を受け入れるだけの器が自分にはない。

身分も国もない。王女ではない、偽っている。資格が――ない、のに……。

ドクンと罪の意識が身体の芯を揺らす。それは甘い乱れの炎を起こした。

「あ、あああっ……ぁんんん！」

ギルベルトの指先は、セリナのより敏感な場所を探して膣内で蠢《うごめ》いた。その刺激に耐えきれず、口からは先ほどの問いではなく、甘い声だけが漏れる。

指先が膣壁を擦り、場所を変えていく。

たどり着いたのは、花芯の裏側、入り口の近くだった。

「ひゃぁあっ！　あ、ん――」

そこを触られた途端に腰がびくっと激しく反応し、啼《な》き声のような嬌声がセリナの口から漏れ聞こえた。あまりの刺激に思考が飛んでしまう。

見つけたとばかりに、ギルベルトの指は強く断いた場所を執拗に刺激し始めた。

「んっ！　ぁっ！　んんっ！　ぁああ……」

必死に声が漏れないように口をぎゅっと結んでいるはずなのに、甘い声が短く、何度も漏れてしまう。

膣内でも最も敏感な場所を指先で刺激され、セリナの腰は暴れるようにびくついた。

「……セリナ、身体をくれ」

身体を、といっただろうか。

ギルベルトは初めて、命令でも、奪うでもなく、求めていた。

「ああ……ひゃあっ！」

膣を弄っていた指が抜け、代わりに太腿をなぞりながら逞しいものが後ろから当てられる。触れただけなのに、それは火傷しそうなほどに熱かった。

ぐっと押しつけられ、セリナの中へと進んでいく。

それは指よりも大きく、彼女にはきつすぎるほどに逞しくなっていたけれど、いつもよりも優しく愛撫され、蜜がたっぷりと滴る膣内はほどなく受け入れていった。

——あ、あああ！　彼のが……来る……わたしの中に入ってくる！

これ以上ないほど敏感になったセリナの身体は、肉杭《にくくい》が自分の中へ埋められる感覚をありありと伝えてきた。

熱く興奮したものが、愛液に満たされた膣内を広げ、入り込んでいく。

指とは違う、ぴったりと抱き合うように密着していく感覚に、身体中の神経が震えた。

いつもは乱暴に押し入ってくるのに、今日はゆっくりと感じ合うようにして、彼の肉棒がセリナの中を貫いていく。

「ん、あ、あぁあ……うんぅん……あああ……」

中を進みながら、彼の熱杭はびくびくと震え、脈打つ。

暖炉の前にいる時のような、じんわりとした熱さを膣から感じた。そして、これがギルベルトなのだと思った。どくんどくんと鼓動をセリナの中に伝えていく。

――繋がっている……わたし……彼と……。

セリナは東屋《ロトンダ》のベンチの背に手を突き、ギルベルトに後ろから抱きしめられながら、身体を合わせていた。

長い時間をかけて彼の肉杭は膣奥に到達した。

根本から先端まで、自らの中に彼がいるのがわかる。

「苦しかったら言え」

そんなギルベルトの気遣いの言葉が聞こえて来たけれど、すでに苦しいのでセリナは返事に困った。

ぴったりと重なり合った性器の感触は、口を塞がれているかのようで息苦しかったし、腰を折り尻を突き出すような格好は、恥ずかしい以上につま先で立たないといけなくて、不安定で苦しい。

何も言わなかったけれど、それを感じ取ってくれたのか、ギルベルトは自らの上着を脱ぐとベンチに被せ、セリナの腰を摑んでその上に載せた。

膝をついて、ベンチの上で四つん這《ば》いになった格好になるけれど、恥ずかしい姿には違いない。羞恥心が芽生える前に、彼の腰が荒々しく動き出した。

「んっ……んっ……あっ……ぁあっ……」

腰を摑ながら、ギルベルトの肉棒が抽送する。

痛みはなかったけれど、激しい刺激と快感は一気にセリナを犯した。

貫かれる卑猥な感覚と、淫らな抽送の水音が辺りに消えることなく、響き続ける。

突かれ、擦られ、引かれ、削られる強い刺激にセリナは何度も甘い嬌声を上げ、身体を震わせた。

ギルベルトの動きはより淫らに、より力強くなっていって、彼女の身体を叩くように打ちつける。肉棒の先端が膣奥に触れ、さらに痺《しび》れるような快感と刺激が生まれた。

――あぁ……いつもより感じてる……とても感じる……ぁああ！

耐えきれなくなるような、強い快感がせり上がってくるのを感じる。

それが何なのかセリナにはわからないけれど、本能的にぐっと抑え込むように身体を緊張させた。

「ああっ……だめっ……ん、あぁっ！　ぅん、あっ……ああ！」

けれど、ギルベルトの行為は激しさを増すばかりで、セリナの力を奪っていく。身体ご

と揺さぶられる抽送にじりじりと耐えきれなくなっていった。

それでも彼の身体は疲れを知らないように、何度も膣奥を肉棒で突く。

腰から手が離れ、胸の膨らみを鷲摑《わしづか》みにすると、また乳房を弄りながら抽送を続けた。

――身体が……おかしくなる……！

「ぁあああ！　ん、んぅん！　あ、あ、ああ……」

胸と膣を同時に攻められ、背中を弓なりに反らせ、快感に声を上げる。

刺激を口から逃がさないと大きな波に呑《の》まれてしまいそうで、仕方がなかった。

彼の腰つきはリズミカルに、絶え間なく動くので休む暇がない。

彼の腰が尻を叩く乾いた音が聞こえ、同時に花の甘い香りにまじって、強く本能的に淫らな気持ちにさせる性の匂いがしてくる。

ベンチも二人の激しい行為に耐えきれず、軋《きし》む音を立てている。

ここがベッドの中でない分、それらすべてがいつもよりずっとセリナを敏感に、卑猥にさせていた。

――もう……だめ、我慢でき、ない……。

痺れが止まらなくなる。腰が震える。

ギルベルトはそれを知ってか知らずか、揉んでいた双丘を強く握り締めると抽送の激しさを一段強くした。一定で意思を持った彼の抽送が乱れ、乱暴になっていく。

ただ、激しく膣壁を擦りながら、膣奥に肉杭を打ちつけていた。

「あああ……ん、あぁん！　あぁん！　あああ！」

――もう、何もかも……わからない……あああ……！

完全に理性の箍《たが》が外れ、セリナの身体はすべての刺激と快感を受け入れてしまった。途端に身体が耐えきれなくなり、激しく痙攣する。

絶頂の快感が押し寄せ、セリナの思考を白く飛ばしていった。

「ん、ん――んんんっ！」

「……っ！」

ベンチの上で腰を震わせ、達する。同時に彼も限界に達し、身体の力を抜いたのがわかった。

熱い飛沫《ひまつ》がセリナの中を満たし、彼と自分の境界線を埋めていく。

あとに残ったのは気怠い余韻と、二人の荒い息遣いと――夜の庭園の静寂だった。

冷たい夜風が火照った身体を駆け抜け、醒《さ》ましていく。

ベンチに座るセリナはギルベルトの腕に抱かれ、彼の胸に身体を預けていた。

――わたしはどうして彼に、こんな気持ちを……？

憎んでいたはず、恨んでいたはず。なのに、愛おしい気持ちが芽生え始めていることを
セリナは自覚していた。

今夜は……小さな勝利の昂揚《こうよう》感で、流されてしまっただけ。

そう言い訳をして心の奥にしまうことは難しい。セリナには閉じ込めてしまうには強すぎて、忘れがたいものだった。

――いつか、別れなければいけない人なのに。

戻れなくなりそうな気持ち、こんなこと……いつまでも続かない。

――わたしは、ギルベルトを騙《だま》しているのに。

罪悪感はどれだけ夜風に吹かれても消えなかった。

第四章　二つの世界は夕暮れに

ギルベルトの弟、シルヴィオの訪問から数日後。

ルバール城二階にあるセリナの部屋は、いつになく忙しかった。

「セリナ様、もう一度右を向いていただけますか？」

「わかったけど………これでもう五度目」

鏡の前に座るセリナの髪を、今朝は入念にエイルが結っていた。

できたと思うと、何が気に入らないのかまた少し解いては直す。いつも綺麗に結ってくれているので、文句をはっきりと言うこともできずにぼそりとだけ呟く。

集中しているエイルの耳には届かず、彼女は五度目になる結い直しを始めた。

もうかれこれ、髪だけで一時間は過ぎている。

今日は起きた時からどこか変だった。

朝早くにフロリアが来て起こされ、朝食もパンとスープだけ。いつものようにふわふわのオムレツも採れたてのサラダもなく、少し足りないぐらいだった。

それもこれも、おそらくはコルセットをきつく締めるためと感じた。フロリアは〝長い時間ですと……〟と思案してから、柔らかいほうのコルセットを締めてくれたが、いつもより強くぎゅうぎゅうと紐《ひも》を引かれた。

鏡の前に立つ姿を見た、一生懸命なエイルとは目が合わなかったが、晩餐会とはまた違う華やかな装いに、着飾られているのがわかる。

袖の膨らんだパフスリーブのドレスは、翡翠《ひすい》色で、胸元が交差した前開きのラインになっていて、隠しボタンの上に見事な金のサテンレースがたっぷりとついていた。

スカート部分は、生成りと黄色のフリルが重ねて使われている。

いつもは髪を下ろすように仕上げることが多いのに、エイルは髪全体をアップにしていた。

そして六度目で、首の上の三つ編みと、頰に流れるひと房の黒髪を頷くように確認して、仕上げにストローハットが、薄くて柔らかい貝桃色《シェルピンク》のリボンで首元に結ばれた。

「これで……完璧です！」

――帽子を最後に被ることも考えて結っていたのか。

「ええ、ありがとう」

六度目にしてやっと満足したエイルがセリナの髪から手を離す。彼女の気が変わらないようにと、すぐに鏡台から離れた。

「その、エイル？　これは一体何の——」

「フロリア、装飾品はどうするの？」

セリナの呼びかけに気づかず、エイルはフロリアのいる奥の部屋へ足早に行ってしまう。

——わたし、使用人の皆を怒らせるようなことでもした？

今朝からずっとこの調子だった。今日は一体何があるのか聞きたいのだけれど、侍女たちはずっと忙しそうで話す暇がない。

髪を結っている時に聞けばよかったのだけれど、とても彼女は集中していたので、どうしても遠慮して話しかけられなかった。

「夜会ではないので、必要ありません。それよりドレスに合う帽子と手袋を選んでいるのですが、どうにも決まらなくて……そちらが終わったのなら手伝ってくれますか？」

「これなんかどうかな？」

エイルとフロリアの会話が漏れ聞こえてくる。

どうやら出掛ける予定があるのは間違いないようだ。

セリナには一切聞かされてはいないのだけれど。

それからさらにたっぷりと一時間、帽子と手袋を選んでは一度つけ、また違うものを二人が持ってくるを繰り返す。着せ替え人形にでもなった気分だった。

「うん、うん。今度の今度こそ、完璧です」

エイルが最終的にぐるりとセリナの周りを回って、頷く。

「大変お美しいですよ、セリナ様」

フロリアもやり切ったように満足げな顔で同意した。

「……それで、今日は何があるの？」

やっと落ち着いた侍女たちを見て、諦め気味に質問をぶつける。

二人はその言葉を聞いた途端にきょとんとした。

「なんと言われましても、ギルベルト様と遠出されると伺っておりますが」

――ギルベルトと遠出⁉

今度は、セリナがびっくりするほうだった。

「まさか！　セリナ様は知らなかったんですか？」

頷くと、二人ともばつの悪そうな顔になり、謝ってくる。

「申し訳ありません。数日前よりギルベルト様から予定を聞かされておりましたので、知っていらっしゃるものとばかり」

「勝手に盛り上がってしまってごめんなさい。もしかして、ギルベルト様は秘密にして驚かせるおつもりだったんですかね？　ばらしちゃって、まずかったりしませんか？　もしもの時は黙っていてください！」

――――言い忘れていた、だけでは？

エイルのお願いにセリナは頷きながら、十中八九そうだろうと思っていた。

「迎えに来たぞ。今、五回目だ。何回扉を叩いて立っていれば、いいんだ？」

「ギルベルト⁉　も、もう入ってきても大丈夫」

侍女と話している間に、当の本人は入り口で待っていたようだ。

フロリアとエイルが申し訳なさそうな顔で、さっと部屋の隅に控える。彼女たちに大丈夫だと目くばせすると、ギルベルトを出迎えた。

彼は帽子をかぶり、外套《マント》を纏《まと》っていた。外套《マント》の下からは、白と銀の格子模様の胴衣《ダブレット》が見える。

一見して彼とはわからない格好にしても、その筋肉質な体軀《たいく》を隠すことはできず、より逞しさと圧倒する雰囲気が際立っていた。

「いいぞ。なかなかの見た目だ。フロリア、エイルいい仕事をしてくれた。あとで金貨でも菓子でも、休暇でも好きな褒美をやる」

着飾ったセリナを見るなり、ギルベルトが侍女たちを賞賛する。

セリナは腰に手を当てて、彼を睨みつけた。

「今日は一体なんの日ですか？　わたしは何も聞いていません？」

「ん？　そんなことは……ない……ことはない」

どうやら彼は自分でも言い忘れていたことに気づいたようだ。

「お前のために時間を作った。二人で城の外へ出掛けるぞ、いいな？」

不意打ちのように誘われてしまい、恥ずかしくなる。急にその真っ直ぐに見つめてくる蒼い瞳を意識してしまい、視線を下に逸らす。

数日前の庭園でのことが頭に浮かび、さらに頬が熱くなった。

「駄目、なのか？　もし、体調が悪いなら仕方ないが……」

俯いたセリナの様子に、ギルベルトは勘違いしたようだ。

心配するような視線を上から感じる。

「違うの。別に体調は悪くないし……」

どう了承の返事をしたらいいのだろう。

考え始めてから、自分の答えが承諾前提だと気づいて戸惑った。

「暇だから、別にあなたが行きたいのだったら、つき合います」

結局、素っ気ない返事をしてしまう。それでも、ギルベルトが気を悪くした様子はなかった。嬉しそうにセリナを見つめ続けている。

「ならばすぐに行くぞ。ああ、時間がもったいないな」

手を摑もうとした彼だったけれど、呟くと両手をセリナの身体に伸ばした。

足を揃えて片腕で下から支え、もう一方の腕は背中に回され、肩をしっかりと摑まれる。身体は彼の逞しい胸に押しつけられた。

軽々とセリナは抱きかかえられ、連れ去られる。

この世界に来た最初の時にもされたことだけれど、セリナの感じ方はまったく違う。力強いこの人の腕に身を任せていれば、安心できると知っているからだろうか。

「あ、待って。フロリア、バッグ取って。わたしのバッグ」

城の外へ出掛けるなら、何かがあってここに戻って来られなくなることもあるかもしれない。

だから、元の世界から来た証《あかし》がすべて入っているスクールバッグは持っていこうと思った。

「どうぞ。行ってらっしゃいませ、セリナ様」

ギルベルトに抱えられたまま、フロリアからバッグを受け取る。

若干、冷やかし気味の侍女たちの視線を感じながら、彼女はギルベルトに城の外へと連れて行かれた。


城の入り口には、黒く大きな箱馬車が待っていた。

彼の腕から直接車内に座らされ、城を発つ。正面には当然、上機嫌のギルベルトがいた。

来た時とは反対に、窓に映る無骨なルバール城の姿が徐々に小さくなっていく。外観を眺めるのも二回目で、とても新鮮だった。

考えてみれば、帝国領に来てから、もっといえばこの世界に来てから、遊びで外出するのは初めてのこと。今まで、セリナは城の中しか知らなかった。

ルバール城の敷地が広大だったので、そのことがあまり気にならなかっただけ。

「今日はどこへ連れて行ってくれるの？」

段々と心が弾んでくるのを自覚しながら、セリナはギルベルトに訊ねた。

「少し遠いが、大きな街でちょうど祭りがある。色々な店も出ているだろうし、帝国側で安全だから、そこへ行こうと考えている」

ギルベルトのことだからまったく考えていない、なんてこともあるかもしれないと密かに思っていたけれど、きちんと予定を立ててくれていたようだ。

「お前の行きたいところがあれば、可能なら連れてはいくが……」

「あなたに任せます。あまりこの辺りのことは知らないから」

先ほど、ギルベルトは『安全』とも口にしていた。シピトリアの王女であるセリナには近づかないほうがいい場所もあるのだろう。今日は彼に任せようと思った。

一、二時間ほど馬車に揺られ、二人は森に囲まれた美しい古都にたどり着く。

そこはギルベルトの治める領内で、歴史の古い場所だった。かつてここを中心にした小国があったらしい。

セリナからしたらあまり見分けがつかないのだけれど、馬車から見たルバールの比較的新しい街並みに比べると、確かに古く歴史がある建物が多かった。

かなり傷みがきている石畳が地面に並べられ、馬車がガタガタとよく揺れる。あまり整備のされていない小さな道が大通りから無数に延びていて、迷路のようだった。

建物はルバールのような石造りではなく、木材で作られ、形は似たものが多かったけれど、色は様々だ。少しくすんだ白や空のような青、クリーム色、鮮やかな赤などに塗られた屋根は鮮やかで目を楽しませてくれた。

街の中心にある広場の中央で、二人を乗せた馬車が止まる。

それからセリナは、ギルベルトと並んで歩きながら祭りの様子を眺めた。

祭りということで、広場には所狭しと屋台が並んでいる。

順番に覗き込むと、美味しそうな匂いのする串焼きから、食材、香辛料、ドレス用の生地や装飾品………中には骸骨やら変な置物やら、怪しいものがたくさんあった。

――そういえば、お祭りなんて久しぶり。

幼い頃、両親と一緒に行ったことを思い出して懐かしくなる。

「欲しいものがあれば、何でも買ってやるぞ」

この世界にずっといるのかわからないセリナにとって、物への執着はまったくと言っていいほどなかった。ルバール城での生活は裕福で、高価な物に溢れているせいもあるだろう。

何もいらないと首を振ろうとしたけれど、楽しそうなものを見つけ、せっかくだからねだることにした。

「ええと、あれは？」

「ん？　なんだ？　物を売っているわけではないな。新しい……商売か？」

元の世界に似たようなものがあったので、セリナにはわかったけれど、ギルベルトにはなんだか見当がつかないようだ。

彼の袖を摑み、引っ張っていくと店の前に行く。

子供たちが大勢集まっていて、店主の説明をじっと聞いていた。

「いいかい？　この石を、この的に向かって……投げる。的に当たったら該当するここにある賞品がもらえる。近い的ならこのお菓子。遠い的なら……純金像をあげるぞ」

店主が自信たっぷりに出したのは、少し嘘っぽく鈍い光を放つ金色の天使像だった。

子供たちからは歓声が上がるけれど、本物に囲まれて生活している二人にはそれが偽物だと一目でわかる。

「あれは偽物だな。俺の領内で詐欺行為は許せん」

ギルベルトが規律に厳しいことを思い出し、セリナは急いで彼の指をぎゅっと摑んだ。

このまま見ていると、彼は本気で店主を締め上げかねない。

「待って、ギルベルト！　お祭りってそういうものでしょう」

「そ、そうなのか？」

頷くと、意外にも素直にセリナの言葉を受け入れてくれた。

忘れがちだけれど、彼はこの国の皇子。祭りなど行ったことがないのかもしれない。

「さあ、一回銅貨一枚だよ。やりたい人はいるかい?」

石を投げて、的に当てる。的は遠いのから近いのまで様々。

ダーツと輪投げを足して二で割った感じだろうか。石は大きいものから小さいもの、形も様々で結構、面白そうだ。

でも、店の前を囲んでいた子供たちはそうは思わなかったようだ。銅貨一枚が高すぎるのか、興味をなくして散っていく。

客がいなくなってしまいそうで、慌てた店主がお金を持っていそうな人――セリナたちを見つけ、声をかけた。

「そこのお二人さん、やってみないかい?」

「いいだろう。これで何回投げられる?」

ギルベルトが取り出した小さな布袋から、銀貨を一枚渡す。

銅貨に比べたらずっと価値が高いのか、受け取った店主はにんまりと微笑んだ。

「十回、いや、まけて十五回いいですよ」

「ありがとう。じゃあ……これで」

セリナは店主に礼を言って、投げる石を選ぶ。

なるべく丸くて、少し重めのものを手にした。隣に立つギルベルトは考えることなく、一番大きく重そうな石を掴む。

「わたしから――――」

振りかぶると、近くの的を目掛けて投げる。

山なりに飛んでいった石は狙いを外れてしまう。

「残念、惜しかったねぇ」

店主が少し嬉しそうに声を上げる。

「見てろ、俺が当ててやる」

意外にギルベルトも楽しんでいるようだ。本気になって、的をじっと見つめる。振りかぶると石を的に向かって放った。

セリナとは違い、石は放物線を描くことなく、素早く一直線に飛んでいく。しかし、わずかに的を外れた。

「お兄さんも残念」

「……くっ、なんだと」

悔しそうな顔。彼のこんな表情を見るのは初めてで新鮮だった。

「じゃあ、もう一回。わたしの番」

今度は振りかぶらずに、下から放るように投げた。

弱々しくだけれど、一番近い的に当たる。

「お見事ー！　はい、賞品のお菓子だよ」

小さな四角いビスケットを渡される。

「俺の番だな」

待っていたとばかりに、脚を開くと的に向かってまた思い切り彼が石を投げる。

二投目もわずかに的を外れてしまった。

「どうしてだ？　戦いでは的が大きいからか？　だったら、頭を一発で狙うようにして投げれば……」

ぶっそうなことをギルベルトが隣で呟いている。

——ギルベルトって……負けず嫌い……だよね。

普段の性格からしても、わかりきったことだった。

「もっと力を抜いて、あなたなら軽く投げても的に届くでしょう」

見かねて、セリナは彼に助言することにした。

「しかし、相手を倒せないぞ」

「このゲームは的に当てるだけでいいのだから、狙いに飛んでいくことだけを意識して、力を抜いて投げればいいと思うの」

「そうか……そうだな」

納得してくれたのか頷くと、彼は新しい石を摑んで的を見つめる。

「まだ力が入ってる、ギルベルト」

力んでいる彼の腕にそっと触れる。すると肩の力が抜けていった。

今度は振りかぶることなく、手首の返しだけで石を投げる。

「やった！」

今度こそ、ギルベルトが投げた石は狙いを外れずに的に当たったのを見て、セリナは思わず声を上げる。腕の力をほとんど使っていないにもかかわらず、彼女が投げた時よりも石は強く速く飛んでいった。

「お前のおかげで、コツを摑んだ」

そう呟くとギルベルトが次の石を手に取る。

——やっぱり、ギルベルトは自信満々な姿が似合う。

心の中で密かに笑いながら、先ほどの悔しそうな姿を思い出していると、周りから子供たちの「わぁー」という歓声が上がった。

彼のほうを見ると、石を手にするなり次々と的に当てていた。

店主の青ざめた顔が見なくてもわかる。

「これで最後だっ！」

バンッと大きな音を立てて、一番遠くて小さな的を彼の投げた石が破壊する。

歓声は拍手と感心する声に変わる。いつの間にか子供以外にも、周りを大勢の人が何事かと囲んでいた。

「どうだ、セリナ？　見ていたか？　慣れればこんなものだ」

ギルベルトが勝ち誇った声を上げる。

「すごい。でも、少しやりすぎたかも……」

「ん？　どういうことだ？」

周りを見て、ギルベルトも自分がお忍びだったことを思い出す。

「ど、ど、どうぞ……」

震えながら、すべての景品を店主が差し出す。

その中にあったものから、セリナは動物の人形だけをパッと選んだ。

「ありがとう、でも、これだけいただいていきます。お菓子は周りの子供たちに配ってあげて。あとはいりませんから」

セリナはそれだけを伝えると、はぐれないようにギルベルトの指を摑んで人ごみに紛れた。

「お、おい！　セリナ！」

そのまま広場を駆け抜ける。二人で走っていると、悪いことをした子供になったかのようで楽しくなってくる。

人が少なくなり、先ほどの屋台から十分に離れたところで、セリナは走る速度を緩めた。

「いいのか？　それだけで」

立ち止まったところで、ギルベルトが人形を指して言う。

「いいの。あれ全部もらってしまうと、お店の人が困るから……あ、これ、なんだかあなたに似ていない？」

適当に選んだものだったけれど、景品の中から一つだけもらってきた人形は、どこかギルベルトに似ていた。

「そうか？　俺はこんなに毛深くないが」

「全体的な顔の感じがってこと……これってなんの人形？」

「出来は悪いが、この地方に守り神として伝わる伝説の熊だな。今日の祭りもその熊が狼《おおかみ》の群れから街を守ってくれることを願うものだ」

「へぇ……」

見れば見るほどに、熊の顔がギルベルトに見えてくる。

「これ、気に入った。それにとても楽しかった。ありがとう」

「そうか」

取ってくれたギルベルトにお礼を言うと、彼は少し照れながら短く答える。

――あっ、手。

どうしたのかと思っていると、手を繋《つな》いだままだったことに気づいた。いや、彼の指を摑んでいるので、指を繋いでいる。

ここで離すと彼が傷つくかもしれないし、でも指ではなくきちんと手を握り合うのは気恥ずかしくて、このままにしておくことになった。

その後もセリナは、露店だけでなく、祭りのクライマックスとして行われた熊と狼の格好をした領民が威嚇《いかく》し合う様子をギルベルトと楽しんだ。

馬車に揺られ、セリナとギルベルトはルバール城への帰りの途についていた。

時間はまだ夕暮れ前。

それでも、はしゃぎすぎて疲れてしまった。

――本当に楽しかった……悲しくなるぐらいに。

窓の外を眺めながら、そんなことを考える。

城からも、この世界からも部外者である自分にこんな楽しいことが長く続くわけがないので、楽しければ楽しいほどに焦燥感がセリナの胸を強く焼いた。

「他に行きたいところはないのか？　まだどこかへ寄る時間はある」

気持ちが伝わってしまったのだろう。

セリナの指を彼の大きな手のひらが包み込む。

気を遣ってくれたことが嬉しくて、顔を上げるとセリナは彼に微笑んだ。

そして、このまま城へ、と口にしようとして、ふっと行きたい場所を思いつく。

彼は嫌がるかも、怒るかもしれない。

でも、今見ておきたくなった。確かめたくなった。

「一つだけ、行きたいところがあるのだけれど――」

行き先を告げるとギルベルトは頷き、御者に指示してくれた。

小高い丘の上に一つだけ立つ大樹の下。

セリナとギルベルトは、そこから見える景色をじっと眺めていた。

それは元シピトリア領に入ったところで、視界を遮るものはなく、遠くまで見渡すことができる。

彼女が行きたいところとしてギルベルトに告げたのは——シピトリア王城が見える景色の良い場所だった。

セリナの視界の先には、感慨深い城の姿が小さくだけれど見える。

「シピトリアの城は……今、どうなっているの？」

「今は城には誰も住んでいない」

強い風が吹いているのも構わず、セリナはそこから動かなかった。

ドレスと風でずれたストローハットを取った髪が大きくなびく。

「辛い……か？」

彼はセリナを王女だと思い、城を見て辛いのかと言っているのだろう。

王女の身代わりとしてなら、ギルベルトの問いに頷くべきなのかもしれないけれど、首を左右に振った。

「わからない」

本当にその時が来たら、自分は戻れるのだろうか、城の皆や……彼と別れを告げて。そのことを確かめるためにも、セリナはここへ連れて行って欲しいと彼に頼んだのだけれど……心に変化は生まれなかった。

これまでは戻らなくてはとばかり思っていたけれど、今のセリナの心には違う気持ちが芽生え始めていた。

――――戻って……いいの？

自分の胸に聞いたけれど、答えは返ってこない。

ギルベルトに言ったように、わからないが今の気持ちだった。

どちらにしても、このまま王女として嘘をつき通すことはできない。もう、セリナにはギルベルトに嘘をつき続けるのが辛くなっていた。

彼は自分に心を開き始めたように見えるのだから。

こんなにも楽しい時間を、彼女の嘘で偽物だと思って欲しくない。

彼が好きだから。

好きになってしまったから……。

すでにセリナの想いは視界の先のシピトリア王城ではなく、ギルベルトのほうを見ていた。

※　※　※

ギルベルトは、丘を上ってくる風に身を任せるようにして考え込んでいるセリナの顔をじっと見つめた。

彼の視線はまだ彼女に気づかれておらず、物思いに耽《ふけ》るセリナの肩をそっと抱いてやりたくなる。

けれど、そうしたところで、彼女が抱えている何か……〝最後の砦〟には踏み込めない気がした。

セリナは今ここで、確かに、ギルベルトと同じ場所に立っているのに、遠くを――違う情景を見ている気がする。

肌を重ねても、心の中にまで踏み込んだら、拒絶されそうで、大切に心をほぐして会話を楽しみたいと思った。

――不思議な王女だ。

ギルベルトはセリナの横顔から何かを汲み取ろうとした。

橙色《だいだい》に染まりゆく空が輝き、セリナの象牙色の肌を果実のように染めていく。

頬に触れたいと思った。しかし、触れたら物憂げな横顔を見続けることは叶《かな》わない。

ギルベルトはセリナと語らうことも、セリナの悩みを汲むこともどちらもしたかった。

彼女がどんな気持ちで、楽しいか、悲しいか、わからないと不安なのだ。

こんな気分になるのは、セリナを愛しているせいなのだろうか。

――これが駆け引きなら、セリナの勝利だ。

ギルベルトはシピトリアに勝って王女に負けたと思っていた。けれど、そんな些細《ささい》なことはどうでもいい、セリナが手に入ったことはどんな褒章よりも輝いている。

セリナの肩に手を伸ばそうとして、彼女が馬車から丘へ歩いて登る際に持ってきた鞄が気になる。休息用の敷布も抱えていたが、そちらはついでのように持っている。

自分で荷物を持つ王族など、ギルベルトには理解できなかった。

ギルベルトも剣だけは人に預けず自分で持っている。

彼女の不可解な持ち物は、それほどに大事な……身を守るものなのだろうか。

今まで気に留めていなかったわけではない、ずっと気になっていた。そこには、ギルベルトらしからぬ躊躇《ためら》いがあり、聞けなかった。

聞いたらセリナが掻き消えてしまいそうな、離れてしまいそうな、予感もあった。

どこかへ行ってしまわないように、そばに置きたいと願っているのに。

しかし、今はそれ以上に何もかも知りたかった。

——知りたい……もっとセリナのことを。

「セリナ、その変わった鞄には何が入っているんだ?」

ギルベルトは、口に出して訊ねていた。

※　※　※

「えっ……鞄?」

ギルベルトの言葉に、セリナはハッとして肩に手をやった。丈夫なナイロンの持ち手が、ドレスに食い込んでいる。

この格好にスクールバッグなんて、きっと不自然な光景に違いない。

今、彼に伝えられるだけのことは伝えてみてもいい、言ってみてもいいと思った。

——フロリアにはもう見てもいいって言ったし。

セリナは思案して、大樹の下に敷布を広げた。

「少し……だけなら、見せてもいいよ」

鞄を置いて、その横に座る。

ギルベルトもセリナに倣って腰を下ろし、手元を覗き込んでくる。

「ま、待って！　全部は駄目。その……広げるから……」

セリナはチャックを開けて、まず目に飛び込んでくる制服と革靴を出して傍らに置いた。

これがあると鞄の中を何も探せない。

ギルベルトの好奇心に満ちた瞳が、素早く光る。

「お前が弾いていた楽器だ」

「えっ……ま、待って」

彼が内ポケットに差さっていたスマートフォンを目ざとく見つけて取り上げた。

「何も鳴らないぞ？　振るのか？　俺では弾けないのか？」

「か、勝手に触らないで」

ギルベルトが画面に触れながら弄るので、スマートフォンから、晩餐会でセリナが歌うふりをしたラブソングが容赦なく流れる。

「きゃぁっ！」

——電源まだ残って……。

セリナが小さく悲鳴を上げてギルベルトの手からスマートフォンを取り上げたが、彼は目を閉じて聞き入る姿勢に入っている。

「ああ、お前の歌だ。俺だけに歌ってくれるのか――」

「えっ……その……」

歌うふりだとも、楽器ではないとも、気づかないギルベルトに、セリナは申し訳ない気分になった。

単純にセリナの歌が聞けて嬉しいと思っている様子に、胸がドキドキする。

そうしているうちにスマートフォンの電源が切れて、歌声も途切れた。

ギルベルトがピクリと瞼《まぶた》を揺らし、ゆっくりと瞳を開く。

「もう終わりか？　ラブと歌うのはシピトリアの言葉か？　意味は？　繰り返し聞こえるといい響きだ」

「ラブは………好き、とか。愛していますって意味」

彼があまりにも真剣に訊ねてくるので、セリナは正直に教えてしまった。

文字を読むのと同じで、英語がわからないなら、誤魔化せばよかったのに、なぜか嘘がつけない。

「ラブ……か。ラブ――」

響きが気に入ったのか、ギルベルトが口の中で転がすように呟いている。

——ちょっと、恥ずかしい。

セリナはギルベルトの関心を違うところに向けようと、鞄の中身を探った。

地理と歴史の教科書が出てくる。読めないから渡しても意味がなさそうだと思いながらも、表紙に何枚か載っている画《え》のうちの一点の、中世らしき鎧《よろい》のイラストに目が留まる。

——ギルベルトの鎧も、こんな風に硬そうだった。

今は、精緻な胴衣《ダブレット》に上着を身につけているが、そもそもセリナのドレスも歴史で習ってもいいぐらい、元の世界とは違っている。

索引をパラパラと眺めても、ルバール城、シピトリア王国、ハイルブロン帝国の名前は載っていない。

ギルベルトが何歳まで生きて、幾つの国を取ったのか、わかっていても伝えてはいけないことだと考えながら、載っていないことにセリナはほっと胸を撫で下ろした。

「それは、書物か？　随分と精巧な作りだな」

「えっ……そ、そうね！」

セリナは、ギルベルトが彼女の手元に触れながら一緒に眺めていることに気づき、背筋を伸ばす。

――書庫の本、ほとんど文字だけで教科書の製本とぜんぜん違ったよね。

変な汗をかきそうだった。セリナはそろそろ店じまいにしたほうがいいと思った。

慌てて、教科書を鞄に戻そうとしたが、ギルベルトがページに手をかけているのでびくともしない。

「ごめんなさい――そ、そろそろ、片付けたいから」

「まあ待て、お前の希少な財産を奪う気はない。シピトリアの大事な交易品なのだろう。ここを読んで聞かせてくれ」

「う、うん……」

妙に思われるより、彼の興味が先だったみたいだ。

セリスディアナ王女が、色々な国と通じ、交易をしていてよかったとしみじみ思う。

ギルベルトが見つめているのは、中世ヨーロッパの鉄道についての項目だった。

貪欲そうな瞳が、輝きを増している。

「〝レールを敷き、その上を蒸気の汽車が走った〟。そういえば、馬車しか見たことがないけれど、ここに船……は、あるの？」

――車や飛行機の話はしないほうがよさそうだと、セリナは船で話を止めた。

「船はシピトリアのほうがよく使っていただろう。ハイルブロン帝国に船団はない」

「そ、そうだった……？」

セリナは気が気ではなくなりそうだった。王女ではないことを、こんな場面で自滅して終わらせそうだ。

「レールとは何だ？　この絵は、山を分けて道を造っているぞ。なぜだ？」

ギルベルトはセリナの異変を気に留めず、勤勉な姿勢を崩さない。

「それは……道を造って一気に運んだほうが便利だと思ったから、かな」

回答をするのが苦しい。授業で先生に当てられた気分だ。

けれど、セリナのまどろっこしい答えに、ギルベルトは満足した様子だった。

「なるほど……ここの地形では難しいが、平坦な場所では可能かもしれないな」

ギルベルトが、丘からシピトリア王国とハイルブロン帝国の国境だった地帯を向いて目を細める。

「難しい地形？」

「ああ、黒色地帯《こくしょくちたい》がある。ぬかるんだ粘土のような大地に、染《し》み出す悪臭の液体を馬が嫌う。そこに脆《もろ》い岩場と、硬い岩場がまじり、整備の手が回らない。戦場にはしたくない場所だな」

「したくないって？　馬が嫌がるから？」

彼が話していると、授業とは違って、先が知りたくなる。ギルベルトの話し方が心地よいせいだと思った。

「落石で兵が分断されるし、雨で道が変わる。だから、シピトリアを攻めるのには苦労したんだ。黒色地帯では敵を突破するのが難しい。消耗戦覚悟で斬り込み、悪路を追い込むには時間がかかる」

ギルベルトが黒色地帯の後ろに見えるシピトリア王城を指し示す。

「シピトリア王城は跳ね橋さえ落とされなければ、強固な城だ。先の敗因は王と王子が迎撃で城から離れすぎたんだ。あの城は、籠城に向いている。その点ではお前の決断が正しかったのだが、兵が少なすぎたな」

セリナはいつになく饒舌《じょうぜつ》なギルベルトを見た。そういえば、マークスがシルヴィオとの過去にあった戦いを話してくれた時も、ギルベルトの戦略の話をしていた。

ギルベルトは皇子でもあり、大軍を指揮するのだから、いつも軍師みたいにあれこれ考えているのだろう。戦いの話になると、なんだかとても生き生きとしている。

「……悪い。滅ぼした俺に言われたくない言葉だったな」

セリナの沈黙を察したギルベルトが珍しく謝ってくる。

考え事をしていただけの沈黙だったけれど、彼女にとっては本当の王女ではないから実感がわかないが、確かに滅ぼされた時の話を蒸し返されるのは嫌なことだろう。

こんな時、どう返していいかわからない。

「も、もう終わったことだから！　あ……黒色地帯って、この本に出てくるイラストに似てる。泥炭地は微生物による石炭の成長過程だって、切り出せば色々と役に立ちそう」

セリナは何か話を逸らせることがないかと、地理の教科書をめくった。ギルベルトが指し示した地形に近い土壌の断層の写真が掲載されている。

石炭になったものがあれば、エイルもフロリアも、暖炉の火を朝に忙しくつけて回る手間が、少しは軽減されそう。

「イラスト？　とはなんのことだ？」

「間違った。精巧な……絵、でした」

これ以上、話をしていたら絶対におかしいと思われる発言をしてしまうと、セリナは半ば強引に教科書をしまいこんだ。

「おい――俺はまだ学びたい」

「わ、わたしはもっと違う話がしたい。これあげるから、おしまい」

セリナは侍女にあげた飴を取り出し、ギルベルトの手に置いた。なんだか、好奇心たっぷりの子供を諫《いさ》めている気分だ。

「……なんだ、これは？」

「包みを左右に引くと、お菓子が出てくるの」

エイルやフロリアの反応を思い出す。

けれど、ギルベルトは皇子だから、怪しいものは食べてくれないかもしれないと、セリナは彼が包みを引き始めた時に気づいた。

「あの……無理に食べなくていいから」

考えてみれば、敵国の王女から渡されたものをあっさり口に入れるはずがない。

「ああ、これが飴か。侍女に振る舞ったのに、今まで俺にはくれなかった。やっと気を許してくれたのか」

「えっ……知ってるの？」

「報告は受けていた。ああ、やっとだな。待ちわびた」

ギルベルトが低く笑って、躊躇なく飴を口に入れる。

「ど、毒見は――――」

「ああ……甘いな、お前も欲しいだろう？　オレンジの味がする」

ふっと満足げに笑い、ギルベルトがセリナの頭を抱き寄せ、唇を深く合わせてくる。

「んっ……ん……！」

いきなりのキスに、セリナはぎゅっと目を閉じた。

ギルベルトに渡ったのはオレンジの味だったんだと、彼の熱っぽい唇で朦朧となりかかって思う。

知っているオレンジの味なのに、すごく濃厚で、唇に触れる彼の舌と、微かに当たるオレンジの飴が甘く溶けていく。

「美味いな……味わったことがない極上の果実を齧《かじ》っている気分だ」

セリナが強く瞑《つむ》りすぎた瞳を力が抜けるように薄く開けると、彼もまた細めた睫毛《まつげ》の長い蒼い眼差《まなざ》しで、彼女を見つめている。

「これがシピトリアの言葉で、ラブか……？　唇を重ねていると愛しさが溢れそうだ。お前が恋しい」

キスの吐息で、ギルベルトが訊ねてくる。

「んんっ……！　ちが……っ、ん……ふぁ……」

どこまでも甘ったるいキスに、セリナは頭の芯が溶けてしまいそうだった。

――わたしも、ラブ……なのかも、だけど。

「だ……め……んんっ！」

やっとの思いで彼から唇を離す。セリナはギルベルトの胸を力いっぱい押し退《の》けていた。

「ふ……ぁ……ふ――――」

このままキスをしていたら、何もかも、教科書を一ページ目から全部のページが終わるまで彼の望み通りに語ってしまい、打ち明けてしまいそうだった。

けれど、それをしてしまうには、重大なことが言えなくなっている。

――わたしは王女ではないから。

落城で無理やり抱かれてしまった時はあれだけ違うと訴えることができたのに、今その一言が、セリナは言えないでいた。

だから、連鎖的に、話せないことに鍵がかかってしまっている。元いた世界にギルベルトが興味を持つほどに、セリナが危うくなる。

いつかは話さなければいけないことだと思った。

でも、今でなくても……先延ばしできるなら、そのほうがよかった。

――どうして？

――ギルベルトの態度が変わってしまうのが怖いから？

――心許してくれている彼を傷つけたくないから？　シルヴィオに裏切られた話を聞いたから？

「ごめん、なさい……」

全部が本当で、全部が言い訳だ。

セリナは唇を噛み締める。あれこれと理由を作っても、このままでいたいという気持ちが強すぎる。

――彼に優しくされる度に、自分は違うと言い聞かせるのが辛いから。

いつから？　辛い？

セリナは、肩を震わせた。

「……お前はなぜ、俺を踏み込ませない？」

彼女の異変に気づいたギルベルトがセリナの肩へ手を置いた。そして、流れる黒髪を手で梳《す》く。それだけのことなのに、その髪ですら嘘がたくさんまじっていて、胸が痛む。

「今のわたしには……精一杯なの」

「俺にわかるように言え、何かを抱えているのぐらい気づく」

「言えない！　わたしは――遠くから、来たから……っ」

絞り出すような声が出た。ギルベルトが目を見開いたのがわかる。

――い、言った！

遠くから来たと言ってしまった。

「………そう、か。遠くから……確かに、シピトリアは近くて遠い国だった」

彼は追及してこなかった。

ギルベルトの変わらない態度からは、王女の偽者だと知った様子は見て取れない。

だから、それに甘えてセリナは黙り込んだ。

「…………」

沈黙が二人を支配して、夕日が最後の輝きを放ち、大地へと溶け込んでいく。

太陽を薄く纏う横に長い雲も、茜《あかね》色から黄色へ眩《まばゆ》く染められていた。

――もっと、気まずくならない言葉を選べばよかった。

しょんぼりとしながら、セリナは鞄の中身をしっかりと整え、上に畳んだ制服をそっと押し込んでいく。

帰り道でギルベルトと、どんな話をしていいか、わからない。

「それはお前が大切にしているドレスか？　ドレスの話なら、構わないだろう？」

ギルベルトが穏やかな笑みを浮かべて、さっきまでとは何も変わらない様子で話しかけてくる。無理して明るく努めているようにも見えた。

――ギルベルトは気を遣ってくれているんだ。

まだ、楽しく話ができるように。今日のかけがえのない思い出が、喧嘩みたいな形で終わらないように。

怒りっぽく厳しい彼が、こんな時に辛抱強い、一面を持っているなんて。

語らいの雰囲気を戻そうとしてくれるギルベルトは、セリナよりずっと大人に感じる。

今までわからないでいた彼の包容力に、優しく抱かれている気がした。

「そ、そう……ドレスというか、制服……なんて言えばいいんだろう。庶民の服？　ルバール城で演習している兵士みたいに、お揃いで身につけるの」

彼に笑顔で応えることができ、セリナは胸を撫で下ろす。

「ほう、それを持つのはお前だけではないのだな。だが、珍しい献上の品というわけか」

制服のことなら、生地と作り以外は、追及のしようがなさそうなので、セリナは彼に話すことにした。

セリナの世界に興味を持ってもらえるのは、くすぐったくて嬉しい気分だし、気まずかった沈黙も、話していると忘れそうだ。

「そう、珍しい……けど、大切に飾っておくものではなく、毎日着ていたから。ここでは着たら、スカート……じゃなかった、ドレスの裾が短すぎてはしたないんだって」

「毎日着るほど気に入っているのか？　さぞかしお前に似合うだろうな」

「似合うかはわからないけど、着るのが当たり前になっていたの」

セリナは懐かしいセーラー襟を撫でた。綺麗に洗濯をして畳んでもらったけれど、鞄の中に押し込まれていたせいで、襟が少し折れている。

「お前が着たところを見たい。後ろを向いていてやるから駄目か？」

「うっ……駄目では、ないけど」

ここで断ったら、なんだかまた気まずくなりそうだ。

それに、セリナの本当の姿をギルベルトには見てもらいたくもある。

「裾が短いから、はしたないって、思うかもしれない」

「俺はとっくにお前の裸を見ている」

「……そう、だけど」

セリナは少し迷ってから、着ることに決めた。

大樹の枝に広げた敷布の端をカーテンのように結びつける。目隠しの仕切りが彼の方向にだけできる。

「絶対にこっちを見ないで」

「承知した」

ギルベルトが草の上にどかりと足を組んで座り、セリナへ背中を向けた。

間に、大樹の枝に広げた敷布、そしてセリナ。

反対側は、見渡す限り誰もいない平原だった。大自然に囲まれて着替えるのは、この世界でも元の世界でも貴重なシチュエーションだろう。

——ぱぱっと、着替えよう。

幸いにも前開きだったドレスを緩めて、その隠しボタンやらリボンの多さに辟易《へきえき》しつつ解いていく。コルセットも紐をなんとか見つけて解き、剝くように肩を通して上半身から抜くと、一息つけた。

下着をどうするか迷い、肌着やアンダードレスをまとめて首から抜き、素早くブラジャーを腕に通してから、セーラーを羽織る。

セーラーの中でゴソゴソとやって、ブラジャーの背中にあるホックを留めた。

衣擦れの音をさせるのが、段々と気にならなくなっていく。

ドキドキしながら怖々と着替えていたのでは恥ずかしい時間が長い。

輪のように草の上に広がったドレスの裾から、抜け出るように移動してその隣へと降り立つ。パニエを穿《は》いていたので恥ずかしくはなかった。長いスカートの気分だ。

——ここまで本格的なら、全部……。

思案して、元の世界のショーツも足首をくぐらせ下着の上から穿き、代わりに下着を引き抜く。その上から、プリーツスカートを穿いた。

右、左と、ウエストを持ってまたぐと、硬めのプリーツの存在を感じる。

ウエストのアジャスターを指でぐりっときつめに調節した。コルセットのせいで、ここへ来てウエストラインが締まったので前のサイズではホックをつけたら落ちそうだ。

そしてスカートのホックを留め、プリーツスカートの中から出てしまっているパニエを全部脱ぐ。

アンダードレスもパニエもないとさっぱりしたけれど、身体が慣れていたせいか、ちょっと寂しい。

スカーフを襟に通して、エンブレムの入った留め具で押さえた。曲がっていないかは鏡がないのでわからない。それは髪も同じだったので、手櫛でさっと撫でつける。

あとは靴下と、ぴかぴかに磨かれた革靴《ローファー》を履いて、できあがりだった。

「ギルベルト。できた――――よ」

セリナは仕切りの布をまくり上げて潜り抜け、彼の後ろに立ち、声をかける。

律儀にもギルベルトは座った背を向けたままだった。

「随分待ったぞ、よく見せて――――く、れ……………あっ……‥…！」

待ちわびた声でギルベルトが振り返りセリナを見る。

途端に、彼の蒼い瞳が驚いたように見開かれ、言葉をなくしている。

「えっ……やっぱり、へん……はしたない……？　ど、どうしよう……」

「…………」

おろおろするセリナの戸惑う声に、ギルベルトはなんの反応もしなかった。ただ、セリナの姿をまじまじと見つめていた。

「――セリナ……そのドレスは、俺の煩悩を恐ろしい力で揺さぶるようだ」

「はっ⁉」

冗談を言う顔ではなく、苦悩の眼差しでギルベルトがセリナを穴が開きそうなほど見つめ、目を離さない。瞬きすらしない。

「それって……」

「素晴らしく似合っている。他の男には絶対に見せるなよ。お前に頼みがある、寝間着《ネグリジェ》の代わりに毎晩その格好をして、ベッドで待っていてくれないか！」

ギルベルトは真顔だった。必死な感じが怖い。

「お、お断りです！」

「なぜだ？　文句を言う奴がいたら俺が黙らせる。毎日着ていたと言ったじゃないか」

「い、今はもう着ないことにしているから！」

セリナはギルベルトの視線に怯えながら、自らの身体を抱きしめて一歩下がった。

「隠すな。俺のために着たのなら、今は見る権利がある」

ギルベルトに言われて、セリナは手をどけた。代わりに、照れ隠しでプリーツスカートのお尻のほうの裾へ手をやり、押さえるようにして立つ。

――こんなに短くてスースーしたかな。

ここへ来て、長いドレスばかり着ていたので、不思議な感じがする。

「その胸元にあるスカーフは金で留めているのか?」

ギルベルトがスカーフの留め具を目ざとく示した。

「金じゃなくて、もっと安くて加工しやすい金属にエンブレムが押してあるだけで、必ずしなくてはいけないものではないけど」

エンブレムの図柄の由来が学園名だと説明がつかないので、セリナは校章を裏向きにして、何でもないもののように、留め具を外してみた。

「ああ、俺も似たようなものを持っている。お前に身につけさせようと考えていた。ちょうどいい」

ギルベルトが、自らの小指に嵌めていた金の環《わ》に大粒のサファイヤが嵌めてある指輪を抜き取った。

それは、彼の逞しい指に合うようにリング部分が繋がっていない。

「な、なに……?」

戸惑うセリナの胸元に、ギルベルトがスカーフ留めの要領で指輪をつけていく。

それは制服に不釣り合いだったけれど、彼が嬉しそうに目を細める。

「こんな高そうなもの、もらえない」

「俺の色だ。身につけていろ」

――サファイヤが？

セリナは留め具となった指輪に目をやってから、ギルベルトの瞳を見た。

吸い込まれそうな蒼い色。彼はセリナのどんな部分にでも、視線を投げかけるだけでするりと入り込んでくる。

受け取れないと頭では分かっていても、俯きながら頷いてしまう。

どんな顔をしてギルベルトを見ればいいのか、セリナにはわからなかった。こんな場面に今まで出会ったことがなかったのだから。

困っていると、精霊の悪戯のように強風が二人の間を駆け抜けていった。

「きゃっ……」

丈の長いドレスでは気にならなかったので、反応が遅れてしまう。

セリナのプリーツスカートは風に煽られ、一瞬だけめくれ上がってしまった。すぐに手で押さえ、彼のほうを見る。

「今のは……なんだ？　強烈な……そのためのドレスなのか？」

愕然《がくぜん》として見ていたギルベルトの顔が、みるみる興奮していくのがわかる。

スカートを見たことのない彼からしたら、先ほどの光景は強く欲情させるものだろう。

とてもいい雰囲気だったのに……風が吹いただけで、いつものように身の危険を感じるようになってしまった。

「一瞬見えたのは、いつか見た変わった下着か？　もう一度見せてくれ」

「む、無理よ。あれは偶然だし、そのためのドレスでもないから！　駄目よ！」

強く言ったけれど、彼はもう話を聞いていなかった。

セリナのほうに近づいてくる。距離を取って落ち着かせようと思いあとずさると、背中が幹にぶつかる。その先は丘しかない。

こんな見晴らしのいい場所にもかかわらず、セリナは逃げ場を失っていた。

「これは……めくれるようになっているのか？」

「駄目って言ってるのに！　やっ……変態」

強く興奮しているギルベルトは、手でスカートを掴むとめくりあげる。途端に太腿や下着に熱い視線を感じた。

彼の腕を掴み、その淫らな行為を止めようとしたけれど……無駄だった。

戦の先頭に立ち戦ってきたギルベルトの太い腕の力に、セリナの細腕が敵《かな》うわけがない。添えるだけでそれはなんの効果もなさない。

敗北を認めるように、腕から力が抜けていく。

――彼が楽しんでいるから……いい……わけない！

「ギルベルト……恥ずかしいからそれぐらいにして、お願い」

「いや駄目だ。このまま抱かせてくれ」

スカートめくりをやめさせる、を飛び越えて、ギルベルトにもっと淫らなことをしたいと言われてしまう。

そんなにストレートに言われては顔を赤くせずにはいられなかった。

頬だけでなく、触れられた場所、視線が突き刺さった肌が熱くなっていく。

「誰か来るかもしれないし、駄目！」

「大丈夫だ。もう夕暮れ、誰もここには来ない」

ギルベルトが、セリナの背中にある幹に手をついて身体をぐっと寄せてきた。

退路をすべて塞がれる。

「あ、あっ……」

そして、抜け目なく彼の手が制服に伸びた。服の上からセリナの身体を愛おしそうに撫でる。それはとても優しくて、同時に淫らで、愛撫と呼ぶにふさわしい。

思わず、甘い吐息が出てしまう。

――――こんな場所で、彼に脱がされてしまう。

そう覚悟したけれど、ギルベルトの指は制服を撫でて、止まった。

太い人差し指でなにか玩具を遊ぶように、服の真ん中についたものを弄んでいる。カチャカチャと金属質な音が聞こえた。

「これは……ここから脱がせられるのか？　変わっているが、便利だ」

ふっとセリナにしか見せない子供っぽい笑みを見せると、彼の指は制服の真ん中にある縫い目を指でなぞる。

驚いてつい頷いてしまうと、ギルベルトは初めて見たであろうチャックを器用に摑み、ゆっくり、ゆっくりと下ろし始めた。

その指の動きが官能的で、目が離せなくなる。

「変わった留め具だが……よくできている」

遊ぶようにチャックを少し上下させると、最後まで下ろされてしまう。

制服が左右に開いて、隙間からブラジャーが見えてしまっていた。

恥ずかしさでセリナは顔を横に逸らす。

「これも変わったコルセットだが、外し方はわかる。俺の胴衣と同じ留め具だ」

ブラジャーと肌の間に指を挟むと、背中のほうまで滑らせる。

器用にホックを片手で外されてしまった。

胸を覆っていたブラジャーと肌の間に隙間ができる。それを彼の指が上に押し上げて、外すことなく、胸を露にした。

「ギルベルト……わたし……」

すでにセリナの吐息は荒くなっていた。

服を脱がされるのが、こんなにも官能的だと思わなかった。彼の指先が制服や下着をはだけたり、肌を触る度に身体が疼いてしまう。

彼に幾度も抱かれたことで、植えつけられてしまったのだろうか。

甘い戦慄《わなな》きを……。

「変わったドレスは脱ぐな。俺が気に入った、このままだ」

「だ、め……」

口づけをしようとした彼の胸を、トンとセリナは押し返した。

軽く押したつもりだったけれど、彼はきちんと近づけた顔を止めてくれる。

「どうしてだ？　俺はお前が欲しい。お前の身体も俺を求めている。そうだろう」

――――それでも……このましたら。

この間は悪役を撃退した昂揚感のせいにできた。

でも、今、彼に抱かれてしまったら、きっと気持ちが溢れてしまう。

自分を、もう誤魔化せる自信がない。

それはつまり、ギルベルトのことが――――。

「俺はお前が好きだ。今まで女を愛したことはないからわからないが、お前の言葉で、ラブだ。お前は違うのか？」

――――ずるい。いつも先に、わたしが言いづらいことをすんなりと言ってしまう。

でも、そのおかげで決心がついた。

気持ちを隠すことが馬鹿らしく思え、感情が言葉となって溢れてくる。

「わたしも……好き。こんな気持ちになったのは初めてで……」

好きだと言われたのが嬉しくて、好きだと言えたのが嬉しくて、涙が溢れてくる。

言葉は感情に吞まれ、身体中が震えていた。

この異世界で出会った人、いきなり自分の身体を奪った人、それでもギルベルトが好きだ。この気持ちに嘘、偽りはない。一時の感情でもない。

心の奥から感動に似た、嬉しさや悦《よろこ》びが広がっていく。

「セリナ……もうお前は俺のものだ」

「ん――――」

一度は止めた彼のキスを、今度はしっかりと受け止めた。

いつもと同じ熱い唇が押しつけられる。ううん、同じじゃない。

今度は一方的に奪われるものではなく、セリナの心も求めていた。

「ギルベルト……ん、んぅ……」

背の違いがあるので、空に向かって突き上げるように唇を突き出す。それを包み込むように彼の唇が触れた。

気持ちの通じ合った身体は、それだけでは満足できず、もっと、もっとと相手を求める。

足りない部分を合わせるようにして、深く口づけした。

咄嗟《とっさ》にセリナは目を瞑ったけれど、瞼を開ければ、きっと視界には彼しか映っていないだろう。それがどれだけ幸福で、恥ずかしいことかもわかっている。

「ん、んぅ……はぁ……んん――――」

長い、長いキス。

時々お互いに漏れる熱く甘い吐息さえも、とても淫らに感じた。

もう彼にされることはすべて淫らで、愛しく感じてしまうに違いない。

唇を強く押しつけ合うだけの情熱的なキス。それは舌を入れる淫らなキスでなくても、十分にセリナの頭を白く染め、身体を火照らせた。

——とても彼を感じる……いつもよりもずっと。

今までとは、すべてが違っているように思えた。

これが、よく言う世界が変わって見えるとでもいうのだろうか。

気持ちが通じたからかもしれない。

彼の好きだという気持ちが流れ込んできて、自分の気持ちもギルベルトへ流れていくのがわかって、触れている大きさ以上に繋がっているように思える。

少しの変化に身体が反応する。それは好きだと身体が喜んでいるかのようだった。

——もっと、他の場所も……触って欲しい……もっと触れ合いたい。

男の人を好きになると、身体も、心も、淫らになってしまうみたいだ。そんな気持ちが心から自然とわき上がってきた。

それでも声に出す勇気はなくて、セリナは潤んだ瞳で見上げる。

「わかってる。俺がこのままで終わるわけないだろう?」

それは彼なりの気遣いなのだろうか。それともユーモア?

とにかく気持ちは間違いなく伝わっていて、切ない表情で見つめるセリナから顔を離すと、彼の腕に痛いほど抱きしめられた。

「ん、んぅ……痛い……」

「嫌か?」

ぎゅっと締め付ける腕の力を少し弱め、彼が下を向いて聞いてくる。口づけよりも距離は遠いはずなのに、顔が近くて胸が高鳴ってしまう。

「そんなこと……ない……けど……」

認めるのも、否定するのも恥ずかしくて、誤魔化すように言葉を濁す。

すると、彼の腕が少しだけ優しく抱きしめてくれた。それはセリナからしたら強いものだけれど、心地よくもあり、ギルベルトの温かい感触に浸るには十分だった。

どのぐらいそうしていたのかわからない。

でも、彼の腕の中ですっかりほだされてしまったセリナは、もう抵抗という抵抗を示すことができなかった。

「……ギルベルト?」

締め付けが少し緩んだかと思うと、彼が枝へと手を伸ばしていた。

そこには、セリナが着替えの時に仕切りとした布があり、それを掴むと本来の役目である敷布として地面に広げる。

それがなんのために置かれたのかわからないわけがない。

すでに、セリナは抱くと彼に宣言されていたのだから。

少しの抵抗も奪おうというのか、そこへ寝かされる前に、彼の顔が再び迫ってくる。

「ん――――ん、ん……あ、むぅ……ん――――」

素直に唇を受け入れると、それは先ほどよりもさらに情熱的なキスだった。

唇だけでなく、その周りをついばむように彼の熱い口づけが降ってくる。唇で撫で合うような、そんなキスをされた。

新しい口づけに気を取られていると、腰に回した彼の腕がゆっくりとセリナの身体を押し倒していく。正確に、そっと、敷布の上に。

当然、追うようにしてギルベルトの身体も近い距離のまま、倒れる。

折り重なるようにして、ギルベルトの大きな身体がセリナの上にあった。

「あ、あぁ……んぅ……」

それは彼に支配される甘美な気持ちを抱かせ、身体を少し震わせた。

セリナの身体を彼の両腕が挟み、その宝石のように強く輝く瞳が見つめる。魔法のようなその眼差しに彼女はもう畏怖やいやらしさを抱いたりしなかった。

何よりもそれは、愛しさが込められていたから。

言葉や態度よりもずっと、自分への気持ちが表れていた。

「エロティックで……そのドレスも、お前に似合ってる……綺麗で……俺の心を強く捉える。鷲づかみにする。ずっとだ……」

ギルベルトの言葉で、自分が制服姿だったことをセリナは思い出した。蒼い瞳に映る前をはだけた制服姿の自分に、背徳感と羞恥心が込み上げてくる。

けれど、どうすることもできない。

もう止めることも中断することもできないことは、セリナにもわかっていた。

「あっ……だめっ……んっ！」

彼はセリナの脚を摑むと広げ、スカートを大胆にめくりあげた。

露になったショーツに彼が顔を近づける。見られているだけなのに、恥ずかしさで身体が震えそうだったのに、さらに淫らなことをギルベルトがし始めた。

「んっ……ぁ、んっ……ああっ……ダメッ、そんなところっ！　ん、んぅん！」

下着の上から彼に秘部を舐められていた。

そんな卑猥な行為と敏感な場所に感じ始める刺激に、セリナの頰は真っ赤になり、身体は淫靡《いんび》に痙攣した。

彼の頭を手で押し返そうとするも、刺激で力は入らない。

もう彼を拒むことなど、どんなことでも自分にはできないのかもしれない。

「そんなところじゃない。ここはお前が一番美しく、淫らな場所だ」

そんなことを口にすると、より一層激しくギルベルトは舌で秘部を舐め始めた。刺激と快感が強くなり、段々とショーツが濡れていく。

「それに、官能的な匂いだ」

「あっ……いやっ！」

鼻をつけ、秘部の匂いを嗅がれてしまう。恥ずかしさで脚を閉じそうになるけれど、彼の腕がそれを阻む。

「そんなところを……舌でなんて……恥ずかしい……」

「お前のここはそうは言ってない。濡れてきている」

証明するように、彼が舌を押しつけた。

秘裂をなぞられる刺激に加えて熱い吐息も同時にかかり、びくっと腰が震える。

「もっと気持ちよくしてやる」

顔を下肢に押しつけながら、彼がショーツの端に手をかける。

さすがに抵抗を覚えて彼の腕に手を伸ばしたけれど、やはり、添えただけにすぎなかった。

腿を滑り、簡単に下着が脱がされてしまう。ギルベルトの顔が近くにあるというのに、秘部が露になってしまった。

熱があるほどに、身体が熱くなる。

「ここも綺麗で、淫らだ」

それだけ言うと、舌で今度は直接花弁を刺激し始めた。独特のざらっとした感触がセリナを襲う。

「あっ……あっ……ああっ！」

自分の股に顔を押しつけ、秘部を舐める彼の頭が視界に映る。その様子は今まで以上に卑猥で、セリナの身体を興奮させた。疼き、刺激され、愛液が溢れていく。

「は、んっ……んっ……ぁ、ああっ……ぅん……」

卑猥な声が溢れて出て行ってしまう。でも、そうしないとより感じすぎてしまって、快感と刺激に逃げ場がなくなってしまって、無理だった。

水音を立て、ギルベルトの舌が何度も何度も淫らに咲いた花弁を舐める。それはあっという間に充血し、彼を受け入れるための秘裂を露にした。

舌が押しつけられ、徐々にその一部が膣に触れていく。花弁は左右に開かれ、姿を見せた膣口にも彼のものは容赦なく触れていく。

「ん、あっ……ぁあっ……ぅん……」

――舌が……入って……。

唾液と愛液で濡れた秘裂に舌が挿れられたのは、それからすぐのことだった。

膣口を舐めていたかと思うと、中に入ってくるものを感じる。

「ぁ、あああ！　ぁあっ！　あっ！　ああ――っ！」

――中で……蠢く……っ……んっ！

舌で膣内を舐められる感覚に、セリナの腰はびくびくと躍った。

卑猥な感覚は限界まで高まり、指よりも肉棒よりも動き回る舌の動きに翻弄され、軽く絶頂してしまう。

より敏感になった絶頂直後の膣を刺激され、セリナの身体はひくひくと震え続けた。

「セリナ……」

やっと顔を秘部から離してくれた彼が顔を上げる。

その表情は何ともいえないぎらぎらとしたものだった。視線だけでも欲しいと言っている。

「ギルベルト……来て……」

そんな淫らなことを言ってしまう自分に驚いたけれど、セリナ自身も彼が欲しかった。

ギルベルトと繋がりたい。

今、一緒になりたい。

好きという気持ちは、告白し合った時よりもずっと強くなっていた。

「えっ……あっ……」

ギルベルトは自らも横になり、セリナを後ろから抱きしめた。

すぐ、太腿に熱い彼のものを感じる。

「あ、あぁ……あっ……」

抱きしめられながら、彼の肉棒が股に押しつけられ、入ってくる。

拒むものは、気持ちも、身体も、何もなかった。

「ん、んんぅ……あ、あぁああ！」

――彼が……彼が入ってくる……！

熱い先端が触れ、ゆっくりと彼のものがセリナの中へと入ってきた。

彼の肉棒が太いからか、彼女の膣が締め付けているからか、もしくはその両方か……いつもよりもずっときつくて、苦しくて、入ってくる感覚が強く伝わってきた。

自分の中を押し入ってくる熱く硬い肉杭が、やがて膣奥に触れる。

「あぁああ――っ！」

それだけで、セリナは強烈な快感と刺激を覚え、淫らな声を上げた。強い風と葉の揺れる音が、それを二人の耳以外に届けないようかき消していく。

彼も今日は強く感じるのか、抽送せずに奥まで挿れたまま、呼吸を整えている。

背中に感じる彼の息遣いは温かく、愛おしい。

そして、何より彼の一部が自分の中にいるのが嬉しかった。

ドクドクと脈打つ鼓動が、じんわりと伝わる体温が、ギルベルトと繋がっていることを教えてくれて、喜びになる。

——わたし、今好きな人と繋がっている。

以前の、無理やりされたものとはまったく違う感覚。

セリナの身体は、喜びに溢れていた。

彼を通して、自分の存在を肯定し、自分を通して、彼の存在を肯定する。

今、間違いなく好きな人は誰よりも側にいて、愛してくれている——そう実感できた。

「……好きだ、セリナ」

「わたしも……好き、ギルベルト」

言葉でも確かめ合う。違う、お互いに伝えたかっただけだ。わかっていても。

やがて、彼が後ろからセリナの乳房を掴みながら、腰を振り始める。

身体の一番奥まで達していた肉棒が引き抜かれ、またすぐに入ってくる。刺激と快感を伴いながら。

それは波のように一定のリズムを刻み、セリナの身体を刺激し続けた。

「あっ……あっ……あっ！　ん、あぁあっ！」

挿入しただけで強かった刺激がさらに跳ねあがり、絶頂の快感がすぐにまた込み上げてくる。必死に抑えようとしたけれど、徐々に指先からこぼれていく。

今までの無理やりと違って、気持ちが繋がった分だけ、身体が素直に快感を覚えてしまっている。伝えてしまっている。

裸の自分を抱かれていた。

「く……ぅっ……」

すぐそばにあるギルベルトの口から、何かを抑えた声が漏れる。

感じやすくなっているのは彼も同じようで、いつもよりも早く貫く腰の動きが秩序を失っていった。

最後だけは乱暴に、セリナの尻を腰で叩きながら、突き出す。

好きだ、好きだと何度も言うようにして、膣奥を彼の肉杭が突き刺した。

「あ、あ、ああ……ギルベルト……もう……だめ……おかしく、なる……」

「わかってる……もう、少し我慢しろ……」

胸を摑んでいたギルベルトの両手がセリナの腰を摑む。腰を突き出すのに加え、彼女の身体を引き寄せながら抽送し始めた。

それは力強く、激しい動きで、身体の芯までもが揺さぶられる。

「ああ、あああ……あああ……！」

――とても……深い……ギルベルトのが……入ってくる！

肉棒が深く突き刺さり、膣奥をガンガンと突いて、揺さぶる。それに対しては我慢など無意味で、強い快感が身体の奥から一気に込み上げて、押し寄せる。

刺激と快感が身体を痺れさせ、セリナは絶頂の快感に呑まれた。

「ん、んんんんっ！　んんっ！　んっ！」

腰が淫らにガクガクと震える。

ぴったりと尻に押しつけられたギルベルトの腰にも同時にぐっと力が入って、抜けた。

「……くっ！」

「あ、あ、あああ……」

セリナの奥の奥で彼の肉棒が爆《は》ぜ、白濁が熱となって身体を侵していく。

――ギルベルトのが……わたしを満たしていく。

彼が自分の身体で満足してくれたことが、感じてくれたことが嬉しい。

身体の中が彼のもので満たされていく感触さえ、今日は喜びに心が震えた。

夕焼けはとっくに消え、すっかり藍色になった空は星が煌《きら》めいていた。

ギルベルトと敷布の上に寝転び、甘い余韻に浸ったまま、セリナは元の世界よりもずっと多く目に飛び込んできて、降ってきそうな空の宝石の瞬きを追う。

風が冷たくなっているのに、ギルベルトの体温を感じているせいなのか、セリナは少しも寒くなかった。

もう城へ戻らなくてはいけない時間だろう。それは、とっくに過ぎているのかもしれない。

けれど、帰ろうとセリナは言えなかったし、ギルベルトも何も言わず、横になったままセリナを抱き寄せている。

――どうしよう、幸せすぎて……。

ますます、ギルベルトに本当のことが言えずに胸が痛む。

怒られるだけならいい、でも、嫌われたくない。

セリナは、彼を好きだといった自分の言葉が、彼が抱いてくれる好意が、全部消えてしまうのが怖かった。

思いは通じ合っていても、それは嘘の上に成り立っている。

もっと早く、何度でも偽者だと言えばよかった。

後悔も、彼が触れている温もりの前では、甘く都合のよい心の囁きに流されてしまう。

――もう少しだけ。

セリナがうっとりと目を閉じた時。馬の嘶きが聞こえた。

暗闇の中で丘を走ってくる小さな明かりがぐんぐん近くなってくる。

「伝令だ。何かあったな」

起き上がったギルベルトが、セリナの制服を乱した身体に敷布を引き抜いて放る。セリナは反射的にそれを巻きつけ外套《マント》代わりにする。

近くに馬が止まり、こちらへ向かって走ってくる姿はマークスだった。

彼はギルベルトの前に恭しく跪き、困惑した視線をセリナに向けてから、真剣な面持ちでギルベルトを見る。

「急ぎ、ご報告を申し上げます！　ギルベルト様は城へお戻りください」

「何があった？」

ギルベルトはセリナに向けていたのとは別の、緊張感漂う所作と声にすっかり戻っている。

嫌な予感がした。セリナは急激に冷えていく体温を、纏った布をきつく巻き、紛らわせようとした。

マークスが切迫した声で続ける。

「シルヴィオ様がシピトリア王国と通じ内乱を起こしました。シピトリア王国奪還を目指し、今はシピトリア王国とハイルブロン帝国の旧国境に、彼らの兵が集結しつつあります」

「シピトリア王国だと！　馬鹿な、残る王族はここにいるセリナ一人――」

ギルベルトがセリナを見た。

――もう、誤魔化せそうになかった。

「あっ……」

セリナは低く呻《うめ》き声しか出せなかった。

謝らなくてはいけないのに、凍り付いて言葉が出ない。

今さら、なんと言えばいいのだろう。

「それが……セリスディアナ王女を名乗り、シピトリア王国の印章を持った女性が逃げ延び、シルヴィオ様と結託しました。シルヴィオ様もシピトリア王国の捕虜も、その姿を確認したようです」

「奴が城に来たのは、偵察のためか」

――その時にはすでに本物のセリスディアナ王女を知っていた。

『何度も、お会いできて光栄です、セリスディアナ王女』

ああ、あの言葉は……落城の時と晩餐会で二度会った意味ではなく、その間に、何度か……王女セリスディアナと会っていたのかもしれない。

セリナは衝撃を受けた。

――だから、シピトリア王国についての質問をして、わたしを偽者だと見抜き、逃げてきたセリスディアナ王女が本物だと確信を持った……。

他にも晩餐会で思い当たることは多くある。

「わたし……………」

――こんな風にばれてしまうなんて。

ギルベルトはセリナを見ない。セリナも彼の顔をどう見ていいのかわからない。
何もかもが凍り付いていくのがわかった。

第五章　反乱と帰還

ギルベルトはマークスの連れてきた馬で先に城へと戻っていった。

そのマークスもルバール城へ向かう途中にある駐屯地で無言のまま馬車から降りてしまい、セリナは一人きりになる。

ギルベルトの騎士隊長である彼は、セリナを怒りも責めもしなかった。

けれど、いつもの穏やかな笑みも見せなくて。蒼白《そうはく》になったセリナに気遣ってくれたのかもしれなかった。

城に着き足が覚えているままに自室へ戻っても、フロリアもエイルも姿を見せない。

進軍の手伝いに駆り出されたのか、それとも、偽者の世話はもうできないということなのか。

続きの部屋を覗いたり、ベルを鳴らそうとしたりと考えても、そこからどうすればいいのかわからない。

――内乱、戦いになるなら、きっと城中に理由は知らされている。

ここにいてはいけない気がしたけれど、どこに行くあてもない。

乱れた制服の襟を直したところで、着替え一つ持っていないことにセリナは気づいた。

――もう、この部屋のものは、わたしが自由に使っていいものではない。

ルバール城からも拒絶されている気がした。

――。


城の中庭から、鬨《とき》の声が聞こえ、セリナは窓へ近づいた。

続々と兵士が集まり、ギルベルトの獅子の紋章の蒼い旗が揺らめいている。五百人ほどの武装した兵士が、金の髪をした彼の前に馬を並べていた。

ギルベルトはその中央に、黒い鎧をつけ、見事な体軀の黒毛の馬に跨《またが》っている。

セリナに貸してくれた白いアヴァロンではなく、シピトリアを滅ぼし、馬車から落ちたセリナを引き上げた時に彼が乗っていた黒馬カルヴィンだった。

一瞬、彼の髪が揺れ、こちらの窓を見た気がする。

けれど、それは錯覚で、ギルベルトはすでに冑《かぶと》をつけて、馬首を城の外へと向けていた。

騎馬の隊と歩兵を引き連れて、出兵していく。

――ギルベルト……。

死なないで、無事でいて――とセリナが言えることでないのはわかっている。

けれど、こんな風に別れて彼の身に何かがあったらと想像すると、生きた心地がしなくなる。

シピトリア王国との境にある黒色地帯を、ギルベルトは危険だと言っていた。

マークスはシピトリア王国とハイルブロン帝国の旧国境に兵が集結していると知らせていた。もし、黒色地帯での戦いであれば、馬も兵も消耗する。

帰ってきたらどれだけ責められてもいい、鞭《むち》打ちの拷問でも、ギロチンでもいいから、ギルベルトは無事でいてと、セリナは何度も心の中で祈って軍が見えなくなるまで見送った。

最後の兵が門から出て行くと、城門は堅く閉ざされ、さっきまでの喧騒が嘘みたいな静寂が訪れる。

使用人も駆り出されたか、城に詰めているのか、ひっそりとしていた。

セリナにできることといえば、勝手なことをせず、戻ってきた皇子の裁きを待つことだと思う。

――もう、ギルベルトの手を煩わせたくない。

もし、偽者だと打ち明けていたなら、彼の留守中、使用人にまじり、この城を守ることができたのかとふと思い、セリナはその考えを、頭を振って追い払った。

裁かれる罪人にすぎないと自分に言い聞かせる。

いっそ、自ら牢屋《ろうや》に赴こうかという考えも頭をよぎったけれど、使用人や兵士の余計な手間を増やすだけだと考え、セリナは窓へ頭をつけてもたれ掛かった。

ぶ厚い硝子の冷たさに額を押しつけていると、少しだけ頭が冷える。

「……え……っ」

誰もいなくなった中庭。セリナの目に、見たことのある老婆が、嫌がる馬を引いていく光景が飛び込んでくる。

「嘘──────」

投獄されていたはずのキルケと、旅支度なのか、荷物の袋と横乗りの鞍《くら》をつけたアヴァロンだった。

──────キルケさんに、アヴァロン!?

キルケはシピトリア王国のセリスディアナ王女の乳母で、忠誠の塊だった。セリナを身代わりのまま殺そうとするほどの……。

「この城で、何かしたの？　混乱にまぎれて脱走するだけ……？　アヴァロンはギルベルトの大切な馬なのに――」

セリナはすぐに部屋を出て階段を大急ぎで降りた。

回廊を突っ切り、花が咲き誇る花園の中庭を通り過ぎて、赤茶色の土で踏み固められた、兵がさっきまで馬を並べていた中庭へと走る。

一瞬だけ、キルケと一緒にいるところを誰かから見られたら、と考えたけれど、これ以上悪くなっても同じだと考えを振り切る。

「キルケさん……っ！」

どうにか追いつくことができて、セリナはキルケの前に立ちふさがった。彼女は裏の通用門へ向かおうとしていたみたいだ。

「おや、呼びに行かせたのに先に自ら来るとは、よほどこの城が窮屈だったとみえますね。私も牢屋はこりごりですけれど」

キルケはセリナが来たことに驚かず、馬の綱を引いて歩かせている。

「呼びに行かせたって……わたしを？」

「ええ、セリスディアナ王女の御召しです」

――セリスディアナ王女！

その響きを聞いて、セリナの中で警戒が高まった。

「わたしは行きません。ここで身代わりの罪を受けます。でも……あなたが敵国へ逃げ、ギルベルトが困ることを一つでもするのなら、わたしは全力で止めます」

セリナはキルケの手から手綱を奪い取った。

「この馬は……アヴァロンは皇子の馬です！　盗むことは見過ごせません」

「誰の馬かなんて知らないよ、乗ってくださいとばかりに旅支度も鞍もつけて置いてあったんだから」

――アヴァロンが置いてあった？

セリナが乗る時だって、多くの使用人を介して、見守られながら大切にされていた馬が？

「すぐに裏口が開く。シルヴィオ様がとっくに買収しているからね。兵糧と一緒に出るよ」

「わたしは行きません！　この城の使用人は、買収なんかされない！　誰かっ‼　シピトリアの手の者がここに――……っう！」

叫んで誰かを呼ぼうとしたセリナは、強い香りのする布で口を押さえられて黙った。

いつの間にか背後に男が二人立っている。

――なに、この臭い――立っていられな……。

「遅いじゃないか！　さっさと、運んで帰るよ」

キルケの苛立ったような声を最後に、セリナの意識は消し飛んだ。

…………い。

…………さい！

顔に冷たい飛沫が跳ね、セリナは瞼をひくつかせた。

「……う…………っ」

低く呻くと、セリナの意識が戻ってきたのを感じ取ったのか、声の主がさらに何か冷たいものを浴びせてくる。

「起きなさい！」

「冷た……っ、あ……セリスディアナ王女……？」

目を開けたセリナの視界に飛び込んできたのは、金とレースの精緻なドレスに身を包んだセリナに似た髪色と瞳だった。

セリスディアナは絨毯《じゅうたん》の上に寝かせたセリナに水をかけて起こしていた様子で、右手には注ぎ口の長い水差しを持っている。

「水はもっと必要かしら？」

「お、起きます……」

こんなことが前にもあった気がする。睡眠不足の朝みたいにクラクラする頭に手を置き、セリナは水で濡れてしまった顔を擦り、立ち上がった。

同時に、自分が立っている場所に唖然《あぜん》とする。

――ここって⁉

目が完全に覚めた。

壁の造り、天井、ありありと覚えている、あの悪夢のような亡国の城――。

「シピトリア王城……」

――わたし、連れてこられた？

――どれぐらい経った？

「そう、わたくしが今は女王。女王と呼びなさい」

水差しをキルケに投げつけ、派手な衣擦れの音をたてて、セリスディアナが金色の椅子へ座る。宝石が嵌められた大きな椅子は、玉座に見える。

「ギルベルトと戦ったの？　この城は、ハイルブロン帝国の統治下にあったのでは……」

「交戦中といったところかしら。シルヴィオが陽動している間にわたくしが城を取り戻す。この城の兵も出払っていて、ちょっと蹴散らしただけで奪還できたわ。やり手の皇子かと思ったら、弟にそっくりで愚かだったようね」

セリスディアナが、扇を開き口元に当てて嫌な含み笑いを零した。

彼女の口ぶりから、自分がここに連れてこられてあまり時間が経っていないのだとわかる。

――何日も経ったわけじゃない。一日か二日、落ち着かないと。

ギルベルトの悪口には腹が立ったけれど、同時にセリナが今立つ場所のせいで、相容れない仲になってしまったと、逆に諦めがついた。

――なりゆきでも……今、戦いの中でわたしが、シピトリア王城でセリスディアナ王女といることがわかったら、もう、弁解のしようがない。間者《スパイ》だったと自分から言っているようなものだ。

「まだ、戦っているなら、奪還という言葉は早計ではありませんか?」

広々とした玉座の間には、五十名ほどの兵士と、セリスディアナの侍女二人と乳母がいる。

誰もがセリスディアナと同じように、華やかな勝利に酔いしれているようにも見えた。

「相変わらず、失礼な小娘だこと。その容姿が役立たなければ打ち首にしてやるのに」

セリスディアナが睨みつけてくる。

そして、表情をゆらりと変えて謳《うた》うように高らかな声を出す。

「ギルベルトがシルヴィオの陽動にかかったならば、地の利で勝てるでしょう。隠れやすい黒色地帯に伏兵を多く配置したそうですから。それに殺し合って引き分けても、わたくしはもっと強者を取り込むだけですわ」

セリスディアナはシルヴィオと手を組んだというよりは、彼を利用している口ぶりだった。

「囮《おとり》部隊に何が起ころうと、この城に十分な兵力があれば、籠城すればいいのです。憎きハイルブロン帝国の兵士は我々に敵わないと知って、早々に跳ね橋を放棄したのですから」

ああ楽しい、とセリスディアナが続ける。

「半分は逃げ出し、半分は寝返り。ギルベルトが近づいてきたら、跳ね橋を上げてしまえば手出しはできませんわ」

セリスディアナが扇を閉じて、バルコニーの先にある跳ね橋を示す。王女の部屋からとは角度が違ったが、シピトリア王国の軍旗らしき銀の旗が立っていた。

――ギルベルトの兵士がそんなに簡単に要の跳ね橋を放棄した？

――逃げたり、寝返ったり？　そんなはずない。きっとギルベルトなら何か策が……。

おかしいと思いながらも、セリナはこれ以上セリスディアナに意見するのはやめることにした。彼女と言い争っても、ここにセリナがいる事実は変えられないから。

「わたしを連れてきて、どうするつもりですか？」

――キルケさんには前に殺されそうになった。そして、ギルベルトの統治下にある城の玉座をセリスディアナ王女は当然のように奪っている。

――目的のためなら、人の気持ちなんて何も考えていない。シルヴィオを利用してギルベルトを苦しめることを簡単にするなんて。

セリナは挑むようにセリスディアナと対峙した。ここへ来た頃ほどに圧倒されないし、怖くない。

ギルベルトをこれ以上苦しめないでと思いながら、唇をぐっと結ぶ。

「ふふっ、怖い顔。影武者には王家の威厳を作る演技も必要だもの、わたくしのために磨いたのね、いいことだわ」

セリスディアナは少しも動じず笑みすら零した。

「どうするって……生きて会えたら褒美を取らせる約束をしたでしょう？　そなたは十分に役立ちました。影武者がこんなに便利なものだとは思わなかったわ、褒めてつかわせます」

はしゃいだようなセリスディアナの声は、お気に入りの人形を褒めるみたいにざらざらしていて、気分が悪い。

「わたしは……褒美とか、いらないから」

「何を望んでもいいのよ。自由はあげられないけれど。まだ、働いてもらわなくてはならないし。そなたを使えば、もっと多くの国と外交ができるもの、色仕掛けも得意になれたのではなくて？」

鳥肌がたつような言葉に、セリナは身を硬くした。

――ギルベルトのことは色仕掛けなんかじゃない。

セリスディアナに穢《けが》された気分になり、セリナは俯く。

――だけど……。

もう、何がいいことで何が悪いことか、何をしたらいいのかわからなくなる。

セリスディアナの言いなりには絶対になりたくないけれど、戻る場所もない。

誰にも顔向けできなくて――。

「あっ………」

戻る、場所……。

セリナは身につけている制服にハッと気づいた。水で濡れたり、土で汚れたりしているけれど、スクールバッグも何もかも持っている。

ここへ来た時の格好……それに、シピトリア王城。

あれだけこの場所に来たいと願っていたのに、どうして今まで気づかなかったのだろう。

今、すべてを捨てて逃れることができるかもしれない。

忘れるぐらいにこの世界に馴染んでしまっていた。

帰ることができるかもしれない——すべてを捨ててここへ来てしまった時は、あれほど戻りたいと思っていたのに、皮肉なことだったけれど。

「……セリスディアナ女王」

セリナはセリスディアナへ丁寧なお辞儀《じぎ》をして跪いた。

「お言葉に甘えて、褒美を頂戴したく思います。女王様のお部屋を少しの時間だけ、貸してください」

「ほほっ、そうね。そのみっともない格好をましにしてきなさいな。ドレスは勝手に着ないで、ベッドにあるガウンだけあげます」

「はい。ありがとう——ございます」

セリナは一礼して、早足で記憶を頼りにここへ来た時の部屋、王女の部屋へ足を進めた。

階段、壁、シャンデリア。戦いの時とは違って、すぐにでも住めるぐらい修繕されている。

やがて、立派な金の扉に手をかけて開けると、その部屋はセリナの記憶に当てはまった。

「ここ、だ……」

扉を押さえていたはずの家具も元の位置だけど、続きの部屋にはあの鏡台が――。

はやる気持ちを抑えきれずに、セリナは柔らかい絨毯を踏みしめた。

ベッドルームに入ると、調度品は整えられ、最奥に、あの鏡台があった。

縦に長い、楕円形の鏡がはまっている純白の鏡台。

円の縁取り――花や蔦の模様が彫られていて、その模様が縁取りからはみ出る部分には、宝石を繋いで模様の続きが造ってある。

右上の花の続きには羽を広げた宝石の鳥が止まっていて、蔦を辿った鏡の上部には、真紅の木の実が、ここだけは、はめ込まずに、ルビーが吊《つ》るされて揺れていた。

「……帰れる……?」

セリナはできることなら、この場所から、この立場から、この世界から、逃げ出したかった。

だから、この部屋へ流されるようにきた。

けれど、鏡を前にすると、近づいていいのかわからなくなる。

逃げ帰るみたいに、何もかも放りだすのが正しいことなのか……。

一歩、また、一歩とまとまらない考えを整理するように鏡へ向かう。

――全部ないことにできたら、楽だと思う。

――でも、ギルベルトの無事を確かめるまで帰りたくない。

――彼は弟にもセリナにも裏切られて、きっととても傷ついている。真面目な人だから。

――ギルベルトに、また、会いたい。

――ギルベルトに、まだ、ずっと会いたい……。

脳裏に彼の記憶が蘇《よみがえ》った。

『ほう……この女か。隠れるのは終わりだ、シピトリアの女狐《めぎつね》』

出会った時、剣を投げてセリナを救ったと思ったら、いきなり頬を摑まれて瞳が合った時のこと。吸い込まれそうなギルベルトの蒼い瞳。

最悪な思い出のはずなのに、懐かしくて、くすぐったい気持ちになる。

『まさか……純潔とは――――っ、お前がわからない。もっと知る必要があるな』

セリナを襲うように奪った時、初めて焦った顔をしたギルベルト。

今思えば、本当に焦っていたんだと思う。

『火刑《かけい》は姿が残っていたら無罪だったな。黒曜石の髪は燃えない、残念だ』

火あぶりから救ってくれた時のこと、ああ、あれは無茶な理屈だった。あと少しでセリナは燃えるところだった。あんな恐怖はもう味わいたくない。

兵士の前でセリナを辱めたのは彼らを丸め込むためだったんだと、わかる。

……たぶん。

『お前の瞳と髪と揃いだ。似合う』

セリナが宝石を受け取らなかったから、オニキスとブラックダイヤモンドを彼なりに受け取らせようと躍起になった……ことにしておこう。

シピトリアの政務が忙しかったはずなのに、いつ探してきてくれたんだろうか。彼はどんな顔で宝石のネックレスを買ってくれたんだろう。

『お前の身体を隅々まで知っているのは俺だけだ。なのに、どうしてこんなにも不安になる』

セリナが歌った晩餐会。あの夜、彼を強く意識した。

ギルベルトと心が触れ合った気がした夜。

『……好きだ、セリナ』

大樹の下で……。

――わたしだって、好きだった。

――だった じゃない、今も……こんなに……。

セリナの歩幅が狭くなり、鏡の近くで足が止まった。

途端に、鏡面にざっと波が立つ。

「あっ！」

――――これ……知ってる。

身体が覚えていた。ここへ来た時の感覚に似ている。

「だ、駄目っ⁉　帰りたくない！」

セリナは反射的に丸い椅子を摑んで投げた。

ガシャンという激しい音がして、鏡に幾つものひびが入り、硝子の破片が飛ぶ。

――――わたしは、帰りたくない。

――――嫌われても、ギルベルトに立ち向かいたい。無事を確かめて、彼の心の傷を少しでも癒したい。

「教科書だって読むし、制服だって毎晩着てもいいから……っ！」

セリナは叫んでいた。やがて叫びが、荒い呼吸に変わる。

「……っは……ぁ……は……っ」

セリナはこの世界にいることを確かめるように、制服のスカーフ留めを握り締めた。彼がくれた瞳の色の指輪。ここにちゃんと、ある。

『俺の色だ。身につけていろ』

――ずっと、身につけている。ここに、いる！

鏡はもう波打っていなかった。

驚いたような、困ったような、ほっとしたようなセリナの顔を割れた面の数だけ映している。

そして、消沈していた黒い瞳に光が宿る。

「アヴァロン――！」

セリナは、シピトリア王城の敷地を、邪魔な者を蹴散らし、一番早く駆け抜けられる名前を呼びながら部屋から飛び出した。

※　※　※

シピトリア王国とハイルブロン帝国の旧国境、黒色《こくしょく》地帯《ちたい》。

足場が不安定で、崩れやすく、雨が降る度に道が変わる。

ごつごつとした高くそびえる岩場が視界を遮り、陣形など役に立たない。

ギルベルトと彼の率いる大軍は、砂塵《さじん》をあげて、執拗にシルヴィオを追い続けていた。

だが、伏兵は多く、シルヴィオの背に追いつき、剣戟《けんげき》が始まったところで、矢が飛んできたり、巨石が転がってきたりする。

ギルベルトを除く誰しもが、一時撤退して態勢を立て直すべきだと考え始め、隊長級の者は、これが罠《わな》だと気づき始めていた。

しかし、二頭の獅子が噛み合う蒼のギルベルトの軍旗は、ゴブレットと剣が絡み合う緑のシルヴィオの軍旗に、何度でも迫る。引きずり回されているのはギルベルトの軍旗だった。

シルヴィオと斬り合う度に傷が増えたが、動けなくなるほどではないと、ギルベルトは黒馬の手綱を緩めない。

大地を蹴り、ぬかるんだ沼地を踏み荒らし、岩場を馬で駆け登る。

双方の軍旗は、今、空を背にして、巨岩が転がる岩肌の斜面を並走していく。

五度目にギルベルトがシルヴィオに馬上から斬りかかった時、頬と馬の耳を、新たな斜面に潜んだ伏兵の矢が掠《かす》めて馬が嘶く。

その隙にシルヴィオが馬首を返してギルベルトへ斬りかかった。

刀身を力強く弾き、ギルベルトが吠《ほ》えるような声を上げる。

「っ！　全然崩れないですね、兄上。さすがと言いたいところだけど、もうすぐ兄上は死にますよ。兵が足りないし、僕にはまだまだ、味方がたくさんいますから」

「だからどうした！」

ギンッとギルベルトの反撃の剣戟がシルヴィオの馬飾りを掠め、落とす。

「危ない！　まるで手負いの獣ですね。暴力だけじゃ、ここの皇帝にはなれませんよ。賢い僕のほうが皇位継承にふさわしいと思わない？　父上も、母上も、重鎮も、どうして兄上ばかり支持するんでしょうね」

「お前が浅はかだからだ。そんなことも、まだわからないのかっ！　お前の性根は腐っている！」

シルヴィオの言葉にギルベルトが叫んだ。

彼が最初に反乱を企てた時に演習として庇ったことを思い出し〝まだ〟と口から出た。

兄弟が手を取り合って帝国を統べる希望を、ギルベルトはもはや持たない。

劣等感の塊のような愚弟を、戦う以外で黙らせる方法を知らない。

ギルベルトを嘲笑《あざわら》うように、シルヴィオが口を開けてその端を吊り上げる。

「ははっ、兄上の大事なものはみんな裏切って、その手をすり抜けていきますよ。あの身代わり小娘を、王女だと大切にしていたなんて兄上らしくない手落ちですね。さっさと拷問すれば吐いたかもしれないのに！」

「その薄汚い口を閉じろっ」

セリナのことをちらつかされ、ギルベルトに凶暴な怒りが滲《にじ》む。

そこまで激高した彼を見たことがなかったシルヴィオは一瞬たじろぐも、自らの言葉が傷をえぐった感覚を得たのか、歓喜に満ちた声で続けた。

「兄上があの小娘を気に入っているのは知っていましたよ。帝都にも連れてこないし、いつも気にかけている。だから、こんなにも簡単な陽動に引っかかって、死地に突っ込むんです！　何も考えずに、兵をほとんど動かして！　シピトリア王城は今頃、僕のものになっている」

「それがどうした！」

ギルベルトはこともなげに言い放つ。

「僕は今、シピトリア王城をすでに落としていると言ったんですよ？　聞こえませんでした？　強がりですね、兄上は」

動揺がないことを訝《いぶか》しんだシルヴィオが語気を荒くする。

そして、ギルベルトへ斬りかかった。

「浅いな。俺はまだ死なん！」

鎧のつなぎ目、腕に刺さったシルヴィオの剣先を、痛みを感じないそぶりでギルベルトが受けた腕のまま払う。

その時、一頭の馬が斜面を駆け上がってきた。矢傷を受けたまま「伝令」と叫びながら、ギルベルトへ並走する。

「伝令です！　セリナ様がシピトリア王城内で解放されました」

忍ばせ、ギルベルトがセリナの身を案じて追わせていた密偵が叫んだ。

「ああ、それはいい知らせだ。時間を稼いで、そいつを待っていた」

シルヴィオと互角にやり合っていたように見えたギルベルトが、今までにない強さで大剣を振るう。

ギンッと激しい音。それは、受けたシルヴィオの剣を伝い、持ち手を痺れさせるほどの衝撃だった。シルヴィオが剣を落とす。

「なっ、何がいい知らせだ……っ！　兄上はもう、僕の陣形に誘い込まれている。僕の剣を落としたところで、何も変わらない」

「戦況など俺が打破する、何だってくれてやる！　セリナを自由にしてやることが、俺の一番の望みだった。叶ったのなら、もうお前に構っている暇はない。これしき蹂躙《じゅうりん》してやる」

ギルベルトが岩へ大剣を突き立て、引き抜く。ガラガラと石が崩れた視界に、新たな弓兵が十名、見つかったことを恐れて、背を向けて逃げ出していく。

「兄上は……僕の策にはまったんじゃ――」

「俺はセリナを遠い場所とやらに安全に逃がすためなら、命を懸けてもいい」

手綱を引いたギルベルトが、残っていた兵をまとめながら、斜面を駆ける。

その行き先に、シルヴィオは目を凝らし、合図の手を挙げた。

斜面を駆け上がったところに、一斉掃射するための小隊を配置してある。

第六章　大切な想いを胸に

アヴァロンの背に乗り、戦況が見渡せる大地に立ち、セリナは茫然《ぼうぜん》としていた。

黒色地帯の岩の上に、ギルベルトの蒼い軍旗が見える。緑は晩餐会の時に見たことがある、シルヴィオの軍旗だ。

「戦って、いる……」

一瞬――――ギルベルトの黒い鎧が、岩の隙間に躍った気がする。けれど、目を凝らしても、もう軍旗しか見えない。

――――ギルベルトが負けている？

蒼い旗は少なく、下から見上げると、シルヴィオの兵に追い回されているようにも見える。

やがて、ギルベルトの軍旗が集まり、斜面を登っていく。

「ギルベルト！」

ちらりと見えた先頭に立つ黒い馬は、立派な体軀のカルヴィンだ。遠くから見ても
――彼だと思った。

彼が生きていた安堵《あんど》感と、ギルベルトの軍旗が少ない心配とがセリナの頭をよぎる。

そして、ギルベルトが目指している先の、拓《ひら》けた岩場をぐるり取り囲むように、弓を構えた兵の姿を見つけ、セリナは恐怖で声を上げた。

「危ない……！」

斜面を駆けているギルベルトから見えない方向に、兵が息を潜めている。

――待ち伏せ。

卑怯《ひきょう》なシルヴィオがいかにもやりそうな手だ。

「兵が隠れてる！　ギルベルトっ」

セリナの叫びはむなしく岩山に吸い込まれていく。

距離もある。下からの声は、届く気配がない。

今から馬を走らせても、登る道を探して迂回《うかい》したり、岩山を駆けのぼる場所を見つけられる自信がない。そんなことをしていたら、間に合いそうになかった。

「どうしよう……」

――何か、知らせるもの……ギルベルトに、兵がいるって教えないと。

彼に矢が降り注ぎ刺さるという最悪のことが脳裏をよぎると、指がガクガクと震えて、スクールバッグのチャックが上手く開かない。

「……っ！」

セリナは無理やりスクールバッグのチャックをこじ開けて、中を探している暇はないと、さかさまにして中のものをすべて落とした。

散らばった荷物の中で、ヘアスプレーが引火するかもと頭をよぎったが、この場所で小さな狼煙《のろし》をあげたところで、何にもならないと瞬時に判断する。

「どうして……何も役に立たないの……っ」

荷物に当たるのはおかしいと頭ではわかっていた。けれど、当たらずにいられない。ギルベルトになんとかして伏兵を知らせたい、彼を助けたい。

――絶対に死なせられない。

彼を傷つけたままだ。シルヴィオの裏切りにセリナの裏切りで、きっと彼はまた心を閉ざしてしまうかもしれない。

そんな気持ちのまま、死地に一人で行かせない。邪魔でも、怒られても、無視されても、そばについていたい。

「他に、何か――」

セリナはスクールバッグを投げ捨て、今度はアヴァロンにくくりつけてあった旅支度の袋へ手をやった。

パンと木の水筒に入った水、塩と火打ち石、野営できそうな道具しかない。

そうしている間にも、ギルベルトの軍旗は拓けた岩場へ近づいていく。

「ギルベルト……っ」

セリナは間に合わないとわかっていながら彼のほうへ駆けだそうとして、足元のぬかるみに浸《つ》かりかかった教科書で滑り、転んだ。

「……っ、うっ……」

ギルベルトと別の世界について語った教科書。

何も役に立たないと、無視してアヴァロンに乗ろうとしたところで、セリナはぴたりと動きを止めた。

「あっ……」

――この地形……泥炭地帯に似てるって……ギルベルトと話した。

セリナの世界の文字を読むことができない彼へ、どう伝えようか迷ったページが思い起こされる。

ギルベルトが言っていた黒色地帯。

脆い石と、湧き出る臭いの強い水。

セリナの地理の教科書には、大地は石炭の成長過程と記されていた。

そして、ぬかるみに染み出るのは原油……ではなさそうだったけれど、知った刺激のある臭いがまじっている。

「石油とかガソリン……にはならなくても、燃えるかもしれない……」

教科書を読み返して確認している暇はない。

セリナはスクールバッグを拾い上げて、近くの黒いぬかるみへドプリと浸した。

勢いよく浸けたので、制服に黒い泥が飛ぶ。

コプコプと音を立てながら、あっという間にスクールバッグは刺激臭のする黒い色に染まっていった。

そして、岩山から転がり落ちてきている、茶色がかった石を、黒く変色したバッグへ半分ほど集め入れる。これも燃えるかもしれない。重さもちょうどいい。

最後に蓋を外したヘアスプレーを石の中央へ入れてチャックを閉める。石の尖《とが》った部分はなるべくヘアスプレーに向けた。

――これで、即席の爆弾になれば……！

セリナはアヴァロンの袋から、火打ち石を取り出した。

暖炉に火をつけているところは、ここへ来てから何度も見たことがある。

カチカチと石を叩くように合わせると火花が散り、スクールバッグの底へ燃え移った。

くしゃりとバッグの底が柔らかくなり、化学繊維の燃える、変わった臭いがする。

煙で一瞬だけ火あぶりを思い出したが、ギルベルトだってあの炎の中、馬を走らせてくれたのだ。だから、怖くない！

セリナは広がっていく火にひるまずに持ち手を引く。

思った通りずっしりと重い、だから……勢いをつければこれぐらい重いほうが飛距離は出る。

「あとは……っ、んっ……！」

陸上部の人がやっていた砲丸投げをイメージして、セリナは岩山に向かってスクールバッグを持って回転した。

一回、二回。

「熱っ……！」

途端に、酸素を含んで燃え広がったバッグの火の熱さに、手を離してしまいそうになる。

――今放したら駄目。もっと弾みをつけて、ちゃんと見て……狙って！

指はもう熱さを感じなかった。ただ、瞳は拓けた岩場を見続けていた。

――あそこへ、飛ばす！

四回転目！

「ギル……ベルトっ！」

彼の名前を叫びながら、手を離す。

燃えながら飛距離をぐんぐん伸ばしたバッグが、拓けた岩場へと消えていく。

そして、数秒後。

爆発音とともに、ちらりと炎が見える。

「ば、爆発……した！」

ギルベルトの軍旗の前方にある道が、崩れていく音がして、彼の蒼い旗が止まる。

岩場へ目をやると、隠れていた兵がパニックを起こし、散り散りになっていく様子が見えた。

多くの兵が慌てる声や馬の嘶きが、風に乗って微かにセリナの耳に届く。

「よかった……ギルベルト………止まった」

セリナはその場にへたり込んだ。

ギルベルトの軍旗の下から、黒馬に乗った黒色の鎧が見えた。

――無事……だった。

遠いのに、ギルベルトと目が合った気がして、セリナは叫んでいた。

「ギルベルト――――！」

気持ちが零れる。

「死なないでっ！　負けないで！　怪我《けが》しないで……っ！」

セリナの叫びに、蒼い旗がゆらりと揺れた気がした。


それからのことは、セリナにとって目まぐるしく速かった気もするし、とても緩やかだった気もする。

ギルベルトの軍旗は、シルヴィオの軍旗を掃討し、小隊を率いたマークスがセリナを迎えに来た。

連れられるままにアヴァロンに乗り、岩山を縫うように進んだところで、蒼い軍旗が多く集まる場所に出る。

そこでは、黒い鎧のギルベルトがどっかりと座っていた。

セリナの胸が高鳴る。

「……なんだ、戻ってきたのか」

ギルベルトの素っ気ない声がする。けれど……それはもう今のセリナならわかる。わざと彼はそんな声を出していた。

もう一度会えて、彼の声が聞けたことに、セリナの胸の中が切ない何かでいっぱいに満たされていった。

「ギルベルト……」

「セリナ、よく戻ったな。俺はもう、逃がさないぞ」

「……うん、もう逃げない。ごめんなさい……そばに、いさせて」

セリナの言葉に、ギルベルトがふっと笑う。

「お前を、愛している――」

低く呻いて彼が倒れ込んだ。


ギルベルトが意識を失い、セリナは気が気ではなかった。

国境沿いの大地にはすでに幾つもの天幕が張られ、一番巨大な天幕へ彼が運ばれていくのをセリナは縋《すが》るように追う。

木綿のシーツが敷かれた簡易ベッドは、ギルベルトが横たえられると狭そうだった。

すでに中で待機していた医師に、ギルベルトが診られている時、セリナは祈るような気持ちでそれを見守った。

彼らの顔に焦りはなく、酒で次々と消毒されて血が止まった胸や腕の傷に、包帯が巻かれ始める。

「……あの、ギルベルトは？　大丈夫？」

処置の終わりを待って、セリナは怖々と声をかけた。

「皇子に深い傷はありません。大丈夫ですよ」

「よ、よかった……」

医師の言葉に、セリナはへなへなと膝をつく。

すぐに彼の枕もとへ駆け寄ろうとしたけれど、自分の身体がドロドロなことに気づいて、セリナは天幕から出た。

——傷口にばい菌とか近づけたら、破傷風とかになっちゃうかもしれないし。

本当は目が覚めるまでついていたかったけれど、元の世界の医学からすると、彼の身体にいいことではないのがわかる。

「セリナ様、御召し替えをいたしましょう」

優しい声がセリナにかかった。その響きは、この世界でずっとセリナに寄り添ってくれた懐かしい響きで――。

「フロリア！」

変わらず笑いかけてくれる彼女の穏やかな顔に、セリナは泣きそうになった。

「御髪もぐちゃぐちゃですよ。川で洗いましょうね。あ、セリナ様のお荷物を、兵士が回収したって持ってきましたよ。ついでにお手入れしましょう」

フロリアの隣ではエイルが籠の中にセリナの鞄の中身を持って立っていた。鞄こそ燃えてしまったが、中身は泥だらけでもまた使えるものが多そうで、気遣いに胸が熱くなる。

「フロリア……エイル、ごめんなさい……わたし、王女じゃないって黙ってて……」

「泣いてはいけませんよ、セリナ様。ギルベルト様の容体が悪いのかと兵が心配して士気にかかわります」

茶化すようにお説教じみた口調で、フロリアが人差し指を立てた。

「そうそう、私たちだって、ギルベルト様の命令に泣く泣く従っただけで、ずっとセリナ様といたかったんです。でも、放っておいて逃がせって言われたから、仕方なく……」

「ギルベルトが……わたしを？」

静まり返った城、旅支度されたアヴァロンを思い出す。

それは、逃げてもいい自由をギルベルトがセリナに与えてくれたことだったんだと気づき、セリナは涙を堪《こら》えきれなくなる。

「セリナ様ー、泣くなら、川で顔も洗いますからね。私も嬉しくて泣きそうです……またお仕えできて、お会いできて。ああ……指に火傷してるじゃないですかーっ！」

半泣きになりながらセリナを引っ張るエイルの温もりが嬉しかった。

事のあらましを二人から聞きながら、川で水を浴び、フロリアが持ってきてくれた清潔な木綿のローブに着替える。

セリナに正確に伝えるためだろうか、騎士隊長のマークスから詳しい戦いの内容を聞いていた侍女二人の話は、聞けば聞くほど、彼が無事でよかったと思えてくる。

セリナは早く、彼に会いたかった。ギルベルトの意識が戻る時にはそばにいたい。

ドロドロだった制服はフロリアが自信満々に汚れを落とすと言って引き取り、セリナは鞄の中身の手入れをしてくれていたエイルの籠から、洗顔ソープのミニボトルをそっと持ち上げて、フロリアに渡した。

さらに、裁縫道具のキットから、絆創膏《ばんそうこう》を抜き取る。

「わ、わたし……ギルベルトのところに行くね。すぐ近くだから、案内はいいから」

　セリナは早足で、彼のいる天幕へ向かった。

　……天幕では、すでにギルベルトが起きているみたいで、中からすごい剣幕でセリナの名前を呼ぶ声が聞こえてくる。

「セリナっ！　どこだ、セリナ――――！」

「こ、ここにいるからっ」

　天幕にギルベルトは一人だった。

　どうして他の兵士や使用人が彼の呼びかけを無視するのかわからなかったけれど、連呼されては恥ずかしいので、セリナは入り口の布をまくって、中へ滑り込んだ。

　ギルベルトはシーツから包帯だらけの上体を起こしている。

「セリナ、遅いぞ。なぜ目が覚めた時にいなかった？」

「そんなこと言われたって……」

　――あんな汚い格好だと、傷に障るから。

　そう説明するのは、難しそうだった。

「身体が汚れていたから洗っていたの。それより、怪我してるんだから、まだ横になっていないと……」

セリナは無理やりギルベルトをシーツの上に押し倒す。

「おっ、積極的だな」

「違う。眠って回復してってこと。熱とかは……ああ、おでこが少し熱い」

ギルベルトの金の髪をかき分け、セリナは彼の額に手をやった。少し熱い気がする。高熱ではなくほっとしたけれど、油断できない。

「お前の手は、冷たくて気持ちいいな」

セリナが額に置いた手を、ギルベルトがつつっとなぞる。

それだけのことなのに、愛しさが込み上げてきた。

「か、川の水で冷えているから……」

ごつごつした指先で撫でられていると、彼がちゃんと生きて存在している実感がわいて嬉しくなる。

「あれ……指？」

セリナはチクッと触れた感覚に、彼の手を取って指を見た。小さな切り傷がある。

「ここにはどうして包帯を巻いていないの？」

「……かすり傷だ。これぐらいのものに包帯をしていたら、全身が包帯になるだろう」

「絶対に駄目！　持ってきてよかった……これ、貼るから！　効くかわからないけど、殺菌とか消毒成分、当てる場所に少しぐらい入っているかもしれないし。あっ、その前にアルコール消毒」

セリナはギルベルトの枕もとにあった酒を手に取って、彼の指にかけた。

「お前、それは今夜飲む、勝利の美酒だぞ」

「少しだけだから、あとは……綺麗な布で拭いて、絆創膏」

セリナはペリペリと絆創膏を剝がして彼の指に巻く。すると包帯から少し出ている腕の傷まで見つけてしまい、また酒をかけて絆創膏を貼る。

小さな傷は次々に見つかり、セリナは十枚もあった手持ちの絆創膏をすべてギルベルトに貼りつけていた。

「……ふぅ、これで、よし」

「なんのまじないだ、これは？」

ギルベルトが訝しげに絆創膏の大量に貼られた腕を持ち上げる。

そこでセリナは、ギルベルトが黙っているのをいいことに、治療し続けてしまったことにはたと気づいた。

「……ごめんなさい。邪魔だったかも」

「いや、俺のために一生懸命なお前を見ているのが嬉しかった」

彼の目が熱っぽさを帯びる。

その蒼く燃える瞳が、セリナに彼を裏切ってしまったことを思い出させてしまう。

――――彼といる資格なんてわたしには……。

「やっぱり、わたしはあなたを――――」

「――――裏切ってなどいない」

彼に謝り、やっぱり去ろうとした。けれど、ギルベルトがその言葉を奪う。

「内乱を手引きしたわけでも、偵察していたわけでもない。違うか？」

「それは誓ってしていません」

それだけは信じて欲しいと、彼の言葉に強く頷いた。

「安心しろ。ルバール城に住んでいる者は、誰一人としてお前が内偵だったなんて、疑ってはいない」

「でも、嘘をついていたことには違いないから……」

皆が自分を信じてくれたことは嬉しかったけれど、それと自分が黙っていたこととは別だ。

「嘘ぐらいなんだ？　一つの嘘で、お前は俺に好きだと言った気持ちが冷めるのか？　なくなるのか？」

彼の言葉をじっと聞く。

「俺のお前への気持ちはそんなものでは冷めない。変わらない。いや、誰にも、何にも変えられない。お前が誰であろうと、俺は好きだ」

きっぱりと彼はまだセリナのことを好きだと言ってくれた。

その言葉が胸にじんわりと広がって、嬉しさに震える。

「お前は違うのか？　自分が王女でないと、俺を好きではないのか？　そうだとばかり思っていたが……また惚《ほ》れさせないと駄目か？」

「……そんな……ことない。わたしはあなたが好き。気づいてからずっと好き。今でも好き。ずっとずっと好き」

最後は涙まじりの声になってしまった。

思わず、ギルベルトの首に抱きつく。

「……っ！」

「あ、ご、ごめんなさい」

痛そうに身体を震わせた彼に気づいて、慌てて腕を離す。

「構わない。お前の柔らかな身体の感触が味わえるなら、痛みなど痒《かゆ》いみたいなものだ」

強がりを言って、逆にセリナを抱き寄せる。そして、耳元で囁いた。

「愛しい人の本当の名前を教えてくれ」

――そうか、身代わりだと思ってたから、わたしの名前も本当は違うと思って。

「セリナは、わたしの本当の名前です。本名は、片倉世里奈《かたくらせりな》」

「そうか、お前の名は気に入っていたからよかった。セリナ、キスしてくれ」

頷くと、怪我したギルベルトにセリナのほうから顔を近づけた。

唇を合わせると、触れるだけではあるけれど、長い長いキスをする。

「もっとだ。情熱的に、舌を入れろ」

あれこれと彼に命令される。色々と負い目がある分、セリナには逆らえなかった。

「ん……ん、んぅ……」

恥ずかしさに震えながら、おずおずと彼の唇に合わせ、舌を入れる。待ち構えていたかのように彼の舌が重ねられ、淫らに撫でられた。

まるで淫靡に身体を密着させ、抱き合うように、舌同士が絡み合っていく。

それを始めたのはまぎれもなく自分で、されるよりも数倍卑猥な気持ちが込み上げてくるのをセリナは止められなかった。

「は、ん……ん、んぅ……んんっ⁉」

ギルベルトの舌が徐々にセリナのものを押し返していく。そして、今度は彼女の口の中で愛撫し合った。

あまりに卑猥な行為に身体だけでなく、頭の中まで熱くなり、呆然《ぼうぜん》としてきてしまう。

それでも命じられた通り、セリナは必死に彼の舌に舌を合わせ続けた。もっとギルベルトに喜んでもらいたい、その一心で、淫らなキスを続ける。

やがて、舌の絡み合いは口から離れ、二人の唇の間で乱れる。

「あ、あ、ああ……ん、んんぅ……ぢゅっ……はあぁ……」

赤く、唾液で濡れたものがお互いに密着する様がセリナの視界にも入る。それは、淫靡という以外に表現しようがなかった。

何かわからない淫らなものを想像させるかのようで、より息が荒くなっていく。

「ん、あ……」

長く、淫らなキスをしてどのぐらいが経ったのか、やっと解放される。

彼の唇が再び、セリナに命じた。

「俺の上に跨れ、お前としたい」

「えっ……でも……傷口が開いてしまうから……」

彼にしてあげられることなら、どんなことでもしてあげたかったけれど、さすがに交わるのは傷に障る。

だから、今度ばかりは彼の命令に従ってよいのか悩む。

「なら、どんな淫らなことならばしてくれる?」

「淫らなこと、だけなの?」

「この状況でそれ以外ないだろう」

ちらりと見えた彼の下肢はその言葉を証明するように、雄々しく盛り上がっていた。仰向けに寝ているので余計それがわかってしまう。

セリナとしても、自分を信じて待っていてくれた、戦って傷ついたこの人を喜ばせてあげたかった。でも、それで傷が開いてしまっては元も子もない。

「あ、あとで……ということで、約束するとかは——」

「いや駄目だ。今だ」

先延ばしにしようとしたけれど。

キスよりも淫らな行為の経験の少ないセリナには、あまり思いつかない。このやり取りをしている間にも頭は発熱しそうで、上手く考えがまとまるはずもなかった。

「だったら……な、舐めるとか?」

「頼む！」

我ながら、大胆なことを言ってしまったと思った時には遅かった。矢のような早さで彼に返事されてしまった。

どうしようか迷った末に、彼の身体に顔を近づける。

「ん……んぅ……ちゅ、ちゅ……」

セリナは、その小さな舌を出して彼の包帯の巻かれていない指先や古傷を舐め始めた。

懸命に考え、彼を癒そうとした結果だ。新しい傷はばい菌が入ったら大変だから、彼の身体に刻まれた彼が生き抜いた証の古い傷を舌で辿る。

しかし、それが彼には少し不満だったようだ。

「傷か……ま、まあ、そうだよな。く、くすぐったいが……いいな」

何やら自分なりの折り合いをつけて、彼が呟く。

その最中もセリナは彼の身体を舐めていく。

「ちゅっ……くちゅっ……ちゅっ……」

傷は、古傷も含めると腕や指だけでなく、始めると予想以上に恥ずかしいものだった。全身にあるので、結局、彼の身体を隅々まで舐めていくことになる。それがどんなに恥ずかしいことなのか、途中で気づき、顔を真っ赤にした。

でも、自分の言い出したことなうえに、最初は若干不満そうだったギルベルトも気持ちよさそうにしていると、余計やめることができなかった。

腕から、胸に移っていく。

そこには無数とも言える傷痕があり、今までの戦いの激しさを物語っていた。

――生きていてくれて、よかった。

彼の身体に刻まれた傷痕を見て、心からそう思う。

今回の戦いで彼がなくなっていれば、自分は悲しみにくれていただろう。

もっといえば、出会えなかったかもしれない。こんなにも愛おしく、嬉しい気持ちにさせてくれる人と。

これからは舐める、じゃないけれど、彼の傷を癒していこう。

皇子である彼の支えにはなれないかもしれない。でも、ギルベルトの心を休めるようにすることなら、セリナにもできるかもしれない。

こうして、肌を合わせ、心を合わせ、癒すことなら。

「……ぁっ！」

気づくと、彼の傷を舐めていた顔は、胸を下へと降りて腰に近いところまで来ていた。

そこにはより大きく主張するものがあり、一瞬視界に入ってしまってセリナは小さく声を上げてしまった。

そこで、彼が何を期待していたのかを知る。

きっとギルベルトはそれをして欲しかったに違いない。

どうするべきか迷っていると、彼の声が聞こえてきた。

「無理をしなくていい。今のお前が俺は好きなのだから。それより、やはり跨って俺を満足させてくれ。俺を興奮させたのはお前の舌だからな」

今度は命じるではなく、彼はセリナに頼んだ。

しかも、舌で肉棒を満足させることは諦めてくれながら、セリナが身体を舐めたせいで興奮してしまったからと追い打ちまでかけつつ。

そんな風に言われては断ることなどできなかった。

「怪我に触らないように、あまり暴れないって言うなら」

その約束がギルベルトにとってあまり意味をなさないのは、わかっている。それでも、一応注意しておかないといけない。

「お前とすれば、怪我なんてすぐに治る。それに俺は動かないから大丈夫だ」

「……痛くなったら、きちんと言って」

今日のセリナは、ギルベルトにとても弱かった。

彼の腰に巻かれた布を剝ぐと、自分もローブをまくり上げて腰の横で縛る。

露になった彼の肉棒をまじまじと見るのはこれが初めてのことだったけれど、これが自分の中にと驚くほどに大きく、怒張していた。

なるべく彼の身体に触れないよう慎重に膝を立てて跨ると、肉杭に手を添え、秘部に当てる。自分から挿入するのがこれほど恥ずかしいものだとは思わなかった。

熱いものが膣口にしっかりと触れたことを感じると、手を肉竿《にくざお》に添えたまま、ゆっくりと腰を下ろしていく。

「あ、あぁ……あああ……」

肉を貫く感覚とともに、愛しい彼の一部が自分の中に入ってきた。

――すごく……刺さる感じがする……あああぁ！

「んっ、ん……ん、んぅん！」

ゆっくりと挿入しようと思っても、刺激で脚が震え、徐々に腰が落ちていってしまう。

耐えきれずに、セリナはギルベルトの肉棒をすべて挿入させてしまった。

「あ、あぁあああ！　んんん！」

――深く……入ってる……ぁあっ……。

腰が密着し合うほど、肉杭を深く挿入する。

先端が膣奥に到達して、さらに突き上げてきた。

自らの重さがそこにかかり、強い刺激になってセリナを断かせる。

「ん、あ、あああっ！　だめっ！　あぁああ！」

すぐにでも絶頂に達してしまうほどに、強い刺激を奥で感じる。

「下から見るお前も綺麗だ」

彼にすべてを見られていると思うと、より身体が敏感に反応してしまう。

「動いてくれ」

「ゆっくりなら……」

彼の命令に従って、腰を上下に動かしていく。絡み合った性器がえぐり合い、強い刺激で腰が震えた。

「はぁっ……淫らな光景だ、セリナ……怪我をしたかいがあった」

怪我をしているのに、彼は腰を振るセリナの肩に手を伸ばすと、ローブをずらす。胸が露になり、彼女の動きに合わせて揺れていた。

「あっ……ああっ……あああああ……」

卑猥な気持ちが頭を支配して、腰が淫らに動き続ける。

彼がしていたように、徐々に動きを速め、膣を肉棒に擦りつけた。

──杭《くい》に刺されているよう……何度も貫かれる……彼の逞しいものに。

彼のためにやっているのに、セリナも強い興奮と快感を覚えていく。

「腰をもっと前後にも動かせ。淫らなダンスを踊るように」

「ぁあっ！　んっ！　あ、あ、あっ！　あああっ！」

彼の言葉は直接頭に指令を与えるかのようで、セリナは戸惑うことなく、腰を上下に加えて前後にも振り始める。

硬く穿《うが》った肉棒が、膣内で曲げられ、強く膣壁を擦る。

露になっている乳房も、それに合わせて激しく揺れた。まるで揉まれているかのような感覚がして、セリナの興奮を助長する。

天幕の中はむせ返るような熱気と、独特な香《かぐわ》しい性の匂いとで息苦しくなっていく。

「あ、あ、あ、ああ……！」

──大きい……硬い……あぁあああ！

肉棒が膣壁を押し返し、膨張していく。

その強い刺激に嬌声を上げたけれど、セリナは腰を振り続けた。

「ん、んんんっ!?　あ、あぁあああっ！」

刺激と快感の波が何度も押し寄せる中、自分の意思以外のものを感じる。

それはセリナの腰の動きに合わせて、下から突き上げるように持ち上げられ、膣奥へ肉棒を突き刺していた。

――刺さる。奥に、強く刺さる……あ、ああっ！

一応忠告に従って動かなかった彼だったけれど、興奮で我を忘れてしまったのか、腰を振っていた。

「ぁううぅっ……ぁ、あああっ！　ん、んぅん！　あぁん！」

彼が動き出した途端に、刺激が倍増し、大きな嬌声を漏らさずにいられなかった。

二つの動きがぶつかり合うように動き、膣奥で性器が強く擦れ合う。

響くというより痺れるような快感と刺激の入り混じったものが直接身体から伝わってきて、びくびくと全身が痙攣した。

自分で腰を動かすだけでも我慢できないような強い感覚だったのに、それが二つになってセリナの身体を躍らせる。

しかも一方は自分の意思とは違うもので、彼女の快感を無理やりに広げていった。

一気に、快感が溢れていく。絶頂の予兆が襲ってくる。

卑猥な水音が一層天幕に広がり、耳からもセリナを淫らにしていく。

「はぁはぁはぁ……ああっ！」

お互いの熱せられた吐息が身体に触れるだけで、震えてしまう。

もう限界だった。

快感が溢れすぎて、身体に収めておけない。

彼の腰も、セリナの腰も意思を失って、暴れ出す。肉棒と膣が激しく密着し、擦れ合いながら、奥へと到達し、貫いた。

「あ、あぁぁ……あああ……あああああ……」

彼の上に跨ったまま、顔を上に向けて嬌声を上げる。

深く突き刺して止まった肉棒が、膣壁を強く押し返していた。

その刺激が強すぎて、ギルベルトの腰の上でセリナは腰を淫らにくねらせる。

「セリナ！　あ……く……」

下に横たわっている彼から、小さな呻き声が聞こえてくる。そして、ぐっと肉棒に力が入り、硬く穿った。

上に跨っているので、痛いほどにギルベルトの肉杭が身体の奥により強く刺さる。その刺激で絶頂に達したセリナは膣襞を淫らに震わせ、より彼のものを刺激した。

「……っ！」

肉棒が爆ぜ、セリナの中に熱を放っていく。

「んんんんっ！　んんぅ！　んぅ……あぁぁ……」

放たれた精の熱さと勢いに、絶頂していたセリナは激しく悶える。続けて、身体の中をギルベルトのものが満たしていくのを感じた。

それは隅々まで自分が彼のものとなったことを実感する幸せな感触で、嬉しさに心が震える。

「はぁ……セリナ……」

「ギルベルト……ん、んぅ――――」

セリナは彼の肉棒を引き抜くと、少しだけその胸に身体を預ける。

そして、最後にまた唇を奪われた。

天幕に風が吹きつけたのだろうか、少し揺れた気がして、セリナは体重をかけないように触れていた、ギルベルトの包帯だらけの身体から離れた。

隣に並んで眠ってしまっていたようだ。

二人だけの天幕の中が、ほのかに明るくなっている。

「そろそろ、夜明けだな……」

「ギルベルト！　起きていたの？　傷が酷くなったような場所はない？」

ギルベルトの声で彼が起きていると知ったセリナは、彼の包帯一つ一つを血が滲んでいないか確認し始めた。

まだ、天幕の下から入ってくる日の光は少ないので、よく見えなかったけれど、白い布が染まっている箇所はないみたいで、ほっと胸を撫で下ろす。

そんな様子に、ギルベルトがくすぐったそうな苦笑いを零す。

「兵士を叩き起こす。このまま、シピトリア王城へ総攻撃だ」

「そ、そんな無茶したら駄目、城に戻って傷を治してからにしないと」

「まともな戦いにはならん。寄り道をする程度だ」

セリナの心配そうな訴えを聞き入れず、ギルベルトは彼女の髪を梳きながら、その艶やかな毛先へキスを落とす。次いで、セリナの額へ触れるだけのキスをした。簡単なことで何も心配ないと言わんばかりに。

「お前がシピトリアの王城にいないのなら、このまま攻めるのは簡単だ。早く何もかも落ち着けて二人になりたい」

「で、でも……セリスティアナ王女は城を奪還したって……玉座にいたし。籠城しながら、待ち構えてるんじゃないの？」

セリスディアナ王女は策略家で、恐ろしい罠が待っていたりするかもしれないとセリナは顔を青くする。

「あらかじめ放棄した跳ね橋を渡り、奪還したもないだろう。あれは、俺の策だ。せっかく治安を回復し、修復に取り掛かったあの城を、再び戦場にはしたくなかったからな」

「どういうこと？」

「降伏して明け渡すふりをしろと言ってある。一旦逃げたように見せかけた兵士も、持ち場に戻る頃だ」

——ギルベルトの策、だったの……？

セリナはぽかんとしながら、ギルベルトが身支度を整えるのを見守り、我に返って鎧をつけるのを手伝った。

「お前も来るか？　どうせ俺たちは見ているだけで済みそうだ」

「いいの……？」

「ああ、見届けたいんだろう？」

ギルベルトは最後に大きな黒地に蒼の獅子模様が刺繍された外套《マント》を羽織り、その中にセリナを持ち上げるように抱いて天幕を出た。

……夜明け。

シピトリア王城は、ギルベルト率いるハイルブロン帝国の攻撃により、一時間足らずで陥落した。

セリスディアナ王女を捕らえて、彼女と初めて対面したギルベルトはこう言い放ったという。

顔立ちがまるで違う、白い肌には監獄が似合いだと。

そして、セリナの髪と瞳はもっと深くて美しい——と。

セリスディアナ王女と弟帝シルヴィオの身柄は、ギルベルトの手によりハイルブロン帝国へ送られた。

やがてハイルブロン皇帝の裁きで、弟帝シルヴィオは皇位継承権の剥奪、城の地下で生涯幽閉の身となり、セリスディアナ王女は、辺境にある神殿に幽閉となった。

ギルベルトは皇帝よりシピトリア王城を正式な領地として統治を任され、その修繕と回復に努めながらも、率先して小国との戦いに赴いていた。

エピローグ　皇子の腕の中で

シピトリア王国とハイルブロン帝国の戦いから半年――。

帝国領の繁栄はめざましく、これまで藩属や同盟とならなかった小国とも次第に国交が増え、交易の話が持ち上がっている。

それは、皇太子ギルベルトの愛する姫が、文化や交易を好み、新しい試みに理解を示しているからとも噂された。

ギルベルトが、遠征で戻らぬ日々をセリナは案じたりもしたが、不安な生活は長く続かず、彼はある日、大輪の花束を持ち彼女の私室を訪ねる。

ギルベルトの気配は、彼が歩いているだけでわかった。

「おかえりなさい」

セリナは、弾み、抱きつきたい気持ちを隠して、ドレスの裾を踏まないように早足で扉へと近づく。

途端に、彼女の胸元に突き付けられた花束から優しい香りがした。

赤、橙、黄色、紫、水色――――花弁を誇らしげに広げた、満開の花束だ。

「……どうしたの？　これ」

受け取りながらセリナは目を細めた。その美しさに圧倒されながらも、嬉しさが込み上げてくる。

彼が戦いに行った帰りは、戦利品の宝石を持ち帰ることはあったけれど、花は珍しい。

そんなことを考えていると、床が鳴る音がして、すぐ近くに立っていたギルベルトの気配が、屈《かが》んだように感じた。セリナは視界を遮る花束を避《よ》けて、彼のほうを覗き込んだ。

「ギルベルト？　怪我でもしたの……えっ？」

セリナは彼が何をしているのかわかり、驚きに目を見開いた。

ギルベルトは、セリナの足元に、片方の膝を折り跪いていたから。

「セリナ、いや……セリナ姫。結婚して欲しい」

「結婚――――って……そ、その……わたしは、今のままルバール城に住まわせてもらえているだけでありがたいから。無理しなくても……皇子様は他の国の王女様とか、身分の高いお姫様としか結婚できないのでしょう？」

それぐらいのことは、セリナにもわかっていた。

二人の関係に言葉をつけることができなくても、彼女は十分に幸せだったのに。

「お前の言っていることは、おおよそは合っているが、少し異なっている。ハイルブロン帝国の皇族は、高い身分の者と結婚しなければならないが、帝国は身分制ではなく勲功制を広げている」

「勲功制？　戦いが強くて、勲章をもらって出世する騎士とか……あっ、マークスさんがそうかな」

彼に傅《かしず》かれていることが恥ずかしく、セリナは明るい声で紛らわせた。

「そうだ。俺の管轄領地では、すでに勲功制を進めていたが、シルヴィオは反対派だった。だが、奴が皇位継承権を失い、ハイルブロン帝国は完全に勲功制となった」

「それで……」

何やら難しい話になってきたと、セリナは神妙に頷く。

「お前の勲功は今、この帝国の上流貴族よりも高い。姫君と呼ばれておかしくない身分だ」

「ええっ！　わ、わたし……何もしてないけれど」

「いや、お前の手柄だ」

ギルベルトが外套《マント》の胸元から、黒い髪を持つ人形を取り出して、手に乗せる。

「ルバール城に守りの女神として伝わる美姫の人形を職人に作らせた。この加護を持ち、戦に行った俺も、騎士隊も怪我一つなく、並々ならぬ勲功を重ねた。随分と待たせてしまったが、もう諍《いさか》いのある国はない、半分はお前の手柄だ」

祭りでもらった熊に似ていたギルベルトの人形をセリナは思い出した。あの時、セリナに伝説を語ったように、彼は大真面目な口調をしている。

「て、手柄の横取りは駄目でしょう！　そんな無茶苦茶なこと、騎士隊も、ギルベルトのお父さんやお母さんも、帝国の人も納得するわけないじゃない」

「いや――皆、怪我をしなくていいと好んで持ち歩くし、街で知らぬ者はいないぐらいに、この人形は人気で、領内はますます潤っている。黒い髪を持つ姫を俺が隠し、近々妻にするはずだと勝手に広まっているしな。愛されて有名な人形だ。伝説になったぞ、喜べ」

「そんな恥ずかしいこと、喜べるわけないでしょう！」

がくっと身体の力が抜ける。さっきまで緊張していたのが嘘みたいだった。

けれど、ギルベルトはまだ跪いたままだ。

その眼差しがじーっとセリナを見つめているから、射貫《いぬ》かれて、また息が苦しくなる。

「お前の勲功は他にもある。俺が留守のルバール城をよく取り仕切っているし、黒色地帯の泥炭は、激しくは燃えないが燃料として役立つことがわかった。どんな小さな切り傷でも酒をかけると膿《う》まなくなることも、お前が教えてくれた。幾らでも挙げることができるぞ」

「それは全部、わたしの手柄じゃなくて……別の人が発見した知識として、勝手にしてしまっただけで」

「では、その別なる者はどこにいる？」

戸惑うセリナが持つ花ごとそっと抱きしめるように、ギルベルトが触れ、屈んだ彼の頭が、セリナの腹部に当たる。

「と、遠いところ！　今はいなくて、あっ……」

うっかり、元の世界のことを口走ってしまい、セリナは口を噤んだ。

「ここではない遠いところからの手柄は、ここにいるお前しか受け取る者がいない。お前が何者でも、俺はセリナしか必要ない。妻にしたいのは、セリナだけだ」

優しい声は懇願に似ていた。

「俺はお前が敵国の王女ではないと知って、障害が容易くなったと、ほっとしていたんだがな……これで妻にできる」

「あっ……」

〝妻に〟彼の切なる声が、耳からも、セリナのドレスを伝った肌からも聞こえてくる。

――本当に、いいの？　わたしで……他の世界から来たわたしがこんなに愛されて。

葛藤はギルベルトの声でかき消された。

「俺は今とても気長に求婚しているんだ。そろそろ返事を聞かせてくれ、セリナ」

そう、彼は本来とても短気なのだ。

――わ、わたしは……。

「……はい」

心の中で躊躇ったのも一瞬、セリナは素直に応じていた。

大好きな皇子様を、これ以上、跪かせて、待たせるわけにはいかなかったから。


雲一つない帝都の青空の下で、ギルベルト・ハイルブロン皇太子とセリナ・カタクラ皇太子妃の結婚式は行われた。

ギルベルトの父である皇帝からの惜しみない祝福と、ギルベルトの母からの歓迎を受けて、セリナは驚き戸惑いながらも、心の底から安堵し、嬉しくなった。

結婚式のギルベルトは、純白に銀糸の縁取りが入った婚礼衣装を身につけ、珍しく金の髪を後ろに撫で上げていた。そうすると精悍《せいかん》な顔がさらに、逞しく、上品にも見える。会った時の黒い鎧の野獣には到底見えない皇子様の変わりぶりだった。

彼の片肩からは瞳と同じ蒼い飾緒《かざりお》がかかっている。

セリナも真っ白なウェディングドレスで、星のように輝く宝石がちりばめられたベールをつけている。

胸元の薔薇《ばら》の刺繍は、ルバール城の大勢が、幸せになる願いを込めて刺してくれた。

慣例では、小ぶりの皇太子妃用のティアラが作られ、皇帝から式典で贈られると教えられていたが、ギルベルトの父は、粋な計らいをしてくれた。

婚礼の儀の手順を踏み、皇帝へ跪いたセリナに渡されたものは、ティアラではなく、宝石がびっしりと嵌められた、変わった鞄で――。

「えっ……」

――重そうなぐらいにラインストーンでデコレーションした鞄に見え……る？

それは、おおよその形だけ……シルエットだけ見るなら、スクールバッグに似ていた。

目を丸くしたセリナに皇帝がよく通る声で鞄の載った台を、掲げる。

「皇太子妃には宝冠を、皇太子には宝剣をとされている。しかし、帝国の女神であるそなたは、片時も離さなかった、かけがえのない武器を皇太子のためになくしてしまったと聞いた。代わりに作らせたこの鞄を授けよう」

「慎んで賜ります」

セリナは両手で恭しく鞄を受け取った。

到底持ち歩けない、宝物庫行きになりそうな鞄だったけれど……。

セリナは微笑んだ。この世界にやっと居場所ができた気がして、この場所にいていいのか、ギルベルトと結婚してもいいのか、不安に思っていた最後の気持ちが、溶けていく。

この世界はもう自分の生きていく世界だ。

ギルベルトと一緒に……。

――わたしはこの世界で生きていく。


ルバール城の玄関に、金色で装飾された白い馬車がゆっくりと止まる。

「おかえりなさいませ、ご主人さま」

出迎えた使用人たちは、誰もが二人の幸せを祝福している。

「おかえりなさいませ、奥様」

一足先に戻っていたエイルが、ギルベルトにエスコートされて馬車から出てきたセリナに駆け寄る。

「今まで通り、セリナでいいわ。少し恥ずかしい、その名前」

「すぐ慣れますよ。それにけじめは必要ですから！　奥様、いい響きです……奥様」

からかうようにエイルが奥様と呼ぶ。

セリナとギルベルトは、帝国領内の主要都市を巡る結婚披露の儀を終え、久しぶりにルバール城へと戻ってきたのだ。

婚礼の準備のため、一ヶ月ほど帝都で暮らしていたので二ヶ月ぶりのことになる。

「準備は整っているな、フロリア」

「はい、ギルベルト様」

ギルベルトが侍女に何やら確認すると、使用人たちのほうに向かって、声を張り上げた。

「皆、今戻った。俺たちがいない間、留守をご苦労。城の全員には特別な給金と休暇を与えよう。そして、今日は最後の宴だ。無礼講とする！」

使用人たちから、歓声がわき起こる。

上を見ると、出迎えてくれた者たちだけでなく、城の窓や屋根からも大勢の人たちが祝福してくれていた。

二人は婚礼の格好のまま、親しい城の皆と最後の祝宴を心から楽しみ、部屋に戻ったのは夜になってからだった。

片手でウェディングドレスの裾を持ち、もう片方の手にギルベルトの指を絡めたセリナは、すでに懐かしささえ感じる一室へそっと足を踏み入れた。

「やっと二人きりになれたな」

婚礼の間、ずっと我慢してきたのだろう。

ギルベルトは欲望を丸出しの瞳でセリナを見ながら、身体をぐっと寄せてきた。

「目が怖い」

「くっ……仕方ないだろう。お前が抱きたくてたまらないんだ」

こんな時までギルベルトらしいのがおかしくて、ついからかってしまう。

「疲れているだろうが、いいか？」

それに返事をするのはさすがに妻となった今でも恥ずかしくて、ただ俯きながら頷く。

するともう一瞬でも待ちきれないと、身動きの取りづらいウェディングドレス姿のセリナを両腕に抱え込んでベッドに運んだ。

――軽々と、運んでくれる。

されるがまま抱かれていると、優しく、大切なものを扱うようにベッドへ下ろされる。

すぐに熱いキスが降ってきた。

「ん、んっ――んんっ……」

唇が触れ、重ね合う。

もう彼と肌を合わせることに恥ずかしさはなかった。嬉しさがそれらを塗り替え、自ら唇を差し出す。

「綺麗だ。その格好も」

少し顔を離し、セリナのウェディングドレス姿を見ると彼が呟く。

彼を楽しませるため、彼に喜んでもらうため、今度は色々な格好をしてあげてもいいかもしれない。毎晩でも制服を着るって叫んでしまったし。

「あっ……駄目。これ大切なドレスなんだから、優しく、汚さないで」

彼がドレスに手をかける。いつものように乱暴に乱されると思ってセリナは声を上げた。

「わかった、今日はできる限りは優しくする」

額を合わせ、またキスをする。

触れては離す、そしてまた触れる。自分からも唇を突き出した。

ふざけ合うようにして、二人はキスし続ける。

彼はその間に、ウェディングドレスの胸元を掴むとゆっくり下ろしていく。そして、胸を覆うコルセットに手を伸ばすと、器用に紐をほどいていく。

「あ、む……んっ――んんっ……」

何度も触れるキスが、情熱的なものに変わっていく。

甘噛みし合うような、唇で唇を愛撫するような口づけをされた。熱くなっていく吐息がお互いにかかり、顔を火照らせる。

コルセットが外れ、ずっと締め付けられていた胸が緩む。我慢できずに、すぐ彼の手がそれをずらし、乳房に重ねた。

「ん……あ、んんっ……ん、んぅ――――！」

胸を揉んで、興奮した彼が口を押しつけてきて、舌を入れてきた。

少しはしたないかもと思いながら、今日は自分からも動かす。

――ああ、すごく淫らな感じがする……。

指をじゃれ合わせるように、お互いの舌が絡み合った。それはとても淫靡な感じで、セリナに甘い吐息を漏らさせる。

「あ、あ、ああ……んぅ……んっ」

ギルベルトの指が、胸をもっと刺激しようと動く。

先端の蕾をやわやわと二本の指で擦り始めた。敏感に反応する彼女の身体は、すぐさま蕾を芽吹かせ、感触を強くしてしまう。

硬く、少しだけ膨らんだ胸の中心を彼の指が執拗に刺激し続けた。

「ああっ！　あっ！」

胸を強く刺激されながら、彼の顔がセリナの身体を下りていく。

顎から首にかけて、ゆっくりとキスをしながら撫で、唇が指でほだされた乳首に向かう。

「いっ……あっ！　ん、んんんぅ……」

甘噛みされてしまった。

ビクンと身体がベッドの中で大きく跳ねる。

彼の空いていた手が、今度は下からドレスをまくり上げ、露になった肌を愛撫する。

「透き通るような美しい象牙色の肌。それを見た時から俺はお前の虜《とりこ》だ」

彼の手が愛おしく、セリナの身体を隅々まで触れていく。

脚だけでなく、もう一方の手で髪や頬や肩を、彼が撫でる。

彼の手を感じる。彼の身体を感じる。彼の息遣いを感じる。

この世界に飛ばされてきた時、こんなにも愛おしく、大切なものができるなんて考えてもみなかった。しかも最初に自分を乱暴した人に。

でも、これは夢ではなく、現実のこと。

戦のあとでギルベルトが自分に言ってくれたように、好きという気持ちは、過去やわだかまりになんて影響されない。

心と身体が求める中で最も強いものだから。

「今日のお前は可愛いな。可愛すぎて、困る」

切ない顔をしてしまっていたのだろうか。

彼が愛撫の手を止めると、痛いほどにセリナを抱きしめ、額を合わせる。

「あなたのためだから、わたしのすべては。きっとここへ来たこともあなたに会うため」

「俺のすべてもお前のためにある。そう思える」

頷き合うと、もう一度情熱的なキスをする。

嬉しいはずなのに、涙が溢れてきてしまった。それを彼が優しく指で拭ってくれる。

そして、彼の手が愛撫を激しくし始めた。

胸を淫らに揉み、太腿に手を伸ばす。唇は乳房だけでなく、胸元や腕や、指や、肌に熱く押しつけられた。

全身がほだされていくかのようで、火照りが、疼きが止まらなくなっていく。

「きて……ギルベルト……」

きっと心がいつも以上に繋がってしまっているからだろう。

あまりに彼の愛撫に感じすぎて、我慢できなくなってしまった。

ギルベルトは頷き、セリナの下着だけを脱がすと、いつかのようにその大きな身体で影を作り、彼女を覆った。

「好きだ。愛している、セリナ」

頬に手を置いてそう言ってくれると、胸元にキスしながらギルベルトの身体が降ってくる。セリナの滑らかな肢体に彼の重さが加わった。

今はその重みも、安心できるし、彼を感じることができる一つで、嬉しく思ってしまう。

彼に奪われているという感じがして、好きだ。

「あ、ああ……」

――――入って……くる……。

熱い肉棒の先端が外れることなく正確にセリナの膣を捉え、挿入してくる。先端が少し入っただけでも、腰が痺れるほどの刺激と快感が襲った。

彼が、彼のものが愛おしくて、身体がより疼いてしまう。

膣襞は挿入された肉棒を強く抱きしめた。

「……っ」

ギルベルトの腰が挿入の快感にびくっと震える。

そして、奥まで挿入する前に腰を振り始めた。

「あっ……あっ……ああっ……んぅ……」

甘い囁きがセリナの口からすぐに溢れ始める。

愛しさで満たされた愛液が痛みを感じさせず、快感と刺激だけを最初から覚える。

二人の繋がりを感じた。

――繋がっている。彼と……嬉しい……すごく安心する。

彼に抱かれていると、身体だけでなく心まで跳ねる。

ずっとこうしていたいとまで思ってしまう。

誰よりも彼が近くにいて欲しいという独占欲を満たされ、自分と彼という存在が確かにここにいる証のように二つの鼓動を感じられる。

自分が自分でいいと彼に肯定されているような気がした。

次第に彼の体温も、鼓動も、セリナの身体の一部になって、溶け合う。一体感が身体を押し上げていく。何よりも、どんな体験よりも、気持ちよかった。

「あ、ん、んんっ……んぅっ……んっ……」

――段々と奥に……ぁあっ！

よく彼は肉棒を深く挿入し、ガンガンと奥を突くのだけれど、今日は違った。

優しくすると言ったからか、抽送しながら徐々にセリナの中を進んでいく。

「あぁ、お前の身体はすべてが吸いつくようだ」

腰を振りながら胸や腰を撫でるギルベルトが、興奮した口調でそう呟く。

彼の官能的な指が顔にも触れて、ゆっくりと五本の指を滑らせる。

唇に触れて、顎を撫でていく。セリナはその指の感触が愛おしくなって、触れた指先を口に含んだ。

「あ、ん……んっ……んんっ……」

舐めると、卑猥な味と感覚がする。

ギルベルトも興奮したのか、指を動かして舌を刺激していた。

二人の吐息も抽送も、ベッドの軋みも、部屋に淫らさが溢れていく。

「あ、あ、ああっ！　ん、んんぅっ！」

押しては引くを繰り返していた肉棒が、彼の興奮とセリナの膣に引かれ、奥に届く。膣奥に触れた刺激でセリナは腰を持ち上げ、背中を弓なりに反らした。

それは官能的な踊りにも見えて、ギルベルトの興奮を助長する。

抽送の動きは一気に激しさを増し、腰を摑んで少し持ち上げながら、彼が深く、彼女の膣を突き刺す。

腰がぴったりとくっつくほどにセリナは挿入され、貫かれている感覚が強くなった。反らした背中がゾクゾク震える。

「お前も気持ちいいように動いてくれ」

ギルベルトに促されたけれど、無意識を除けば、彼が動けない状況で乗った時の行為でしか自分から腰を動かしたことなどなかったので、セリナはどうすればいいのかわからなかった。

だから、身体が求めるままに動こうとしてみる。

初めはぎこちなく、彼とのタイミングも合わなかったけれど、徐々に波長が合い、動きも滑らかになっていく。

「んっ……あ、ああっ……んんんっ！　あぁああ！」

お互いに腰を動かし、擦り合わせる行為は、予想以上に刺激を強くした。

二人の動きの波長が合い出すと、抽送による快感と刺激が数倍になる。肉棒は激しく膣を擦り、膣は肉棒を強く抱きしめて離さない。

膣奥に肉杭が突き刺さる力は、それこそ身体がぶつかり合うようで強烈な刺激を生んだ。

腰が淫らに動いてしまい、止まらなくなっていく。

――わたしの身体は……彼を知って……こんなにも淫らに……。

学園に通っていた頃からしたら、考えられないし、軽蔑してしまいそうなことだ。

けれど、今はそう思わない。この行為は確かに淫らではあるけれど、好きだということを確かめ合い、すべてをさらけ出す尊い行為だと知っている。

「は、ああぁ……あ、あぁぁ……んぅ……ぁあっ……！」

お互いの腰が淫靡に揺らされながら、重なり合う。

全身が痺れるような刺激が絶え間なく伝わり、喜びに声を上げた。

「ギルベルト……好き……気持ちいい……すごく、気持ちいい……！」

「俺も、だ。今日のお前は美しくて、淫らすぎる」

短く同意すると、彼が終わりに向かっていくのがわかった。

腰を短く、けれど力強く抽送する。膣奥に入れられたまま、揺すられるかのような動きに、セリナは甘い声を漏らした。

「あ、あぁああ！　激しい！　ギルベルト！　あぁああ！」

肉棒が膣奥を連続して刺激する。

ぐりぐりと押しつけられ、擦られる刺激にセリナも限界を感じ、腰が強く痺れていく。

それでも、彼女の意思を離れ、身体は淫らに動き続けていた。

自分から腰をくねらせ、抽送に違う刺激を与えていく。

限界まで熱く硬くなった肉棒が膣に押し曲げられ、それでも膣壁を激しく擦りながら奥に突き刺さる。

「セリナ……っ！」

ギルベルトは愛する人の名を呼ぶと腰から手を離し、上半身を倒して彼女の身体を強く抱きしめた。

「んんっ⁉　んんんん――――」

唇が塞がれ、身体も、下肢も、口も、すべてが彼と深く深く繋がる。

「あ、ああ！　ギルベルトっ！」

腰を重ね合わせるような行為から、ベッドに打ちつけるような抽送に変わる。

上から激しく肉棒を突き下ろされていた。

――あ、あぁぁぁ……真っ白になる……快感がこぼれていく……。

セリナも腕を上げると、彼の大きな背中に手を回し、抱きしめ返す。

強い刺激に耐えきれず、無意識に彼の肌を強く摑んでいた。

挿入の角度が急に変わり生まれた新たな抽送の刺激に、二人はすぐに耐えきれなくなる。

強く深い絶頂感は、一気に身体を満たし、淫らに手足を痙攣させる。

「あぁぁあああ！　ん、んんんんっ！　んっ！　ん――――っ！」

「……っ！」

達したのは同時だった。

深く繋がったところで腰の動きは止まり、絶頂を受け入れる。

腰が震え、それによる強い刺激さえも消し去る絶頂の快感が二人には押し寄せてくる。

その瞬間も強く身体を重ね合い、抱き合い、感じ合った。

「セリナ、何度でも言わせてくれ。愛している」

「わたしも、愛している……ギルベルト」

余韻に浸りながら、どちらからともなく唇を重ねる。

その何度となく重ねた口づけは、甘く、幸せな味がした。

一年後――。

ルバール城下に新たな大陸一の市場《いちば》が誕生した。

それは、ギルベルトがセリナと婚姻をする前、身代わりとしてセリナがルバール城に住んでいた頃から、彼の指示の下で建設が進んでいた。

セリナを驚かせたい気持ちも含んでいたとかいないとか……。

豊かに珍しいものを交易させ、いずれはハイルブロン帝国の商業の要所として――そんな願いを込めた市場は、ギルベルト皇太子とセリナ皇太子妃が見守る中、色とりどりの天幕を広げて露店を開く。

取引は、日が昇ってからすでに始まっていて、皇太子夫妻を見ようとする旅の者や、この日のために品物を揃えた貿易商、賑やかな楽団で市場は活気づいていた。

近隣の民衆はほとんど押し寄せているといっても過言ではない。高い塔から見下ろしても視界に入りきらない巨大市場は、人で埋め尽くされてしまうほど賑わっている。

お祭り騒ぎで、市場にぐるりと飾ってある、三角の旗は楽しげに揺れっぱなしだった。

赤、橙、水色、桃色、黄色、紫色、青く抜ける空によく似合っている。

市場の石畳は、長四角の水色がかった石と灰色の石が交互に円形に組まれている。

そして、中央に行くにつれて、白い大理石がまじり、やがて中央の石畳は艶やかな大理石へと変わっていた。

その広場を円形に囲むように市は配置され、人も円を描くように見て回っている。

一番に目につくのは、布を売る店。

鮮やかな色合いのもの、美しい刺繍がほどこされた布。巻いたり、吊るされたりして、どの店も世界が一斉に押し寄せたような色合いで、ついつい目が行ってしまう。

野菜や果物を売る店も負けてはいない。見たことがない形の光り輝く黄色の果物が、赤いリンゴの横に積まれ、艶やかで瑞々《みずみず》しい野菜を店主が手に取り朗らかに語っている。

他にも乾燥や加工をした食材を売る店。香辛料の量り売り。家畜の競り。

見たことがない大きな花弁の花や、小花の花束を所狭しと並べる花屋。

硝子細工、食器を扱う店、宝石の店まで品物を広げている。

パン屋や肉を焼く屋台からは、いい匂いが風に乗り鼻をくすぐってきた。

ギルベルトとの外出で出会った石投げの商売人もやってきていて子供に人気だった。

石投げは装いを変えて輪投げに変わっている。店主も服を新たにし、景品も奮発した様子だ。セリナがはにかむように笑いかけると、店主がニッコリと景気のいい笑顔を返してくる。

「すごい、活気……！」

人の流れに圧倒されながらも、足首までのドレスを新調したセリナは隣を歩くギルベルトに少し大きめの声をかけた。

そうしないと、賑わいにかき消されてしまいそうだったから。

「欲しいものがあれば何でも買うぞ、ただ……お披露目が終わってからだな」

「ええ」

ギルベルトがセリナの手を取り、足を速める。近くで、フロリア、エイル、マークスが道を作ったが人の流れでなかなか前に進めない。当日密かに到着して昼に突然皇太子夫妻が現れるのには、ちょっと無理があったようだ。

市場の活気を壊さないように配慮したのが半分、早めに着いて気兼ねなく買い物を楽しみたかったのが半分、それなのに出遅れてしまった。日が昇る前に来るべきだった。

何日も前から、楽しみで、ギルベルトと完成を想像し合って眠れない夜を過ごしてしまったのを言い訳に考える。

「よし、セリナ。抜けられそうだ。日が真上にくるまでにはなんとか間に合った」

ギルベルトが強く腕を引く。セリナは露店に囲まれた流れを突っ切るように抜けて広場へ出た。せめて動きやすいドレスを流行らせようと、足首丈にしたレースの裾を摑んで飛び出す。

この目論見《もくろみ》は、かなり反対されたけれど、足首を靴下で隠すのならばと、ぎりぎり許可された。これだけでも引きずるドレスとはかなり違い動きやすい。

ギルベルトもセリナも正装はしていなかった。彼は上衣《ダブレット》に外套《マント》の装い。セリナは橙色とクリーム色のレースを重ねたチュールドレスに、花の髪飾りをつけている。

お忍びで人に紛れても、すぐには見破られない格好をしてきたつもりだったのに、広場に出るとお披露目を待っていた人々から、口々に名を呼ばれた。

「セリナ様！　ああ、セリナ皇太子妃の登場よ」

「ギルベルト皇太子！」

わっ！　と、喝采が起き、手を挙げて祝福を受け止めながらも、ギルベルトが声を張る。

「ルバール城下とハイルブロン帝国に、豊かな恵みを。我が女神の微笑みと共に――――！」

宣言のようなその声を合図に、市場を揺るがせるような喝采が沸く。

一呼吸置いて、楽団が華やかな音色を奏で始めた。

「さあ、練習の成果を見せてくれるか。奥様」

「はい。もちろん」

セリナとギルベルトが向かい合い、一礼する。

それに倣って、それぞれ女性と男性が小さな円と大きな円を作っていく。

二重の円は内側が女性で、外側が男性だった。

彼らもまた一礼した。

ハイルブロン帝国では庶民に親しまれるこの踊りを、ギルベルトは選び、セリナはこの日のために懸命にステップを覚えた。

とんっ、と石畳を蹴り一歩踏み出す。

左手でドレスの裾を持ち、彼の手と指を絡めて前髪を触れ合わせたまま、一回転する。

それから、逆回り。

今度はドレスの裾を離して、左の手を肩の前で曲げてギルベルトと組む。

音楽に乗って、回り、笑う。

広場にぱっと開いたドレスの花に、見物していた子供の口が〝わっ〟という形のままで固まり、憧れの表情に変わっていく。

やがて、手を取り合ったまま くるくると回るダンスは速くなり、今度は手を離して互いに折った腕と腕を絡めて回転を速くする。

これは、いつまで踊れるか挑戦のダンスだった。

楽曲もおどけるように速くなり、ステップの速度が上がっていく。目を回した別のカッ

プルが笑い合いながら座り込む。

セリナは前のめりになりながらも、なんとか回転を続け、そうしているうちに、ギルベルトと額を触れ合わせていた。

彼がからかいまじりの瞳で笑いかけてくる。

「まだ踊れるか？　愛しい人」

「当然、最後まで残る……か、ら……」

ふらついたセリナをギルベルトが抱きしめ、持ち上げるようにして回転を止めてキスをした。

セリナはそこで周りが誰も踊っていないことにやっと気づいた。

どうやら、二人は回り踊った中で最後まで残れたようだ。

わぁっと歓喜に満ちた温かい声が二人を包む。目に飛び込んできた空は青と色鮮やかな旗、飛び交う花、そして、ギルベルトの眼差し。

ああ……と、セリナは思った。

この場所には、あらゆる世界で一番に幸せな二人が住んでいる。

end

SHINKON HONEYMOON WO

新婚ハネムーンを満喫中♥

MANKITSUCHUU

プロローグ　皇太子妃になりました

異世界に迷い込んだ、片倉世里奈《かたくらせりな》は、強制的に王女セリスディアナの影武者になり、色々あって晴れて本物のセリナになりまして……。

今は、皇太子ギルベルトの奥さんで、皇太子妃やってます。

苗字的なものは片倉ではなく、この国の名前であるハイルブロン帝国がしっかり入っている、セリナ・ハイルブロン。なんだかとっても強そう。

ちなみに、代替わり後の期待も込めて、皇太子のうちから覇王と呼ばれるほどに強いくせに、愛妻家でちょっと重い三歳年上の旦那様は、帝都のお城にお呼ばれ中。

留守番は気楽だけれど、二日も経つと、ふとした時に寂しくなってしまうのは、ギルベルトが恋しいせい……？

「――。――奥様、何色の薔薇《ばら》を摘んで部屋に飾りますか？」

「えっ……ええと、青とか？」

侍女に訊ねられて、セリナはハッとして答えた。

ずっと話しかけられていた気がして、突然に色を問われて、慌て気味に、ギルベルトの瞳の色が口から零れた。

やや辺境のルバール城の中庭、セリナの近くにいる侍女二人が戸惑いの声を上げる。

手入れが行き届いた、立派な古城が、今の皇太子夫妻の住まい。

「奥様……あの……」

「えーと、青い薔薇はありませんよ」

困ったようなフロリアに、正直に指摘するエイル。

「みたい……うん、ごめん。ちょっと考え事をしていて、あ、赤いのでお願い」

セリナは謝りながら、安直に、今、身に着けているドレスの色を口にする。

元の世界とは異なる豪奢《ごうしゃ》な普段着のドレス。

黒い髪はいつも艶《つや》やかにされて、ハーフアップにされたり、編み込みアップにされたり、宝石のピンで飾られたりと忙しい。

——ギルベルトがちょっといないだけで、変だな……わたし。

フロリアが丁寧に、赤い薔薇の茎《くき》を鋏《はさみ》で切るのを見守りながら、心ここにあらずであったことを反省する。

彼が出て行く時は、戦いであるとか、火急の用であるとかの様子ではなかった。

ただ、書簡で皇帝から呼ばれて、出掛けただけなのに、そわそわしてしまう。

「ご安心ください、奥様。ギルベルト様は、馬を飛ばして今夜にでもお戻りになります」

気心がすっかり知れているフロリアが、お見通しとばかりに微笑んでくれる。

「そうです、帝都のお土産は何がいいか、ちゃんとおねだりしましたか？」

「し、してないっ」

支度を手伝っていたら、キスされて、ぽーっとしているうちに出て行っちゃったし！

こんなに気になるなら、出立の時に、もっと聞いておけばよかったと後悔しているところ。

「うーん、残念です」

エイルが心底がっかりしたような顔をする。そして、すぐにニコッと人懐っこい笑みを向けてきた。

「たぶん、お仕事を依頼されるとかですよ。安定している今のハイルブロン帝国において危険な戦闘はありえません。ギルベルト様とセリナ様の活躍は、皇帝陛下もよくご存じですし、新しい領地が増えたりして……ああ、葡萄畑がある土地とか素敵ですね。きっと、ワイン飲み放題ですよ」

うっとりとした顔で、希望を口にするエイル。セリナも思い浮かべてみる。

ワインはさておき、働きぶりが認められているのならば、嬉しいことだった。

昨年、ギルベルトはルバール城下に大陸一の市場《いちば》を造った。

それは、セリナの出生が交易の盛んなシピトリアであり、珍しいものが必要だという彼の誤解があってのことであったが、以降は、異世界から来たセリナも意見したりして、常に帝国の最先端の品物が集まる、自慢の市場である。

よくお忍びで市場へギルベルトと二人出掛けて、商人たちの熱気に元気をもらって帰ることもあった。

領地を賑《にぎ》やかにして潤わせるということに興味がわき、やりがいも感じている。

――皇帝陛下が知っていてくれたとしたら、嬉しいな。

そう考えると、エイルの憶測にも、燃えてきてしまう。

――ああ、わたし……単純だな。

寂しさがすっかりやる気に変わってしまっている。

ギルベルトが帰ってきたら、キスされる前に根掘り葉掘り聞かなくては……と、セリナは摘みたての薔薇の香りに目を閉じた。

第一章　任務は新婚旅行!?

ギルベルトは、ハイルブロン帝国の首都であるウィルグリッド城の謁見の間にいた。

「…………」

――皇帝が俺をわざわざ呼びつける用件とは何だ？

全身をすっぽりと映し取るほどの大鏡、壁にずらりと並ぶ数百本の明かり、至る所にほどこされた細かな彫刻と金銀の装飾。中央には赤い絨毯が敷かれ、その先には目も眩《くら》むような黄金の玉座が鎮座している。

謁見の間は、大広間に次ぐ広さと豪華絢爛《ごうかけんらん》な造りであり、訪れた者に帝国の桁違いの繁栄を見せつけ、圧倒する場であるが――。

皇太子であるギルベルトは部屋の装飾になんの関心も持っていなかった。

それよりも、頭の中を占めていたことは……。

――任務にしては急ぎではない様子であった。親子の語らいにしては、三ヶ月後に帝国の式典で顔を合わせることになるので、必要ないだろう。

呼ばれた理由を考えても、思い当たる節は見当たらなかった。

領地運営はセリナの助けもあって驚くほどに順調であるので、ケチをつけられる要素も見当たらない。

領地に関する技術や知識は公《おおやけ》にしているので、他の領主とも軋轢《あつれき》はなかった。

皇太子でありながら、ギルベルトは軍を率いて他国と戦うことはあるが、シピトリアを併合して以降、諸外国との均衡は上手く取れていて、どこかの国が活発に兵を動かしたという情報も入ってきてはいない。

——だが……もし、セリナとの生活を脅かすものがあれば、容赦《ようしゃ》はしない。

それはギルベルトにとって決意でもなんでもなく、当然のことだった。

「皇帝陛下、皇妃様である」

近衛兵の声が謁見の間に響く。

玉座の前に片膝をついていたギルベルトは下を向いたまま、声を上げた。

「ギルベルト、陛下の命により参じました」

「ご苦労だった、我が息子よ。気楽にせよ」

臣下の礼に則ったギルベルトに、皇帝は親しみを込めて返した。

久しぶりに見る実の父親の風貌《ふうぼう》は、やや歳を取ったように見えるも威厳に満ちている。

「陛下、ご用件をお伺いしても？」

顔だけを上げると、間髪容《かんはつい》れずにギルベルトは訊ねた。

「冷たいのう。久しぶりに会ったのだ。互いに元気であったかとか？　話すことがあろう」

「そうですよ、ギルベルト。貴方はたまにしか顔を見せに来てくれないですから。セリナは——私の可愛い可愛い義理の娘は元気かしら？」

玉座の斜め後ろに用意された椅子には皇妃であるギルベルトの母も座っており、穏やかな瞳を彼に向けていた。

「妻ともに健在ですが、呼ばれた理由をお聞きしたく思います」

息子の素っ気ない返答に父は苦笑いを浮かべたものの、ギルベルトの心配を感じ取ったのか、さっと皇帝の顔に戻った。

「では、望み通り本題に入ろう、ギルベルト皇太子よ。ルバールの市場は上手くいっているようだな」

「報告の通り、数年で税収、流通量ともに倍増しております。今後も手を抜くことなく、帝国のために繁栄を継続させるつもりです」

ギルベルトは身構えた。

本題に入ると口にした以上、今回の呼び出しの理由は市場が関係しているようだ。

「セリナの知恵が次々と市場を良い方向に導いているとも聞いています。よい伴侶を選びましたね」

優しげな瞳を向けた皇妃にギルベルトは頷いた。

表向きは顔色を変えず、内心では何かが爆《は》ぜるような喜びで。

セリナが褒められると、ギルベルトとしては自分のこと以上に嬉しくなる。

「まずは、その功績に応え、金貨二千枚と国宝である短剣を授けよう」

「頂戴するのは、続く条件を聞いてからでも？」

失礼とわかっていても、ギルベルトは褒美を簡単に受け取らなかった。

皇帝はまずは——と、口にした。

何か厄介事《やっかいごと》……ではないにしろ、頼まれ事があるに違いない。

「その慎重さは頼もしきことだ。以前のお前にはなかったもの。守る者を得て、成長したな、ギルベルト。だが、心配するな。今回の件、危険なことはない」

皇帝はそう前置きすると、再び威厳を込めた声でギルベルトに告げた。

「皇帝として皇太子ギルベルトに命じる。新たにポルオロスを領地として与える。その類い希なる手腕をもって、彼の地を統治、繁栄させせよ」

――ポルオロス。

すぐさまギルベルトは頭を巡らせた。

確か南西に位置する領地だったはずだが、詳しいその土地の情報までは出てこなかった。

「そこは『ポルオロス学術都市』として、暗に自治を認められていた場所です」

補足するように、皇妃がつけ加える。

「ですが、その自治も権力者たちの対立で立ちゆかなくなり、近年、帝国に併合されたのですが……統治が上手く行かないのです」

「理由を伺っても?」

ギルベルトは、帝国としてもただ統治者を送っただけでなく、それなりの手を打った上での失敗だと考え、訊ねた。

「市民の多くは学者や元学者。帝国に対する反発が、思った以上に強かったのです」

学者の中には、総じて学術が武力に勝るという思想を持つ者が多い。

そんな者たちから見れば、軍事力で周辺国を吸収してきた帝国は武力の象徴であり、抵抗が強いのも無理はない。

――なかなか、面白そうな場所だな。

話を聞き終えたギルベルトは、興味を持った。

元来、癖《くせ》のある者たち、変わった土地、困難な任務は好物だ。

ルバールの経営は軌道に乗ったので、あとは部下たちに任せられるだろう。

ただ、セリナを危険な目に遭わせるわけにはいかないので、しばらくは領地の行き来をしなければいけないが……。

「どうだ？　この命、受けてくれるか？」

皇帝の命令は絶対であるにもかかわらず、訊ねられた。

「お受けいたします」

「そうか、やってくれるか。では準備が整い次第、セリナと共に、ポルオロスへと向かってくれ」

嬉しそうにさらっと言った皇帝の言葉を、ギルベルトは聞き逃さなかった。

「なっ……セリナを？　反帝国勢力がいる土地へ？　無理だ」

今度はきっぱりと断った。

「貴方が、その愛想の欠片《かけら》もない顔で、一人で行くと相手が警戒するでしょう？」

皇妃がため息をつきながら、指摘する。

「しかし、セリナ……いや、妻を危険にさらすわけには……」

「相手は武力に反感を持つ学者だ。武力に訴えることはまずないであろう」

皇帝の言う通りだ。

思想に基づいて動くものが、矛盾的な行動を取るとは思えない。

「ハネムーンもまだなのでしょう？　海辺で自然が綺麗なところだからエスコートする計画を立てて、視察もかねて新婚旅行の気分で行ってみてはどう？」

「………」

皇妃に指摘されてハッとした。

――ハネムーン、だと……？

市場を大きくすることに注力していて、結婚後、セリナを旅行に連れて行くこともしていなかった。

蜜月に旅行というのは、帝国での夫婦の習わしでもある。

セリナの元いた世界でも、夫婦間のことは似たり寄ったりだと彼女から聞いていた。

ギルベルトは硬直した。

――一生の不覚だ。セリナをまだハネムーンに連れて行っていない！

彼女の地位を確たるものにするためであるとか、市場拡大に二人で取り組んでいたであるとか、見苦しい言い訳は無用である。

「セリナと共にポルオロスに向かうこと。ギルベルト、良いか？」

無言で固まったギルベルトの様子を見ていた皇帝が、口を開いた。

「承知、いたしました。では……準備がありますので」

肯定すると、ギルベルトは早足でさっさと謁見の間を出る。

――セリナ、すまなかった！

――失態は取り戻す。

完璧なハネムーンをエスコートすることにかつて覇王と呼ばれた男は燃えていた。


ルバール城に戻るとセリナが玄関で迎えてくれた。

「ギルベルト、お帰りなさい」

駆け寄ってきた小さな身体を引き寄せると、軽く抱きしめる。ふわりと黒く真っ直ぐな髪が揺れ、いつもの甘く可愛らしい香りが鼻孔をくすぐった。

そのふっくらとして柔らかな唇に、すぐにキスしたくなる。

「ダメっ……その前に皇帝陛下からされた話のほうが先です」

「むっ」

ギルベルトの口から不満の声が漏れた。

彼女が恥ずかしいからか、本当に城への呼び出しが気になっているのか、おあずけを喰らってしまった。

「陛下から、新たな任務の話だった」

あとでゆっくり話そうと思ったけれど、部屋に向かいながら手短に話すことにする。

「任務？　どんなものですか？　やっぱり危ないもの？」

セリナの問いに、ギルベルトは首を振った。

「いいや、今回、戦闘になる可能性は低い。ポルオロスという土地を治めて欲しいということだ。統治が上手くいっていないらしい」

「ポルオロス……？」

土地の名前をセリナが呟いて、首を傾げる。

「聞いたことがないのも無理はない。ポルオロスは最近併合された辺境の地で、俺も名前ぐらいしか聞いたことがなかった」

学者が多く、帝国を感情的に良く思っていない者が多いことをセリナに説明する。

「そこで、まずはお前も連れ――――ハ、ハネムーンとして視察してこいとの仰せだ」

さりげなく、切り出す。

「……わたしも、視察に同行できるのですか⁉」

――――んっ？

ハネムーンという言葉に、もっと喜ぶとばかり思っていたけれど、セリナは視察に同行できることのほうを喜んでいるように見えた。

「あ、ああ……夫婦でハネムーンを装っていけば、警戒も解けるだろうと」

もう一度、今度は自然に会話へ織り交ぜてみた。どうだ？

「いい案かも。わたしもルバールの市場で色々学んだことを、他で生かしてみたいと思っていましたし」

ううむ、ハネムーンに反応しない。

――おかしいぞ！

「……皇帝陛下と皇妃もお前の市場への貢献を褒めていたぞ」

「本当ですか！　嬉しいなー。いつ出発するんですか？」

「いつ……あ、ああ」

まさか……これは。

――ハネムーンの話題を避けている？

それよりも、任務のことが気になっている様子……いや、そう見せかけている。

もしかして……。

「準備ができ次第行ってくれとのことだ。明後日には発ちたいと思う」

「わかりました、すぐに旅の準備を指示してきますね」

笑顔で彼女が了承し、侍女のところへ早足で向かうために、ギルベルトの手からすり抜けていく。

笑顔に見せているセリナ瞳の奥には別のものがあるのかもしれない。

実は話題を避けるぐらいに、腹を立てているとか。

――これは……深い問題だ。

ハネムーンを忘れていたことをギルベルトが言葉で謝っても、もっといいハネムーンを行い態度で示さなければ、セリナは取り合ってくれないかもしれない。

――俺は妻を怒らせてしまったのかもしれない。

結婚して一年以上も放置したのだから当然の感情だ。

妻を軽んじたと思われてもおかしくない。

――ただのハネムーンではまずいな。

挽回するためには、最高の新婚旅行にしなくてはいけない。

準備を始めるセリナと部屋の前で軽く頬にキスをして別れたギルベルトは、ルバール城に戻る間に考えたハネムーンのエスコート計画を白紙に戻した。

「まずは情報提供者を見つける必要があるな」

ギルベルトには幸いなことに、思い当たる人物がいた。

翌日、ポルオロスに行っている間の指示を領地の方々に出して回ったギルベルトは、最後にとある商館に向かった。

「ルチオはいるか?」

受付で名前を告げると、目的の人物がすぐに顔を現した。

「旦那! わざわざこちらへ? ご一報いただければ、何があろうとも、それこそ親が死にましても、旦那のために城まで駆けつけましたのに」

このひょろっとして、うるさい男は旅の商人。

各地を旅して商品を売買していたが、商才がないらしく、損を繰り返し、肝心のことが抜けている上に余計な一言も多く、誰からも助けてもらえず、ルバール市場にたどり着いた頃にはほぼ無一文。

そこで本人曰く、泣く泣く市場の物を盗んで飢《う》えをしのごうとしたところ、寸前でギルベルトが腕を摑んで止めた。

事情を聞いた後、仕方なく働き口を世話してやったという間柄である。

今では各地を回った知識と経験を買われて、所属の商人に指示を出す立場にいるらしい。

「それで？　わたくしにどんな御用で？　命の恩人、旦那のためなら、どんなものでも仕入れて差し上げますよ。もちろん、奥方には内緒のものも」

ルチオが商人らしいといえばらしい、いやらしい笑みを浮かべる。

「いや、欲しいのは品じゃない。正確な情報だ。ポルオロスの街へは行ったことがあるか？　レムシャトスの街もだ」

ポルオロスは今回の目的地だが、馬車では到底一日でたどり着けない。その途中に位置するレムシャトスという有名な街で一泊しようと考えていた。

「もちろんです。帝国内でわたくしが行ったことのない土地などありえませんから。ポルオロスは学問の盛んな土地。レムシャトスは、それはそれは綺麗な水の都です。旅のご予定で？」

ありえない、などという大げさな表現を使っているものの、その知識だけを買われて商館で雇われたのだから信頼できる。

「視……いや、旅行だ。それぞれの街で良い品があるか？」

視察は内密なことなので、口外するのを止めておく。

ルチオが情報を売るとも限らない。

「ポルオロスは羊皮紙、レムシャトスは贅沢品《ぜいたくひん》が他よりも高く取引されております」

「誰が商売をすると言った？　その土地ならではの特産を聞いている。品物ではなく、名所や建物などでもよい」

できれば、セリナが喜ぶようなことを見つけたい。

――可愛らしいものが売っている店であるとか。

「特産や名所といいますと……ポルオロスは古本市が有名ですね。名所だと巨大共同図書室でしょうか。螺旋状《らせんじょう》にずらりと並ぶ背表紙は圧巻です。レムシャトスのほうは……酒ですかね。有名な観光都市ですからとにかく良い酒が集まってきます」

「そういうものでは、セリナは喜ばないだろう」

二度聞いても、欲しい情報が返ってこないことで、ギルベルトはついに苛立ち、妻の名を口にしてしまった。

「あら、あらあらあら、旦那。やっぱり旦那も隅に置けませんね。セリナ様って……やっぱり、愛人の名前ですかい？　それならそうと言ってくださいな。人目につかないとっておきの逢引場所、お教えしますよ」

「おい……！」

セリナと会う以前なら、不敬罪で、剣で真っ二つに斬っていたところだ。

――俺も、丸くなったものだ……。

セリナの名前を出さずに、上手く聞き出すつもりであったのに、厄介なことになった。

この男はこの手の品のない話が好きらしく、一層うるさくなる。

「ちなみにどこの女ですか？　国によって、好みの傾向もあるんで……ひひひ」

「いい加減にしろ！　お前は一度牢屋に入って頭を冷やしたほうがよいかもな」

睨みつけて言うと、「ひぃぃ」という悲鳴を上げてルチオが尻餅をついた。

「いいか、よく聞け。セリナは俺のたった一人の妻の名前だ。皇太子妃に対して愛人などと二度と言うな。二度はない……わかるな？」

こくこくとルチオが頷いた。これでひとまず無駄なしゃべりは収まるだろう。

ギルベルトは、ふぅと一息つくと、改めて訊ねた。

慣れない方向からの情報収集は、調子がくるう。

「妻のセリナと旅行に行く。基本的に身分を隠しての旅となるだろう。名の知れていない貴族を装った旅行だ。ポルオロスとレムシャトスで、彼女を喜ばすために使えそうな情報をさっさと寄こせ」

――頭の切れそうなヤツが多いポルオロスでは、皇太子だと気づかれるだろうがな。

「お、お任せください！」

今度こそルチオは、ギルベルトの欲しかった二つの都市の情報を口にし始めた。

「ポルオロスは学問で有名ですが、実は自然豊かで見所が多数あるんですよ。研究のためになるべく、ありのままを保全しているとか。特に海は穏やかで美しくお勧めです」

「ほう……」

海はセリナが喜びそうだ。

「レムシャトスは、川と調和した人工物が素晴らしいです。建物と噴水や中庭といった人工的な自然の二つを融合させた独特な美しさがあります。貴族が使うような、高級な貸し切り宿なんて良いと思いますよ」

ギルベルトは頷きながら、頭にたたき込んだ。

「ちなみに、旦那。もしかして、ハネムーンだったりしますかい？」

「……そうだが？」

わざわざ聞いてきたことに訝しげながらも、ギルベルトは肯定した。

「でしたら、絶対に失敗はできませんよ。女は記念日や節目の思い出ってやつが重要ですから。忘れたなんてことになれば、それはそれはもう最大級にまずいです」

「そうなのか……」

——これは……何がなんでも……失敗できない。

「心配なさらずに、旦那にはわたくしがついていますので。細かく助言いたします」

絶対に気のせいだが、ルチオが頼もしく見えてきた。

「まず、あらかじめ宿にはハネムーンだと告げておかなければいけません。特にレムシャトスはハネムーンで訪れる人が多いので、色々気を利かせてくれるはずです」

「ふむ」

初耳だ。急ぎ手配させる必要がある。

「あと、旦那でも天候は変えられないので、雨の場合の観光スポットも考えておくべきですね。予定が変更になった時にあたふたしない余裕のある姿が女を惚《ほ》れさせます」

「雨か……戦場であれば雨のほうが気配を消せるが……確かに晴れてもらわなければ困る」

こんなに晴れて欲しいと望むのは初めてのことだ。

祈禱でも行うべきか。いや、さすがに日がない。

「ひとまず、食事、買い物、名所、そして宿を押さえておけば完璧です。ただし、旦那がきちんと選ぶことが重要です。他人任せはいけません。まず食事からですが……」

それからギルベルトはたっぷり時間をかけ、ああでもない、こうでもないと考え、レムシャトスとポルオロスでの観光ルートを完璧に練り上げた。

第二章　水の都を散策デート

セリナはギルベルトとルバール城を出て、馬車や騎馬の一団と共に隊列を作り、ハイルブロン帝国の南西へ向けて出発した。

快晴に恵まれて、馬車の窓から見える景色は輝いている。

――ギルベルトと一緒に、視察。

セリナは、高揚する気分を隠せないでいた。

城を出る時は、ギルベルトが乗馬で、セリナが乗る馬車の横へ、護衛のようについてくれていた。

その凛々《りり》しい横顔といったら、深窓の姫君のように守られている気分になって、彼をうっとりと眺めてしまう。

時々目が合うと、花を手折ってプレゼントしてくれたり、地形の説明をしたりしてくれる。

――今日のギルベルト、いつもより、優しい……？

昼食を終えると、隊列が山道に差し掛かったため彼は馬車に乗り込んできて、セリナの背中のクッションをずらしたり、手足が固まっていないか聞いてきたり、何やらお世話される感じになった。

「靴を脱いで、足を俺の膝に乗せてくつろいでもいいんだぞ」

「えっ、まだ大丈夫だし……靴を変えたいなら、後ろの馬車にフロリアもエイルもいるから平気だよ」

――やっぱり、優しい……。

甘えてしまいたくなるけれど、浮かれすぎては駄目だよね。

これは、任務だ。

ギルベルトが、ポルオロスを領地として治めるための視察。

『夫婦でハネムーンを装っていけば、警戒も解けるだろう』

彼はそう言っていた。だから、急いで一直線にポルオロスへ向かわずに、色々と寄り道する行程もカモフラージュなのだろう。

旅の往復の日数よりやや余分にドレスや身の回りの品が用意された。

レムシャトスというところで最初に泊まって……翌日は観光。

あとは四泊移動しながら、最後にポルオロス。

思ったよりも大掛かりな旅になってしまったけれど、これは、二週間以上もギルベルトと朝も昼も夜も一緒の旅というわけで……。

「………」

――テンションが上がっちゃうのは、仕方ないよね。でも、お忍びでも、皇太子妃なんだから、はしゃがない笑み、気品……とか？　うん、必要。

顔なじみの市場へ顔を出すのとはわけが違うことぐらい、セリナにもわかっている。

セリナが顔を引き締めると、ギルベルトが少し動揺したように固まった。

「やはり……これぐらいでは、静まらないか、うむ」

「……？　なんのこと？」

「気にするな、こちらの話だ。揺れるから寄り掛かれ」

「う、うん」

馬車が完全に山道へと入ったようだ。

セリナは彼にもたれて肩を触れ合わせながら、逞しい温もりをドレスごしに味わう。

やがて、馬車で山道をゆっくりと越えた二人は、平野に広がる川の都レムシャトスの地にたどり着いた。

街に入る前に一度、馬車が一帯を見渡せる場所で止まる。

もう着いたのかと、ギルベルトの手を取り馬車から下りると、ちょうど、夕暮れ時で、空が赤く染まっていた。

「ここからの眺めがいい」

「すごい……綺麗……」

セリナは、感嘆の声を上げた。

街の中心を流れる川が夕日に照らされ、キラキラと輝いている。川幅が広いので、黄金の絨毯が敷かれたかのよう。

――ああ、旅だ！

セリナはしみじみと感じた。

馴染んだハイルブロン帝国だけど、一日旅をしてきたら、景色はすっかり変わってた。

夕焼けの色が違う。

大地も……空気も異なる。

「これが街の名前にもなっているレム川だ。川に作られた都市で、保養地として人気らしい。店や宿もとても賑わっているそうだ」

感動の面持ちで景色を見つめていると、隣に立ったギルベルトが説明してくれた。

馬車の中でも、普段より彼は口数が多かった気がする。

「もしかして……調べてきてくれたんですか？」

「当然だ」

ギルベルトが首を縦に振る。

一瞬自分のためにと嬉しくなったけれど、すぐにこれはハネムーンではなくて、任務だったと思い出した。

――浮かれては駄目。皇帝陛下直々の任務なんだから。

「そっか、お仕事だし」

「いや、お前のために……何でもない」

何かを言いかけて、ギルベルトはやめてしまった。

「そろそろ行こう。暗くなる前に宿へ着きたい」

「う、うん！　早く、行こっか」

わざと明るく言うと、セリナはギルベルトの腕を取って馬車に戻った。

水の都レムシャトスは、整然とした美しさの素晴らしい都市だった。

穏やかに見えた広い川もしっかりと両岸には堤防が作られ、流れ自体も整えられたらしい。

区画整理された道の左右には東西南北によって統一された色の屋根が並び、一定間隔で木々も植えられている。

アーチ状の巨大な石造りの橋が街の中心にはあり、水の女神と白鳥の彫像が置かれた橋の中央が観光スポットになっていた。

川の上を通ってくる風は冷やされ、気持ちがいい。

避暑地として人が集まるのもわかる。

空が暗くなり始める中、様々な店や露店の明かりが点っていく。

セリナは次々と、新しい景色に目を奪われた。

そして、街の入り口にある馬車置き場で下りようとすると――。

「ギルベルト様、セリナ奥様、ようこそ、水の都レムシャトスへ」

街の人らしき人たちが待ち構えていて、花びらを散らす。

「えっ⁉　えっ？」

何も聞いてなかったので驚いていると「奥様にどうぞ」と言われ花冠を頭に乗せられる。

戸惑いつつも、とても嬉しい。

――――なんだか、ハネムーンのサプライズ演出みたいな。新婚旅行ってこんな感じ？

首を振って否定するも、街の人に次々とにこやかに「奥様」と言われる度に、頬が緩んでしまう。

ギルベルトはお仕事なのに。

「……少しやりすぎたか？」

ぼそりと隣で彼が呟く。

「えっ？　これって、ギルベルトが？」

「何でもない！　い、行くぞ。ここから宿まで少し距離がある」

「は、はい」

強引に手を摑まれる。そのまま手を繋いで歩き出すと、レムシャトスの街並みがぐんと近くなる。

道の左右には所々露店が出ていて、食べ物だけでなく、物珍しい品物もある。いわゆるお土産・記念品なのかもしれない。

「ありがとう、ギルベルト」

任務のためでも、お礼ぐらい言ってもいいよね。

心の中で言い訳をしながら、彼に笑いかけた。

「何がだ？」

「今日のこと……えっと、楽しくて」

短く言葉で返すと、握られた手をそっとセリナからも握り返した。

いつもならお互い恥ずかしすぎてすぐに手を放してしまうけれど、今日は街の雰囲気に許されている気がする。

それから――――。

何度も足を止めて、あれこれ言いながら、二人で歩く。

夕日が姿を隠した頃、街の外れの、川の畔《ほとり》にひっそりと建つ宿にたどり着いた。

「あれが今日泊まるところ⁉」

四角形を二つ重ねたような、豪華な建物。二階部分の境界線がよくわからないので、吹き抜けなのかもしれない。

広い土地を贅沢に使った宿というより、離宮と呼んだほうがしっくりくる建物だった。

その夜、セリナは浴室で湯浴みをし、侍女に就寝用の夜着を身に着けられ、眠るために向かった部屋は一階であった。

そこは足を踏み入れるなり、ひやりと涼しい。

「え……わっ、水が部屋の中を流れてる」

さらさらと心地よい音を立てて、水路が広い室内の輪郭を描くように通っていた。

四方には花が美しく浮かんだ水盤がある。水路の近くには、丸い金の器に入った燭台が煌々と並んでいた。

窓の外は、そのまま中庭に繋がっているみたいで、景観を計算された草木が茂り、背の高い花が夜風に揺れている。

その向こうに微かに見えるのは、夜の闇を映し込んだレム川。

寝室が一階にある意味は、このためなのだとすぐにわかる。

——幻想的で、綺麗……。

「気に入ったか？」

「あっ、ギルベルト……」

部屋の中央から声がして、彼が先に室内にいたことに今さら気づいてドキリとする。

ギルベルトもまた、夜着に身を包んでいた。そして、白い更紗《さらさ》の布がかけられた小ぶりの長椅子に座っている。

「こっちへ、来い」

「う、うん」

――なんだか、緊張する。

今日のギルベルトは、普段城にいる時と、変わらないのに……どこか変わっているように感じた。

それは、セリナが妙な心地になっていて、とらえ方の違いかもしれなかったけれど、照れてしまう。

近づくと燭台に照らされたギルベルトの姿がはっきりと目に飛び込んでくる。

少しはだけている、前で合わせるガウンの作りをした夜着。

――え、あれ……？

セリナは自分の身体を見下ろした。

夜着の作りが同じである。お揃いの色違いで、セリナは薄桃色で、ギルベルトはおそらく水色である。

てっきり、旅に合わせてフロリアあたりが新調してくれたのだと思っていた。

たぶん違う。宿泊のために離宮で用意されていた物なのかも。

「お、お揃い⁉」

「ああ、よく似合っているな。お前の合わせの刺繍は星で、俺は月だ。色も異なるから揃いとは違う」

「いや、それを思いっきりお揃いって言うんです！　うぅ……」

いきなりお揃いのパジャマでした——は、むずむずする。

「脱いだほうがいいか？」

「そうしたら裸です！　わたしが気にしすぎなだけだから、今のままでいい」

「俺と同じ作りのものを身に着けるのは嫌なのか？」

「嫌じゃなくて……むしろ、照れるというか、い、いい意味で恥ずかしいから」

ギルベルトに訊ねられてセリナは正直に答えた。

「恥ずかしい？　うむ……今までも必要だったか、たとえば同じ鎧《よろい》——」

「わたしは鎧、着ません！」

この人、お揃いの意味、わかってるんだろうか。

「ならばマントか……鎧を着ないとなると、お前は裸にマントだ。ぐっ……素晴らしい」

「変な想像から離れて！」

説明が難しい上に、脱線気味。

——わたしが意識するから、恥ずかしいんだ。

セリナは胸を張って、ギルベルトを挑むように見た。

完全にペアパジャマ的な夜着だったけれど、あるものを着たと考えれば普通だ。

うん、そう考えて気にしない。気にしない。

「立っていないで、座れ」

「……うん」

お揃いの夜着で、ギルベルトにポンポンと隣を示されるまま、長椅子へ腰を下ろす。

こんなに豪華で広々とした空間なのに、なぜか長椅子は狭かった。

二人がぴったりくっついてしまう面積しかない。

一旦は腰を下ろすも、セリナは気恥ずかしくなってすぐに立ち上がった。

「や、やっぱり、いい……」

「いいから、座っていろ」

すぐにギルベルトの太い腕が伸びてきて、連れ戻されてしまった。

「俺の隣は嫌か？」

やけに今日はギルベルトが確認してくる。

「そんなことない！　どちらかというと……好き」

真っ赤になりながら答える。

「ならば、ここにいろ。俺の側に」

すでに狭い長椅子でぴったりとくっついてしまっているのに、彼はさらにセリナの腰に手を回してぐいっと引き寄せた。

――ギルベルトの……身体。

ギルベルトの温かさや、力強さを感じてしまう。

今度は、セリナのほうからそっとその大きな胴に腕を回してみる。抱きついてみた。

――気持ちがいい。安心する……。

「抱き心地がいいな」

「そう、ですか？」

なんだか部屋の中はとても静かで、水の流れる音と心臓の音だけが妙に大きく聞こえて、緊張してしまう。

どこが違うのだろう。新鮮……？

部屋のせいだろうか？　それともギルベルトの態度？

わからないけれど、いつもよりもずっと彼にドキドキとしていた。

「それに良い香りがする」

「くんくんするのは駄目です！」

ふざけ合うような会話も、どこか違って……。

「ならキスさせろ」

「あっ、ん――――」

答える前にギルベルトの唇が襲ってきた。

――熱い……んっ……。

逃げることなく受け止めると、情熱的なキスの感触がした。

けれど、淫らなものではなく、触れては少し離れて、また触れるを繰り返す。

――優しい……いつもと違う。

ルバール城でなら、獣のようにぐいぐい来るのに。

「夕日に照らされたお前は今まで見たどんな光景よりも美しかったぞ」

「……褒めすぎ……ううん、ありがとう」

なんだかこんなにも優しいと、大事にされていると思えて、素直になってしまう。

ギルベルトが控え目なキスをしながら、髪から背中を撫でてくれる。

――なんだか、そうされると好きって気持ちが、膨らんでくる……。

たまらなくギルベルトが愛おしくなってしまう。

「ん、あ、ん――――んんっ……」

セリナは唇を自分から突き出して、キスをねだった。

すると、先ほどよりも少しだけ淫らなキスになる。お互い擦り合わせるようにして、深く触れ合った。

熱さが移ってきて、移っていって、身体の中で溶け合っていく。

――ギルベルト……好き。

身体が疼《うず》き始めてしまう。

「もっと、お前に深く触れていいか？」

――いつもならガバッて感じなのに。

タイミングを見計らったように、唇から離れたギルベルトが耳元で囁いた。

断ることなんて……今はない。

セリナも触れて欲しかった。ギルベルトを感じたい。

「うん」

一言返事をすると、セリナの身体はふわっと浮いた。

お姫様抱っこで、ギルベルトが持ち上げていたから。逞しい彼の胸に身体を預け、首に手を巻きつける。

更紗の天蓋つきのベッドまで運ばれると、真っ白なシーツの上へ大事そうに下ろされた。

胸の鼓動の音が頂点に達する。

今日はどういう体勢でされてしまうのか。どこをギルベルトに愛撫されてしまうのか。

淫らな想像が勝手に浮かんできて、身体が勝手に疼いてしまう。

「……セリナ」

後ろから声が聞こえてくる。そして、力強い彼の腕がセリナの身体を締め付けた。

どうやら、身体を横たえたセリナの後ろからギルベルトは抱きしめているらしい。

長椅子の時以上に、全身がぴったりと密着している。

「どうした？」

何も言わないセリナを不審に思ったのか、ギルベルトが訊ねた。

首を少しだけ振る。

「違う。いつもと違うのが恥ずかしくて……照れる、の」

頬が真っ赤になっているのが自分でもわかるし、鼓動が聞こえてしまうほどにドクドクと鳴ってしまっている。

今日は別人のようで、でも、まぎれもなくギルベルトの感触で、胸の高鳴りが止められない。

「なら、このまま見なくていい……その分、全身全霊で俺を感じろ」

このまま繋がる、という意味だろうか？

その言葉の意味を考える間もなく、彼の手にセリナは乱された。

全身を抱きしめていた腕が動き、夜着の上から乳房を摑む。大きな手のひらが胸全体を包んだかと思うと、愛撫し始めた。

「あっ……ん……あぁっ……」

鷲づかみにして、ぎゅっとされるのも嫌いじゃない。

けれど、今夜のように揺すりながら、揉まれると、快感で蕩けてしまいそうだった。

「……あ、あ、あっ……んっ！」

さらに先端がツンと尖ってくると、そこに彼の太い指が伸びて、刺激していく。

押し込んだり、引っかかれたり、摘まれたり。

しかし、決して強すぎない刺激を与え続けられ、セリナは悶《もだ》えた。

軽く達してしまったかのように、身体が何度も痙攣《けいれん》して、ベッドを軋《きし》ませた。

途端に、部屋の中を流れる水音や二人の息遣いがいやに淫らに聞こえてしまう。

「んんっ、んっ……は、ぁぁ……」

甘い吐息が漏れる中、ギルベルトはセリナの胸から一度離れると、夜着のボタンに指を伸ばし、外していく。

お揃いのそれは、前で留める形になっているので、ボタンを外すだけで簡単に上半身が露になってしまう。

ゆっくりと、一個ずつ外され、徐々に胸がはだけていくのは、官能的だった。

息を熱くする中、ボタンがお腹の上の辺りまで外される。夜着の生地が反り返り、乳房が晒されたのだけれど、それはすぐに隠された。

彼の手によって――――。

「あっ！　ああっ！」

夜着は薄く、その上からでも十分に彼の指を感じたのに、直接触られた瞬間、思わず大きく淫らな声を上げてしまった。

五本の彼の指が、別の生き物のように動き、セリナを翻弄《ほんろう》していく。

固くなった乳首も捕らえられ、愛撫される。

より密着した感触に、ざわざわとした淫靡《いんび》な感触が止まらなかった。

「ん、あ、あっ……ああっ、あっ……」

発情したように肌がうっすらと赤く染まり、全身が熱くなってしまっている。

ギルベルトは片手で乳房を愛撫しながら、もう片方の手でセリナの夜着に手を伸ばした。

ボタンに再び指を掛け、外すのを再開し始める。

「あっ……ああっ……あぁぁ……」

肌をかろうじて覆っていた夜着の留め具が、一つ、また一つと外されていく。

誰に見られるでもないけれど、すべてはだけ、下肢が露になってしまう。

甘い吐息を漏らすと、最後の一つが解けた。

「……あっ！」

そして、乳房の時と同じように、俺のものだと主張するかのように、ギルベルトの手がセリナの下肢に伸びてきた。

指が媚裂を捉え、優しく刺激していく。

ぐいっと押されることなく、大事な壊れ物にそっと触れるかのように、彼の大きな指が秘部に触れていった。

じわじわと淫らな気持ちが広がって、疼くように腰が震えた。

「ん、あぁっ……あぁっ！　あっ！」

――――あぁ……ダメっ……なんだか……気持ちいいっ……！

焦らされているのとも違う、優しい愛撫に、セリナは悶えた。

乳房と秘部を同時に指で刺激され、ギルベルトの逞しい腕の中で淫らに身体を震わせる。

奥からは蜜が溢れ出してきてしまう。

お尻のところに、後ろから押し当てられた彼の熱杭も感じる。

「ギルベルト……」

自分でも驚くほど淫らな声で彼の名前を呼んでしまった。

今度は聞かれることはなく、ギルベルトの腰がよりセリナの尻に押しつけられる。繋がりたいという気持ちは、名前を呼ぶだけで通じてしまったようで、恥ずかしい。

「あっ！　あつっ……」

前が完全にはだけた状態の夜着がするりと捲り上げられる。間髪容れずに、ギルベルトの肉棒が直接、押し当てられた。

腿の間を滑り、先端がぴったりと膣口を塞ぐ。

――熱いっ……興奮してる……ギルベルトの……。

すでに彼の肉杭は興奮していて、繋がりたいと言うかのように固くなっていた。

「ん、んんっ……あああっ……」

ぐっと押し当てられ、膣内へと入ってくる。

その強烈な感触にセリナは声を上げた。

体格差もあって、大きすぎる肉杭が膣口を押し広げながら、進んでいく。

くちゅりと愛液が二人の繋がりで立てる音が聞こえてきてしまう。

「あ、あぁぁぁ……んっ！　あっ！　あっ！」

ゆっくりと、けれど確実に進むギルベルトの熱杭は、ついに膣奥に到達した。

そこが本当に最後か確認するように、もう一度突かれる。

「あ、あんんっ……」

肉棒の先端と膣奥が擦れ、強い快感が生まれた。

思わず、腰がびくりと震える。

「セリナ……最高だ。お前の身体は」

ギルベルトの熱のこもった声が耳元から聞こえてくる。

そして、我慢できなくなったかのように、けれど、優しく動き出した。

「あっ……あっ！　ん……あっ！」

彼の熱杭が引いては、押す。

抽送というには遅くて、しかし、その分、ギルベルトをしっかりと感じられてしまって、悶えた。

肉杭は敏感な膣壁を擦り、膣膜は肉棒を締め付ける。

乳房を摑んでいた彼の手にも、力がこもっていく。

――あぁ……わたし……優しく……抱かれてる……。

身も心も彼の胸の中にいるかのような、そんな心地よさと、安心感が身体を包み込んだ。

重ね合わせている、という表現がとてもぴったりと来る。

鼓動も、体温も共有していて、二人の境界線が曖昧《あいまい》になっていく。

「……もう少しだけ、激しくさせてくれ」

ギルベルトはそう申し訳なさそうに囁くと、力強く腰を振り始めた。

「……あっ！　んっ！　あっ！　ああっ！」

嬌声《きょうせい》が抑えられないほどの快感と刺激がセリナを襲う。

先ほどとは違って、腰を叩きつけるような、そんな激しさで彼の肉棒が引いては刺す。

今度こそ抽送されていた。

愛液はかき混ぜられ、くちゅくちゅと卑猥《ひわい》な音を部屋に響かせる。ギルベルトの息遣いも獣のように荒く、野性的になっていた。

——見えないのに……ギルベルトだって……わか……る。

後ろから何度も、何度も突かれ、セリナは身体をびくつかせた。

快感による痙攣が止められない。

「ん、あっ、あっ……ああっ！　あっ！　ぁん……」

ギルベルトが暴れるセリナの腰を摑むと、さらに熱杭を力強く突き刺してくる。

——ギルベルト……感じる……全部……感じる……。

これでもかというぐらいに、彼の生命力がセリナの中で弾けていた。

「あ、ああっ！　あっ！　あぁぁ……」

水の流れる音が聞こえる中に、嬌声が響いていく。

——まるで、外で……されているみたい。

いつも以上に神経は過敏になっていて、じわじわと絶頂の衝動が駆け上がってきた。

当然、それでも容赦ないギルベルトの抽送は止まってくれない。膣奥に、これでもかと突き刺さる。

「あぁ……ギルベルト……ダメっ……」

抑えきれなくなって、セリナは淫らな声を上げた。

ギルベルトの腰つきは緩むことなく、逆に一段と強く、身体ごと揺さぶるように突き出してくる。

ベッドが激しく揺れて、軋む音を立てた。

「あ、ん、あ、ああ……んんん……んんっ！」

最後まで我慢したセリナは、唇をぎゅっと食いしばって大きく絶頂に達した。

繋がったまま、激しく揺れる身体をギルベルトがぐっと抱き止めてくれる。そのままギルベルトも達したのがわかった。

熱いもので身体も心も満たされていく。

「あ、あぁ……ああ……あぁ……」

お互い、荒い息をついて、呼吸を整える。

汗ばむほどに身体は熱く、激しかった。

「今日は……どうだった？」

抱きしめられながら、絶頂の余韻《よいん》に浸っていると不意にギルベルトが訊ねてきた。

「……気持ちよかったよ」

恥ずかしいけれど、答える。

「違う。今ではなく、今日だ」

「えっ⁉　あっ！　今のなし！　今日は楽しかったよ」

――うわっ、恥ずかしい……エッチの感想を聞かれたんじゃなかったんだ。

顔が見えなくてよかった。

とてもギルベルトと向き合って言えなかったし、今も真っ赤な顔を見せられない。

「そうか、よかった」

安心したようなギルベルトの声。

今日、何か心配するようなことがあっただろうか？

思い返したけれど見当たらず、そうこうしている間に激しい行為で疲れたセリナは睡魔に襲われてしまった。


離宮でぐっすりと眠ったセリナは、翌日、ギルベルトと一緒にレムシャトスの街を歩いていた。

綺麗に隙間なく敷き詰められた石畳の道を、街の中心に向かって進む。

「本当に時間、いいの？」

任務なのだから、寄り道をせずにポルオロスへ向かわなくていいのか、心配だった。

「ポルオロスは遠い。今から意気込んでいると、疲れてしまうぞ。何か緊急的な用事があるわけでもないのだから、ゆっくりと向かえばいい」

旅慣れていないセリナへの気遣いもあるのだろう。ギルベルトの優しいことに、セリナは感謝し、頷いた。

——せっかくだから楽しもう。

観光気分に切り替えると、さっそく辺りを見回した。

美しい水の都らしく、噴水や橋、水路といったものが多く見える。

「どこに向かっているの？」

「朝市だ。人の集まる保養地だけあって、なかなかの活気らしい」

「やった、市場！」

さすがギルベルト、自分のツボをよく押さえていた。

市場は大好きだ。色々な品物を見ているだけでも面白いし、勉強になる。

何よりもあの活気のある感じ、混沌《こんとん》とした感じが、元の世界に似ている。

「見えてきたな、あれだ」

彼が指差す先には、大きな噴水を中心にした広場があった。

そこには石畳に色とりどりの布を広げて、様々な物が置かれていた。

食材から調理済みの食べ物、宝石などの装飾品に、生地やドレス、なんだかよくわからない小物まで種類もばらばら。

「結構な数のお店がある。毎日やってるのかな？　場所はどうやって決めてるんだろう」

ルバールの市場は常設で、テントや台を置いて品物を売っている。

レムシャトスの場合は、もっとざっくばらんで布を広げればそこがお店、という感じに見えた。

市場の参考になりそうだと、ついつい、興味がそちらに行ってしまう。

「二日に一度、辺りの商人が商品を持ち寄って行うそうだ。場所は抽選、場所代は市の公共物の修繕や建設費などに当てられるらしい」

「なるほど。商人だけでなく、街の住民も潤って、全員が幸せになれるんだ」

ギルベルトは、きちんとその辺も調べてあるようだった。

「催し物みたいな市場もいいかも」

元の世界にも地方に行くと朝に辺りの人が持ち寄る朝市があったことを思い出す。

ルバールの市場でも、たとえば一部分を入れ替え制の場所代の安い露店にするとか……ありかもしれない。

――あっ、さっき観光気分になったはずなのに。

ギルベルトが温かな目で見守ってくれていることに気づいて、セリナはハッとした。

「せっかくだから、朝食、ここで食べてもいい？」

近づくにつれてしてきた香りに空腹を覚える。

セリナはギルベルトにそっと身体を寄せて、腕を絡めると訊ねた。

「そのつもりだった。お前が良ければここで腹ごしらえだ」

「じゃあ、今から吟味《ぎんみ》しますね」

広場に入ると、ちょうど良く食べ物を売る露店が並んでいる。

——せっかくだから、ルバールでは食べられないものがいいな……これ！

「これにします。食べてみたい」

セリナが一つのお店の前で止まると、ギルベルトが店員に二人分注文してくれた。

選んだのは、揚げた楕円のパンを二つに割って、そこに魚のフライを挟んだものだった。

具もシンプルで、脂っこいけれど——。

「これ……ホットドッグ？」

一口食べてセリナは呟いた。

メインがソーセージじゃなく魚のフライだし、野菜とか、ソースとか色々味が足りないけれど、ホットドッグの見た目だった。

「少し味が雑だが、立ったまま食べられる手軽さはいいな」

こっちだと持ち運ぶ食べ物といえばサンドイッチで、普通のパンに具を挟むという発想はなかった。

セリナなら、もっと美味しくできる余地がたくさんある。

今度、試作してみよう。

「試しに違うのも食べてみて良いですか？」

「もちろんだ」

もう一つ、今度は挽肉を棒状にしたものを挟んだのを注文する。

「じゃあ、半分こで。お先にどうぞ」

一人では多すぎるので、なんの意識もせずにギルベルトへ勧めた。

「そうか？　なら先にいただこう」

彼がホットドッグのようなものをぱくっとしているのを見て、セリナは気づいた。

これだと、朝っぱらから、市場で間接キス。

――キスぐらい昨日もしたし……そのぐらい。

自分で言い訳をしたらさらに恥ずかしくなった。

「どうした？　顔が赤いぞ」

半分食べ終えたものを受け取ると固まってしまったセリナに、ギルベルトが不思議そうにしている。

「な、なんでもない」

結局、二つめのホットドッグもどきの味はまったくわからなくて……。

しばらく、何を話して良いのかわからなくて、無言で二人歩いていると、お店を広げている一人から声がかかった。

「そこにいるのは、昨日のハネムーンのお二人さんじゃないか。いらっしゃい！」

「あっ！　昨日はどうも」

セリナが頭を下げたのは、レムシャトスに到着した時、出迎えてくれた女の人だった。

「どうだい？　これ……ハネムーンの奥様に大人気の香水だよ」

「そうなんですか？　わっ、良い香り」

試しに鼻を近づけてみると、ラベンダーのすっきりとして心地よい穏やかな香りがした。

自分に似合うだろうか？

恥ずかしいけれど、ギルベルトが好きな香りか聞こうとしたけれど、隣の店から違う人が品物を手に近づいてきた。

「ハネムーンなんだって？　だったらこのハネムーンの奥様に大人気の高級ガウンはどうだい？　肌触りがよくて、旦那を魅了すること間違いなし」

生地は薄くて、高級な物なんだろうけれど、これ、全部スケスケな気がする。

確かにギルベルトは魅了されそうだけれど。旦那様に大人気なのでは？

断ろうとするまでもなく、また違う人に商品を勧められた。

「ハネムーンの奥様に大人気の枕はどうだい？」

「ハネムーンの奥様に大人気の手袋だよ」

「ハネムーンの奥様に大人気のスペアリブ！」

——なんでも奥様ってつければいいってもんじゃないーっ！

次々集まってきた商人に、セリナは心の中でつっこんだ。

その商売根性の逞しさは、すごいと思うけれど。

「セリナ、少し我慢しろ」

困っているセリナをひょいっと持ち上げる。

「えっ⁉　ギルベルト……あの……みんな見てます」

「気にするな」

——そう言われても、気にしないなんて……無理！

いわゆるお姫様抱っこされていて、彼の大きな胸に包まれていた。

多くの人の視線が一斉に集まってしまう。しかし、ギルベルトはさほど気にした様子もなく、早足でずんずんと歩き出す。

——この運ばれ方、嬉しいけど……恥ずかしすぎる。

セリナは周りを見ることができずに、ギルベルトの胸に顔をくっつけた。それが、さらに恥ずかしい仕草だと気づいたのは、ハネムーン商法の輪を突破した後だった。

「ありがとう、ギルベルト」

「当然のことだ。立てるか？」

少し離れたところで、やっと下ろしてくれる。

セリナは赤くなった顔を俯かせながらも、お礼を言った。

「……なんだろう、これ」

照れ隠しに近くに広げてある店の品物を指差す。

木彫りの像で、翼を広げた白鳥の形をしている。

「確か、レムシャトスの中央にある大きな橋の真ん中に、白鳥の像があった。それにあやかった像だろう」

——いわゆる修学旅行で楽しくてつい買っちゃうアレだ。

テンションが上がって、帰ってから……どうして買っちゃったんだろう？　って、後悔しつつも、思い出と一緒にずっと部屋に飾ってしまうもの。

元の世界のことを思い出して、くすりと一人微笑む。

「この像が面白いか？」

「……これ買っていいかな？」

絶対に使うことはないし、品質もかなり微妙だけれど、どうしても欲しくなってしまう。

「お前が欲しいなら、構わない。店主、それをくれるか？」

きっとこれを見る度に今日の楽しかったことを思い出すだろう。

買ってもらった白鳥の木像を大事に抱え、セリナは上機嫌で市場を歩いて見て回る。

「ハネ――旅……は、元の世界でもしていたのか？」

ギルベルトが何気なく聞いてくる。

「うん、してたよ。修学旅行とか、家族旅行とか」

「そうか、結婚……いや、なんでもない」

修学旅行とはなんだ？　と質問されるとばかり思ったけれど、ギルベルトはその話題を続けようとはしなかった。

それから二人は市場をゆっくり一周して、たっぷり楽しんでから馬車へと向かった。

第三章　海の街で鐘を鳴らして

名残《なごり》惜しい気持ちでレムシャトスを後にすると、続く四カ所の宿場町でも、セリナとギルベルトは大歓迎された。

セリナが、まだピンと来ていなくて、時々反応できないでいた「奥様！」という響きに「はいっ！」と反射的に返事をできるぐらいに……。

——どこへ行っても、圧倒されるぐらいに囲まれたけど……。

最後の地、ポルオロス。

本当の目的地、ポルオロスで馬車を下りたセリナは、他の街との落差を感じた。

今夜の宿泊場所は城館で、どんなところか楽しみにしていたんだけど……。

城館からの迎えは、微笑んではいるものの口数の少ない二人の女性で、無駄話はしないとばかりに先に立って歩き出してしまったので、その背中を追う。

彼女たちと少し距離を取りながら歩いていると、ギルベルトがセリナに聞こえるだけの小声で、話しかけてきた。

「ここでは、新領主となる俺が偵察に来たと、感づかれているようだな」

「あっ、そうか……だから、距離があるんだ」

これまでの、お忍びハネムーンのふりは、ここでは皇太子夫妻の新領地の視察とバレているみたい？

ポルオロスは学術が盛んで、武力に抑えられるのを嫌っているんだっけ……。

セリナは頭の中で、ギルベルトが出掛けに教えてくれたことを思い出す。

――皇太子夫妻は何しに来たんだろう？　いきなり皇族に武力で治めるって宣言されたら、どうしようって感じかな？

ポルオロスの人々に思いを馳せてみるも、どんな風に取り繕《つくろ》っていいかはわからない。

「セリナ、ハネムーンの最後の地で、がっかりさせて悪いな」

ギルベルトが、ぽつりと口にした言葉で、セリナは自分の役割を思い出した。

ハネムーン。

――そう！　わたしは、ハネムーンの奥様なんだから。

怪しまれないために、セリナは任務の一環として連れてこられたのだ。

「えっ？　う、ううん！　全然そんなことない、静かなほうが海もじっくり見られるし！

ねっ、ねっ？　あなたっ！」

弾んだ声で、はしゃいだ奥様っぽくギルベルトの腕を取り、進行方向にある坂を上り見晴らしのよさそうな場所へと、足を速める。

青い空に、青い海——。

波は穏やかで、見渡しきれないほどの広い海に、遠くに見える、空と海を分ける水平線。

ルバール城の近くには海がないから、とても懐かしい感じがした。

元の世界で、夏休みに家族でよく行ったっけ……。

「あ、ああ、いい眺めだなセリナ……胸がっ」

強く腕を引きすぎたのか、ギルベルトがやや困惑した声を上げている。

先を歩いていた、宿の女性二人が、たまらずといった様子で、笑いながら振り返った。

「仲よしで羨ましいですわ、ポルオロスの海を見ながら思いを伝え合った男女は、生涯、強い絆で結ばれるという言い伝えがあるのですよ」

「ハネムーンでしたら、宿に落ち着かれた後で、ぜひ、砂浜を散歩してはいかがです？」

「はいっ！　行ってみます、ねっ、あなた？」

「ああ」

——なんだか、今ちょっと、城館からの迎えの人と、距離が縮まった気がする。

誤魔化すまでの嘘はなくても、楽しんでぴりぴりした雰囲気じゃなくなるのはいいよね。

その時、背後から、人が駆けてくる足音がした。

「遅れてすみません！　はあっ、はぁ……っ、僕がポルオロスをご案内、しま……うっ、はっ、はぁっ……」

見ると生成りの簡素なシャツを身に着けた、茶色の髪の青年だった。飾り気のない服なのに、清潔感がある。

歳は二十歳にも、童顔な三十歳にも見える、セリナよりやや背の高いぐらいの、細い体つき。

何より気になるのが、ドレス姿のセリナでも特に疲れなかった坂道で、息を切らしすぎなところ。

――騎士の人、じゃなくて、学者さんかな？

青年はやっとセリナとギルベルトへ追いつくと、優雅な所作で礼をする。

「申し遅れました、僕はツァニスです。ギルベルト様、セリナ様に不自由のないように、ポルオロスでのガイド役をいたします」

「ふむ、頼んだ覚えはないが、誰に言われたんだ？　頼んだのがポルオロスの代表であるなら、大勢が集う宴ではなく、個人的に会いたいと伝えてくれ」

ギルベルトが穏やかな口調で、けれど、問い詰めるようにツァニスを視線で射貫く。

他の街では、領主や権力者と会えたけれど、ポルオロスでは、その予定がなかった。

代表者が誰も名乗り出ないという慎重さで、城館や街の者が集う宴という、大勢と会う催しだけが組み込まれている。

「ええっ！　いや、僕はそんな、たいした方と知り合いでなくて……ただ、暇だから、案内役なだけでして……すみません」

人懐っこい顔で、ツァニスが頭を掻く。

この人を困らせても仕方ないと思ったのは、ギルベルトも同じだったみたいで——。

「ハネムーンに見張りは必要ないぞ。だが、好きにしろ」

「はいっ！　まずお知らせしたいのは、ポルオロス名物、海！　海でございます、ご覧になりましたか？」

「今、ここにいる全員で見ているだろう」

調子がいい感じのツァニスに、ギルベルトが呆れた声を出す。

「はっ、そうでございました。ぜひ、明日にでも丘からの眺めもご覧ください。緑の大地との対比が素晴らしいです。お迎えに上がりますので」

「まかせる……」

ツァニスも合流して、ポルオロスの城館へ賑やかに入ることになった。

海沿いの大きな城館では、セリナとギルベルトは同室ではなく、続き部屋であった。

フロリアとエイルが、旅を始めて六回目の荷解きを手慣れた感じで行っているのを横目に、手が空いてしまって……。

セリナは侍女へ声をかけた。

「何か手伝おうか？」

「とんでもございません、奥様！　エイルとの荷解き勝負に夢中で、お構いできずに申し訳ありませんでした」

――荷解き勝負!?　なにそれ、楽しそう！　でも、わたしが手伝ったら、絶対足手まといになりそう……。

旅も長くなると、侍女のテンションもおかしなことになってきているみたいだ。

手を止めようとしたフロリアが勝負に負けてしまうことを危惧して、セリナは慌てて制した。

「えっ、いいよ。早く荷物が片付いたほうがいいなーって、思ってたとこ。わたしは、海が見える温泉のお風呂が売りだって聞いたから、行ってくる。すぐ上だから、来なくていいからねー」

着替えの室内ドレスを手に、そそくさと階段を上がる。

すぐに城館の侍女が飛んできて、セリナを脱衣の部屋へと導いていく。

海の見えるお風呂と聞いて、温泉宿の脱衣所を想像したけれど、竹籠などはない、石造りの湿度の高い部屋で、やや当てが外れた。

「貸し切りでございます。お身体を流す侍女を呼んでまいります」

「あの、一人でゆっくりしたいです！　おかまいなく」

城館の侍女を見送り、セリナはゆっくりドレスを緩めて裸になった。

この世界では、肌着のようなものをつけて湯につかる人が多いけれど、温泉といえば裸でしょう。

――貸し切りなら、誰も入ってこないし……。

温泉へと繋がる扉を開けると、想像通り、石組みの露天の温泉だった。

お湯から立ち上る湯気に目が慣れてくると、目隠しの低木もそこそこに、城館のお風呂からは、海が見える。

水平線が一望――。

「うわぁ……」

なんて絶景！

近くにあった木桶でかけ湯をして、セリナは石組みの中、乳白色のお湯へ身体を浸していく。

「……っ、ちょっと、熱い……でも……っ――ふ……ぅ……」

ぱしゃんと水音を立てて、熱いのを我慢して肩までえいっと浸かる。

――これ、これだ！

「っふ……う、気持ちいい…………」

「よかったな」

盛大な独り言が会話として成立してしまった。

「って、えええええっ!? ギルベルトっ」

セリナは反射的に胸元を隠して、湯の中で立ち上がる。

ざざざっ、と大きな水音が立ってしまった。

セリナより小さな水音を立てて、裸のギルベルトも湯の中で立ち上がる。距離はすぐ近かった。

――全部、聞かれてたし、見られてた！ 恥ずかしい……っ！

「城館の人が、貸し切りって……」

へなへなとお湯の中にへたり込んでしまう。

石組みに背をつけたセリナの隣へ、ギルベルトもくっついて座ってくる。

「俺とお前の夫婦の貸し切りだ。お前の機嫌がよくて、俺は嬉しい」

「ち、近いよ。ギルベルト、石組みは広いんだから、もっとゆったり浸かろう」

恥ずかしくて、セリナは彼の肩を手で押した。

その手をギルベルトが大きな手で握る。

「ここは、密かなことをするのに、ぴったりというわけか」

色っぽく、彼の蒼い瞳が細められて、つられてうっとりしそうになったところで、セリナはハッと気づいた。

「……なるほど、ポルオロスの人の前では、ハネムーンですもんね。ここで内緒話は、名案です。さすが、ギルベルト」

「その意味の密かではない――――」

彼の滑らかな首筋につい目が行ってしまい、会話に集中できない。

「ええと……ポルオロスの街へ情報収集に……行かないと？　お風呂に入っている場合じゃないですね？」

「お前はハネムーンをしていればいい。ここ一帯の住民を刺激する気か？　ついでに、俺への刺激もそろそろ限界だ」

ギルベルトものぼせ気味なのか、会話がかみ合っていない気がする。

「あの、ガイド役のツァニスさんって、ギルベルトが言った通り見張りの人でしょうか？

ポルオロスの人は、どれぐらいわたしたちのことを疑って……」

目のやり場に困って、おろおろと思っていたことを一気に口にすると、ギルベルトの手が伸びてきた。

「っ……他の男の名前をこんな時に口に出すな。お前がその気なら、奴らが感づいて、認めるぐらいにハネムーンを偽ってやろう！」

「えっ……えっ……」

お湯よりも熱くなっていると錯覚する、広い胸に抱き寄せられてしまう。

「もっと、俺と仲よくすれば、疑いも晴れて、俺たちはどこから見ても新婚夫婦の空気をまとえるぞ」

「あの……それって……」

言っている意味は、なんとなくわかります。

夫婦っぽい、イチャイチャですよね……？

だから、もっと親睦を深めようと……？

でも、こんなところで――。

「ひゃっ……んっ……」

戸惑っていると今日のギルベルトは大胆で、セリナの指にキスし始めた。

舌をいやらしく動かして、誘うような愛撫。

「くすぐったい……です……ギルベルト……」

ざらっとした感触が、淫らに感じてしまう。

「じゃあ、こっちはどうだ?」

「えっ……ひゃあっ……」

指から口を離すと、ギルベルトはセリナの足を摑んでお湯の中から引き上げた。驚いて声を上げる中、足の指をぺろりとされてしまう。

「ひゃっ……んっ……あっ……そんなところ……ダメっ……」

セリナは露天風呂の縁にある石組みに背中をつけて、悶えた。

手の指よりも、足の指のほうがずっと敏感らしい。

淫らな舌の動きがありありとわかってしまう。

くすぐったくて、でも、淫らで、気持ちよくもあって……逃れることができない。

「あ、あっ……ダメっ……ギルベルト……」

びくっと身体を震わせる。

水が跳ねて、ジャバジャバと音を立てた。

他には誰もいないとはいえ、外だということが羞恥心を刺激する。

「セリナ……お前が欲しい……」

ギルベルトが離したので、湯の中に足が落ちていく。

真っ直ぐに見つめる彼の瞳には、セリナに対する欲望が満ちていた。

――裸で、お風呂に一緒に入っているのだから、我慢できないのかも。

自分を求めてくれるのは嬉しいけれど、こんなところで恥ずかしい。

「わたしは……ギルベルトの妻だから……」

――好きなようにしていいよ。

途中まで声に出すのが、セリナには精一杯だった。

ギルベルトはすぐさまセリナに襲いかかる。何をされるのか、ドキドキしながら待っているのと、まずは腰のところを掴まれ、ひょいっと持ち上げられた。

背にしていた石組みに座らされ、湯には足だけが浸かる形になる。そうすると、身長差のある彼との目線の差が小さくなった。

「こうすれば、お前をよく見られるし、簡単に手を伸ばせる」

「こっちは……恥ずかしいんですけど……」

真っ赤になりながら不満を口にしたけれど、ギルベルトには通じなかった。

さっそく、彼の顔が近づいてくる。

「……あっ！　ひゃっ、あ、ん……」

緊張と興奮ですでに固くなっていた蕾を口に含んだ。

すぐに甘噛みされ、舌で舐め回され、刺激されてしまった。

敏感な場所を刺激されて、甘い吐息を辺りに響かせてしまう。

しかも、もう片方の乳房はギルベルトの手で弄ばれている。鷲づかみにされ、激しく揉まれていた。

「ひゃぁんっ……あっ……ああっ……」

双丘へ、別々の刺激が襲ってきて、セリナは身体を躍らせた。

快感が駆け巡り、淫らな身体が反応してしまう。

「そんな胸ばっかり……ん、あっ、あっ……」

この風呂の縁を使った段差攻撃が気に入ったのかも。

彼は執拗《しつよう》に乳房を責め続けた。手と唇を時々左右交替しながら、乱していく。

セリナの身体は湯の熱もあって、うっすらと興奮した色に染まってしまっている。

――ギルベルトの手も、口も、視線も……感じるっ！

座った格好のセリナはびくっと身体を跳ねさせた。

顔を空に向け、快感の声を漏らす。

「お前の指も、足も、胸も、声も、すべてが好きだ」

胸から顔を離すと、ギルベルトが囁いた。

――嬉しい。

そんなことを言われると、もっともっと、触れて欲しい、彼を感じたいという欲求が生まれてきてしまう。

セリナの欲望へ応えるかのように、ギルベルトの手が動いた。

「あっ……あっ……あっ……」

彼の腕がぶらりと湯につけていた足に触れると、左右へ開いていく。

秘部が露になってしまい、官能的な声を上げる。

さらにそこへ彼の顔が伸びてきて――。

「ダメっ、本当に！　そんなところ……あ、んっ！」

気づいた時には遅かった。

媚裂にざらりとして、ぬるっとした感触が襲う。

舌で、秘部を刺激されていた。

「あっ、くっ、んっ……！」

羞恥心で無意識に彼の頭を手で押し返す。けれど、びくりともしなかった。

さらに淫らに、速い動きで、舌が膣口を愛撫していく。

そんなところを舐められているという背徳感と、敏感に感じてしまっている恥ずかしさとで、セリナは激しく感じてしまった。

奥から蜜が溢れ出し、それをギルベルトが舐め取ってしまう。

しかも、時々、彼の舌は膣の入り口にまで入ってきて、刺激していった。

「あ、あ、あっ！　ああっ！」

彼の頭に置いた手から力が抜けていく。

下肢だけがひくひくと震えていた。

「お前はこのままでいろ」

ギルベルトの声が聞こえてきて、彼の息が秘部に掛かる。それを感じて、腰を震わせると、入れ替わりにギルベルトのものが押しつけられた。

「うっ……あっ……ああっ……」

膣口はすっかり濡れていたけれど、それでもきつく押し広げながら肉杭はセリナの中を進んでいく。

呻《うめ》き声を漏らしながら、けれど、自分の隙間を埋めていく熱い肉棒の感触をしっかりと感じていた。

「んんんっ……ああっ！」

興奮しているのか、ギルベルトがやや強引に膣奥まで肉杭を突き刺した。

息苦しさと一緒に、彼と繋がった幸福感が込み上げてくる。

――ハネムーンでも、そうでなくても、いい……。

彼の側にいられる。彼を感じられる。それだけで幸せだから。

セリナが心の中でそう実感した次の瞬間には、激しく揺さぶられていた。ギルベルトは抽送を開始し、激しく突き上げられる。

「ああっ！　あっ！　んっ！　あっ！」

強い快感と刺激が襲ってきて、声にして逃がす。

身体ごとぶつかるように腰を動かしてくるので、身体ごと揺さぶられる。不安定な体勢に、セリナは無意識に彼に掴まった。

「ギルベルト……あ、あっ……激し……すぎっ！」

気づけば、足は彼の腰に、腕は彼の首に巻きついていた。

——抱き合いながら、繋がってる⁉

客観的に見て、猛烈に恥ずかしいのだけれど、ギルベルトは止まるわけもなく、どうしようもなかった。

それどころか、腕で腰を掴み、さらに激しく突いてきた。

「ぁんんっ！　ああっ！　ん、あ、んっ！」

腰を軽く持ち上げると、抽送に合わせて引き寄せる。膣内で肉杭が強く擦れ、刺さっていく。

打ち合わせるような行為に、セリナは翻弄された。

「んっ……あっ……だめっ……」

これ以上ない淫らな声が反響していく。

恥ずかしいけれど、我慢するなんて無理だった。刺激と快感に耐えるのが精一杯で、さらに身体の芯から熱いものが込み上げてきていて——。

——すぐに……限界……きちゃう……。

「あ、あ、あっ！　ああっ……！」

ギルベルトはそんなセリナを知ってか、知らずか、腰を力強く突き上げ続けた。

抱きついている格好なので、突き上げを受け止めることしかできない。

がっちりと抱きしめられながら……。

「……ん、あ、んっ……ああっ……！」

二人の腰がぶつかる音が、まるでセリナの膣奥で激しく擦れるお互いのもののように感じてきてしまう。

先端が突き刺さる度に、じりじりと痺《しび》れるような刺激が襲ってくる。

「あぁぁ、ギルベルト！　もう……だ………あっ、んぅ」

あまりの刺激の強さに、快感の大きさに、セリナはもうギブアップの声を上げた。

絶頂の衝動と痺れが一気にせり上がってくる。もう我慢は限界で、受け入れるしかないとわかっていた。

「あ、ん、んんん……んんっ！」

知らせることもできずに、セリナは絶頂に達する。

抱きつきながら、腰を躍らせ、膣内にいる彼の一部を激しく締め付ける。その瞬間、ギルベルトも限界に達したのがわかった。

「あ、あ、あ……」

ドクドクと精が流れ込んでくる熱と感触で、再び淫らな吐息を漏らす。

「少し興奮しすぎた」

ギルベルトは荒い息を吐きながら、そっとセリナを石組みに寝かし、その唇に優しいキスをしてくれた。

彼なりの謝罪なのかもしれない。

「本当です、もう」

照れ隠しもあって、セリナは微笑みながら答えた。

※　※　※

翌朝、ギルベルトは城館の前にある砂浜にいた。

さくっさくっと白い砂を踏みしめると、一人だけの足跡が浜辺に続いていく。

温泉後に、セリナと共にハネムーンの夫妻としてポルオロスの宴へ参加し……。

様子見や半信半疑の街の連中とも、到着時よりも友好を深められたと感じる。

結局、ポルオロスの代表が誰かはわからなかったが、宴の中で、有力な人物の何人かは目星をつけることができた。

――セリナのおかげで、順調だった。

料理を勧められたり、珍しいワインを注がれたり、皆が話しかけるきっかけを、彼女は簡単に作ってくれる。

それは、皇太子夫妻のもてなしという堅苦しいものではなく、ハネムーン新婚夫婦がなせる業《わざ》だと思う。

第一段階の視察としては、これぐらいでも十分な成果であるが、セリナと話し合って滞在を、あと三日ほど延ばすことにした。

彼女曰く、あと少し、ハネムーン夫妻を演じれば皆の態度も和らぐだろうと……。

ギルベルトも、そう感じていた。

滞在は望むところだ。

今日はこれから、ツァニスの案内で、海が一望できる丘へ出掛けることになっている。

ハネムーンの夫婦として……。

そろそろ、迎えが来る。城館へ戻らなくてはならない。

だが、ギルベルトは動けないでいた。

「…………」

——偽りなどではないのだ。

このことに、ギルベルトは頭を悩ませていた。

セリナは、この旅をどう思っているのだろうか？

「楽しんでくれているようには……見える」

朝日がやや高くなった海は、青さを湛えて目の前に広がっていた。

その清々しいほどの青さは、小さなことなど、軽々と呑み込んでしまえるほどだ。

しかし、不穏に曲がってしまいつつある気持ちを、ギルベルトはうやむやにして、海へ投げ捨てるなどできなかった。

「俺は……」

口から零れ出た言葉は、囁きに近かったが、波の音にかき消されるせいで、己の耳にすら届かない。

ギルベルトにとって、この旅は、ハネムーンである。

セリナを楽しませるために、あれこれ予定を考えるだけでも非常に楽しく、出発後は、愛しいことの連続であった。

しかし、セリナには、任務だと強く意識させてしまった。

だから、彼女はたぶん誤解したままで、気を遣わせてしまっている。

初めの切り出し方が悪かった……遠くに来るにつれて、そのことを、よりはっきりと痛感してしまう。

——俺は、セリナと旅ができて楽しい。しかし、まだ言えないでいる。

言えないのを延ばしてしまっていることに、罪の意識がわき、限界に近くなっていた。

〝これまで、ハネムーンに連れてこられなくてすまなかった〟

〝任務と言って、実際はそれも兼ねているが、俺にとっては愛しいお前との、心躍る旅行だ〟

何度も切り出そうとしたが、今さら言っても、楽しい旅の瞬間に水を差してしまうのではないかと口にできないでいた。

よく考えれば、セリナは怒っているなら口や態度に出るし、夫の失態を許すことだってできる心も持っている。

早く言ってしまえという気持ちと、今さらな気持ちが、まざり合っていた。

セリナを前にすると、愛しさに溺れて、触れたくなり、抱きたくなる。

飽くなき欲望、渇望がわき起こってきて、腕の中で酔わせたくなって……。

その顔を、一瞬たりとも曇《くも》らせたくない。

――俺は、こんなに弱かったか……？

ギルベルトは、己を許せないでいた。

身支度を終えたセリナは、砂浜に下りていた。

※　※　※

草模様の緑のドレスの上には、日差しを避けるために、二重のベールにした布がかかっている。

セリナの丘の上へ出掛ける準備はできていて、案内役のツァニスが馬車で迎えに来てくれたのに、ギルベルトが続き部屋にいなかったから……。

――遅刻すると、ポルオロスの人からの印象が悪くなっちゃうよ。

はやる気持ちで、窓から砂浜を見たら、ギルベルトの姿を見つけたので、こうして迎えに来たのだ。

「ギルベルト」

後ろに付いてくるフロリアとエイルを引き離して、砂浜をずんずん進む。

こちらの気配に気づいたはずなのに、彼は振り返らない。

「どうかしたの？　もう、迎えが来てるから行こう」

「……セリナ、俺は――」

後ろ姿のギルベルトが何か言いかけたようにも感じたけれど、波の音でよく聞こえない。

「わたし、昨日の夜に思ったんだけど、ポルオロスの城館にあるみたいな温泉が他にもあるなら、それを観光の目玉にしてもいいと思う。まずは脱衣所に、竹の籠をずらっと置いて、温泉の中で、宴で飲んだワインが出てくるとか……」

元の世界の知識と摺《す》り合わせて、何かを提案することに、最近は罪悪感がない。

それで、今ここで暮らす人々が楽しいなって感じるのなら、いいことだと思えるようになったから。

「任務の話はうんざりだ！」

波の音にも風の音にも負けないギルベルトの大きな声が響いた。

「え……っ……？」

――何を……怒って……。

「すぐに行く、お前は靴の砂を掃《はら》ってから来い」

そう言い放ち、セリナを一瞥もせずに、ギルベルトは城館へと戻っていってしまう。

「なに……あれ…………あっ、ギルベルト、待っ……」

引き留めようとした時には、彼はもう叫ばないと届かないところまで進んでしまっていた。おまけに一度も振り返ってくれない。

——ギルベルトの馬鹿……意味がわからないし！

腹を立てると同時に、反発心が芽生えてくる。

——靴の砂を掃ってから来いって、遅れている人のほうが、なんで命令……！

唖然としていると、フロリアが追いついてきた。

「奥様、あら……ギルベルト様は……？」

「もう、知らないっ」

続いて追いついてきたエイルの横には、案内役のツァニスまでいた。

ガイドの彼は、砂浜を歩くのは得意みたいだ。

「ややっ、奥様、ポルオロスのベールが大変お似合いですよ。さあ、ご機嫌よくしてお出掛けしましょう～」

「…………」

ツァニスは何も悪くないのに、出掛けたくない気持ちが強まってしまう。

あんなよくわからないギルベルトと、今の気持ちのまま、デートなんてできない。

「丘の上から見る海も、絶景ですよ。あそこには古い教会があって、鐘があるんですよ。旦那様と一緒にカーンと鳴らしてください。僕もたまに一人寂しく鳴らしてます、ああ、羨ましいな」

「～っ、じゃあ、ツァニスさんが代わりに行ってきてくださいっ！」

セリナはベールを取り去り、驚いた顔のツァニスの頭に被せた。

「はっ、僕……？　奥様……？」

「ごめんなさい、わたし、今日は行けません」

ギルベルトと馬車に乗ったら、中で喧嘩してしまいそうだ……。

セリナは、砂に足を取られながらも、ムキになった早足で城館へと戻った。

※　※　※

ギルベルトは、馬車に乗った姿勢のままで激しく後悔していた。

間もなくセリナは来るだろう。

いや……来てくれないかもしれない。

――最悪の怒らせ方をしてしまった。

彼女は微塵《みじん》も悪くない。

ポルオロスのことを、ギルベルトと肩を並べて、懸命に見ようとしてくれている。

「くっ……」

――任務だ、ハネムーンだと、こだわっている俺のほうがおかしい。

セリナが来たら、ポルオロスの人々に後の噂でからかわれようが、何だろうが、丘に着く前に謝り倒そう。

来て、くれれば……の、話であるが。

――迎えに……。

立ち上がって、馬車の中にある扉の開閉の取っ手へ手を伸ばしかけたところで、不意にそれが外からガチャリと動き、ギルベルトは動揺して座席へ身を沈めた。

――来た！

「……っ」

ドッドッと鼓動が速くなる。

扉を開けているのは侍女のエイルであり、隣にいる頭を日除けのベールで包まれたセリナが乗り込んでくる気配。

「セリナ……その……」

「――」

拒絶を恐れて、彼女を見られずに声を出すも、返事はなかった。

ガタンと揺れが起こり、馬車が動き始める……。

これは、いかん……。

相当怒らせた。当然だが——。

優しく、責任感の強いセリナだからこそ、ポルオロスとの友好のために、来てくれたといったところだろう。

「完全に俺が悪かった。お前に告げられぬままのことがあって、勝手に苛立っていた。大声を出したこと、当たってしまったこと、申し訳ない」

「…………」

セリナの返事はなかった。

なぜ言えないの？　と、聞き返してくれたのなら、ハネムーンについての認識の違いも流れに任せて口に出せたが、そうはいかない様子だ。

「お前の話は……聞こえていた。ポルオロスの温泉の脱衣所に、竹の籠を置く案は、雰囲気を出すためか？　セリナはルバールの市場でもそんなことを言って、床石や広場の造りにこだわったな。もっと、詳しく聞かせてくれないか？」

辛抱強く、ギルベルトは続けた。

「宴で飲んだワインを温泉の中で飲むと言ったな？　温まるし、観光客に人気となりそうだ。今夜にでも城館に提案してやってみるか？」

「………」

セリナの頭が少し動く。

無言のままでも、話をする気になりかけたのかもしれない。

任務を第一と考えているセリナに、今、ギルベルトが意識するハネムーンを押しつけるのは、間違っている。

詫びて、許しを請いながら彼女の心を和ませることが先である。

「俺も考えた。明日は巨大共同図書室へ行かないか？　仕組みを理解し、ルバール城の蔵書を寄贈すれば、もっと種類が豊富になるし、その中には学者連中が喜ぶようなものがあるかもしれない。学者から欲しい分野の聞き取りをして、帝都から本を買い付けてもいいだろう」

もっと気の利いたことを言いたかったが、ギルベルトが今直感しているセリナの喜びそうなことは、任務しかなかった。

ポルオロスを武力で押さえつけずに、住人を尊重して、統治することを……。

それを、セリナと共に考えているのだから――。

ギルベルトは続けた。

「セリナが目をつけた観光と、俺が動けそうな蔵書。他に何があるだろうか？　羊皮紙はこの地で多く作られているが、以前、木の下でお前が手にしていた書物のように、精巧に綴《と》じることはできないだろうか？　綴じる紐《ひも》や大きさによって、豊富な羊皮紙で新しい品を考えることもできる」

「………」

セリナがこくりと頷いた。

――よし、もうひと押しだ！

「古本市にも行こう。開催日まで滞在して、事前に学問所へ顔を出し、金銭的に書物を買うのが難しい者を募っておくのはどうだろうか？　市場の客寄せでお前が提案した〝つめ放題〟だったか……あれを、写しの広まった比較的安価な書物でやることは不可能だろうか？　目玉商品で、とびきりの書物を忍び込ませよう」

「……！」

セリナが先ほどよりも強く、二度、こくこくと首を縦に振る。

まだ、話をしてはくれないが、聞く耳はもってくれたようだ。

ギルベルトは、心を込めて、セリナに向かい、声を絞り出した。

――だから、セリナ……。

「俺は、お前と旅に出ることができて、本当に嬉しい。任務という建前もあるが、この旅の間ずっと、心は完全にお前とのハネムーンだと浮き立っていた。結婚してから、ハネムーンを忘れて、遅くなってしまい悪かった。俺と、もうしばらく、仲よく新婚の旅行を続けてくれないか？」

切なる思いを口にする。

セリナが息を呑む気配がして、ギルベルトはひたすらに返事を待った。

やがて、おずおずと聞こえてきた声は――。

「……あの～、すみません、僕に言われても、旅行の計画はちょっと……」

セリナとは似ても似つかない、男の声。

ベールを気まずそうに外したのは案内役のツァニスで……。

ギルベルトは驚きの声を上げた。

「なんでお前が俺の横に乗っているんだ！　セリナはどうしたっ！」

「奥様が代わりに行ってくださいと仰ったので……」

「ぐっ……なるほど……考えられない行動ではないな。だが、俺は男と馬車に乗る気はない。セリナを迎えに帰る、馬を一頭――いや、頭を冷やす、徒歩でいい」

苦々しく呻き、馬車を下りようとしたギルベルトを、ツァニスがすっと伸ばした手で制する。

「――僕は貴方ともっとお話ししても良いと判断しましたよ、皇太子殿下」

さっきとは打って変わった知性を含ませた声に、皇族であるギルベルトの隣に座って会話をしているのに、動じない顔つき。

「お前……！　ただの案内役や監視ではないのか……？」

「申し遅れました、僕がポルオロスの代表をしている、ツァニスです。この街のことをよく調べて、考えてくださっていますね。武力でてこ入れをされると危ぶんでいましたが、あなたには理性的な言葉が通じそうです」

「ポルオロスの代表……話を聞いてくれるのか？」

セリナに許しを請うために話していたことが、まさかポルオロスの代表に通じてしまうとは。

「ええ、まずは第一回目の話し合いが済みましたら、奥様とのことも、できる限りポルオロスが協力いたしましょう。お心をかけていただいた分はお返しすることができるかと」

飄々《ひょうひょう》と語り、最後に微笑んだツァニスを、ギルベルトは力強い味方だと感じた。

※　※　※

ポルオロスへの滞在三日目――。

セリナは、フロリアとエイルに身支度をされながら、どんな顔でギルベルトに会えばいいのか思案していた。

二日目の昨日は、朝に浜辺で喧嘩をしてしまい、丘から海を見る約束を、すっぽかしてしまって。

正確には、案内役のツァニスに押しつけてしまったんだけど……。

ぜんぜん帰ってこなかったので、観光の予定は決行されたみたい。

――えーと……まずは、行かなくてごめんなさい……だよね？

一日経ち、心が静まってくると、歩み寄りたい気持ちが強くなっていた。

ギルベルトが突然苛立ったのは驚いたけれど、彼だって、一人でいたかった時だったのかもしれない。

この旅では、セリナにずっと良くしてくれた。

先回りして予定を立ててくれたり、あれこれ考えてくれたり……。

「ねぇ、エイル。ギルベルトは本当に怒ってなかった？　普通に連れてくるように言われただけ？」

昨夜は、ポルオロスの人と急な会合が入ったという伝言だけで、彼は城館へ戻ってこなかった。

そして今朝になり、市民からの贈り物だという鮮やかな青いドレスが届き、それを身に着けて来るように伝言があっただけである。

青いドレスの背中のリボンを結んでいるエイルが手を止めずに、答える。

「はい、いつもと何一つお変わりない様子でしたよ？」

「うーん……」

セリナはギルベルトの考えが読めずに唸った。

「奥様、下を向かないでください。今日のベールは花で頭に留める造りです。歪んでしまいますので」

「あっ、ごめん……」

フロリアに注意されて顔を元の高さへ戻す。

青い色のベールは、ドレスと同じ色であるものの、こちらは透ける薄さで、水色の糸で精緻な刺繍がしてある。

「……綺麗だね。ベール」

「ええ、とても！　きっと、旦那様も喜んでくださいます」

「だと――いいんだけど……」

不安を美しいドレスで包んで、セリナは馬車へと乗り込んだ。

――。

――――。

馬車の行き先は、丘の上みたいで……。

緑の草が茂るなだらかな傾斜にある黄土色の道を、馬車がゆっくりと登っていく。

その揺れに身を任せていると、丘の上に着いた様子で、振動がなくなった。

扉が外から開き、緊張するも、手を差し出してくれているのはツァニスの姿で。

「おはようございます、奥様。風が強いのでお気をつけて」

「お、おはようございます！　あの、昨日はごめんなさい……あのあと、ギルベルトはどうなって――」

――あれ……？

セリナのほうから訊ねたのに、最後まで聞くことができずに、言葉が止まってしまった。

昨日までのツァニスとは、まとっている雰囲気が違ったから……。

――あっ、いつもと服が違うんだ。

仕立ての良い青銅色のシャツに、レースのクラヴァットにベスト。

所作まで美しく見えて、貴公子みたいだ。式典でもあるのだろうか。

ツァニスはセリナの不思議顔をすべて受け止めるように、柔らかく微笑みかけながら促してくる。

「あちらで、ギルベルト様がお待ちですよ。多くは彼が語ってくれるでしょう」

丘の上には、なだらかな緑の絨毯から青い海を見下ろすようにして、木造の白い建物があった。

人が住むにはやや狭い、モニュメントのようなそこには、建造物よりも高い棒のようなものが立っている。

その下にはギルベルトの後ろ姿――。

見つけるなり、セリナは駆けだしていた。

ほんの二十歩ほどでも、早く仲直りしたくて。

「ギルベルト……わたしっ」

あと一歩の距離まで近づいて声をかけると、ギルベルトが振り返った。

そしてセリナを確認するようにじっと見つめてから、また、ふいっと前を向いてしまう。

――えっ、あれ……やっぱり、怒って……。

慌てかけたところで、ギルベルトが海に向かって叫んだ。

「セリナ――っ! 愛している――!」

「わぁあああっ！　何を大きな声で急に……！　皆に聞かれちゃってますよ」

「……問題ない。ポルオロスでは海に向かって思いを叫ぶことに、異議を唱える者はいない。着いた時に城館の者も、言っていただろう」

——確かに、海を見ながら思いを伝えると生涯、強い絆がどうとかって、聞いた気がするけど……。

不意打ちすぎだから！

セリナが止めに入るために、彼の正面へ回り込むも、ギルベルトは大真面目な顔でやめる気配はない。

それどころか、さらに声を張っていく気がする。

「セリナっ！　これまで、ハネムーンに連れてこられずにすまなかった」

「わーっ！　わたし、全然そんなこと気にしてなかったし……」

「俺にとっては任務よりも、今が愛しいお前との、心躍るハネムーンだ——っ！」

——ギルベルトも、ハネムーンだって、思ってくれていたの……？

頬が……熱い。

彼が、セリナよりも強くハネムーンを意識してくれていたなんて。

「ギルベルト……」

セリナは、彼を苛立たせてしまった原因がすぐにわかった。

だって、同じだったから。

任務なのに喜んでしまって、楽しくて、不謹慎だって、どこか自制する心がセリナにもあった。

彼はハネムーンのつもりでいたから、任務だと言い聞かせすぎているセリナに、困惑したのだろう。

「あっ……！」

そこでセリナはハッと甘い気持ちから我に返った。

二人でやる分にはいいけれど、街の人に完全にバレた挙句に、ハネムーン優先の領主だとか思われたら印象が悪く……。

「あの……ギルベルト、わたしとしては……すごーく嬉しいんだけど、ポルオロスの人……とか、ツァニスさんにも聞こえてるよ」

「領地の話し合いは、お前のおかげでもう片がついた。ツァニスがポルオロスの代表だったんだ」

「ええっ⁉」

セリナはびっくりして、馬車のところにいるツァニスを振り返る。

隣にはフロリアとエイル。

そして、いつの間にか街の人が、ぞろぞろと丘を登って集まってきていた――。

「彼らに、青い空と青い海を見渡せるこの丘を使って何かできないか相談を受けた。花嫁が、ポルオロスの青い布で作ったドレスを身に着ける結婚式を俺は提案した」

「えっ、青……こ、れ……？」

セリナは自分が身に着けているドレスへ目をやった。

街の人からの贈り物は、この景色の寵愛を一身に受けた、花嫁姿に見える。

「さあ！　鐘を鳴らすぞ、俺も磨くのを手伝った」

長い棒だと思っていたのは、ぴかぴかの金の鐘が吊るされた台座で――。

ギルベルトは、共に引くようにと、セリナに鐘へ続く白い綱を渡してくる。

「け、結婚式は……もう、やったよ……？」

「最初に領主夫妻がやれば、箔がつくだろう」

「あっ……！」

セリナの手ごと、包むようにして、ギルベルトが紐を引いた。

カラン――！

カラン、カラン――。

青空に音色が響き、緑の丘を駆け下りて、海に届いて包まれていく。

二人の背後から、わっと歓声が響いた。

その祝福の声に消されないほど強い響きが、ギルベルトから聞こえてくる。

「今を始まりにして、帰りはたっぷりとハネムーン気分でいてくれないか！　お前となら、どこへ行っても、幸福でたまらない」

「はいっ！」

ギルベルトの口づけが降ってきて、セリナは目を閉じた。

唇を包む熱を味わい、心の中で、彼の言葉に答えるように付け足す。

――わたしも、この世界で、ギルベルトといることが最高に幸せ……。

瞼をうっすらと開けると、空の青と海の青が見える。

風に吹かれたドレスと同じ色のベールも青色で……。

ポルオロスの青は、とても素敵だと思う。

空も、海も、ドレスも――。

でも、もっと愛しい青をセリナは知っている。

ギルベルトの蒼い瞳――。

長いハネムーンの帰り道のどこかで、密かに耳打ちをして教えてあげたいと思った。

エピローグ　ハネムーンとあなたの青

その夜――――。

二人は城館に戻ると、どちらからともなく抱き合っていた。

「セリナ……」

「ギルベルト……」

続き部屋の彼の寝室だけを今夜は使うことになるだろう。

「あ、ん――――んぅ……」

惹かれ合うように唇を近づけ、触れた。

互いの感触を確かめ、もっと欲しくなって、情熱的なキスになっていく。それでも足りなくなって、淫らに唇と舌とを動かした。

キスを続けながら、ギルベルトが青いドレスに手を掛けたのに気づく。

セリナもギルベルトのベルトを外した。

一時でも早く、肌を合わせ、繋がって、何もかもを共有したかったから。

同じ気持ちだと、触れていなくてもわかる。

「ん、んぅ……は、あぁぁ……」

ドレスがはだけたところで、我慢できずにギルベルトはセリナをベッドに押し倒した。

シーツの上でセリナも彼を受け入れ、腕を差し出す。

「セリナ……好きだ、好きだ、愛している」

「わたしも……負けないぐらい、好きです」

気持ちを伝えるためだけに唇が離され、また塞がれる。

ギルベルトが覆い被さると、その逞しい背中に手を回して抱きしめた。すぐに彼の逞しい身体が押しつけられ、感じる。

——ああぁ、本当にわたし……ギルベルトが好きなんだ。

彼に触れて、全身が喜んでいる。

身体の奥がすでに疼いてしまっている。

愛し合いたいと、繋がって、彼をもっとも近いところで感じたいと。

「ぁん……んぅ……んんん……」

甘い吐息を吐きながら、キスを続けているだけで、蜜は溢れてきた。

——今日はなんだか……へん……すごくドキドキしてて、熱くなる……。

ギルベルトに対して、とても淫らな身体になってしまっている。

それはきっと、気持ちが通じ合ったからだと思う。

色々なことが今まであったけれど、さらに心が通じ合って、強い二人の関係になった気がする。それが嬉しくて、身体が反応してしまっている。

「あっ！　あぁぁ……」

はだけたドレスの裾が捲り上げられ、ギルベルトの逞しいものがやってきた。

真っ直ぐに、迷うことなく、秘部に向かって来て、その熱さを押しつけられる。

「あ、あ、あ……ああ……」

挿入される快感にセリナは声を上げながら、受け入れた。

自分の中に入ってきた彼の一部を深く、深く抱きしめる。

身体も、繋がっているところも、心も抱き合って、溶け合う。

互いが生きている喜びに震えていた。

「ギルベルト……たくさん、愛してください……」

「もちろんだ。尽きるまで、お前と愛し合う」

逞しい彼の声が返ってきて、腰を動かし始めた。

優しくも、力強く、激しい――ギルベルト自身を表しているかのように。

「あ、あぁっ……あぁっ……あああっ……」

涙が出るほどに嬉しかった。

自分が生まれた世界からは、あまりに遠いところまで来てしまったけれど、この人と出会い、一緒に生きていくことができて、本当に幸せ。

最初はあんなにも不安で、恐ろしかったはずなのに、それもギルベルトとの楽しい思い出ですべて塗り替えられてしまった。

「ん、あ、あ、あっ……もう……ダメっ……」

気持ちが深く通じているからか、嬉しいからか、身体はあまりに敏感になっていて、快感を直接伝えてきて、すぐに我慢できなくなってしまった。

強い衝動が込み上げてくる。まだまだ彼と激しさを共有したいのに。

「セリナ……愛している……」

「あ、ん――んんっ……んんんっ！」

絶頂の直前、ギルベルトはセリナの唇を塞いだ。

身体も秘部も唇も繋がったまま、二人は同時に達した。

激しい快感と絶頂の痺れが訪れ、腰を震わせる。

ギルベルトと一つになり、溶けていく……。

青いドレスから解き放たれると——。

今度はあなたの蒼い瞳に囚われる。

どこへ行っても、わたしを包んでくれる、恋しい、尊い色。

だから、永久に一番近くにいたい。

わたしはこの世界で、愛しいあなたの色の隣にいて。

黒曜石の輝きで、手を取り続ける。

end

あとがき

こんにちは、柚原《ゆずはら》テイルです。

沢山の本の中から『異世界で身代わり姫になり覇王に奪われました＋新婚ハネムーンを満喫中♥』をお手に取っていただきまして、ありがとうございました！

まずは分厚さに驚かれた方も多いかと思います。

私も驚きました、五百ページ近い本は初めてとなります。

この作品は、ジュエルブックス様で『異世界で身代わり姫になり覇王に奪われました』として出していただいた作品に、新規書き下ろし『新婚ハネムーンを満喫中♥』を百ページ加えた文庫本となっています。

こうして文庫化ができたのも、皆様の応援があってのことで感動です。

おかげさまで、なんとコミック化です！

この作品を支えてくださった読者様、そして現在のジュエルブックス様の異世界作品や転生作品を買ってくださっている読者様、本当にありがとうございます。

また、手に取るのが初めてという方も、ありがとうございます！

ちょっぴりハードな環境に異世界トリップしてしまったセリナの、巻き込まれ人生から、気丈に生きて、幸せをつかみ取って、さらに新婚旅行までのフルコースでおなかいっぱい！を、楽しんでいただけましたら嬉しいです。

俺様ヒーローと現代っ子ヒロインの、最悪の出会いから、最高の伴侶に⁉　なるまでの物語を、大ボリュームでお届けします。

このあとがきを書くにあたり、前のあとがきを読み返していたのですが、異世界トリップ愛が強くて、自分で書いたのに熱いな……と思いました。

エロスも、萌えも、燃えも、たっぷり詰まった濃厚エンタメを目指している魂が、あとがきからすでにあって、すごく書きたかったんだな……と！

私にとって『異世界で身代わり姫になり覇王に奪われました』が、初の異世界トリップ作品でした。

思い出を語ってしまいますと、私は思春期の多感な頃に、あらゆる少女漫画の異世界作品を読みふけるほど、大好きでした。

物語脳がそれで構築されていると言ってもいいぐらいです。

形を少し変えつつも、また、異世界作品が皆様の身近なものになって、本当に嬉しいです。私もこうして書くことができました。

なので、この作品は、今の異世界の中に、一つまみの加減で昔の異世界が入っているかもしれません。両方の橋渡しができていたら、最高に幸せです。

異世界って、本当に魅力的ですよね……！

さて、熱く語ってしまったところで、この場をお借りして、さらに大きな声で感謝を申し上げます！

物語をすみずみまでくみ取って、魅力的なイラストを描いてくださったSHABON様に心よりお礼申し上げます。いつも、ありがとうございます。

他のジュエルブックス様の転生作品でも、ご一緒させていただいております。

この作品を気に入ってくださった読者様は、ぜひ、お手に取ってみてください。安心の美麗挿絵です。

『転生して豪商娘だったのに後宮入りですか⁉』ジュエルブックス既刊
前世が営業職の激務だったヒロインが、中華風な世界で豪商娘となり、生活が一変のお嬢様まったり暮らし。
いい素材をたっぷりと使って開発した饅頭を売って、のんびり店番。睡眠たっぷり、三食昼寝付きを満喫していたら、皇帝陛下からのお召しで強引に後宮入り！

『勇者様は幼妻と新婚生活を送りたい』ジュエルブックス既刊
前世が旅館の娘だったヒロインが、冒険者の世界で宿屋の看板娘となり、宿泊システムの工夫や集客やリピーター作りを頑張っていたら、いつの間にか勇者様ご一行の御用達に。

そして、魔王討伐後の勇者様にプロポーズされて新婚生活へ。

魔王城も宿屋へ？　改築しつつ、魔物の残党狩りをしながら経営戦略！

宣伝っぽくなってしまいました！　どうぞよろしくお願いします。

最後に、いつも書きたいお話を伸び伸びと書かせてくださる担当編集様、ありがとうございます。

そして、この本の紙媒体、電子媒体にかかわってくださっている皆様へ、感謝申し上げます。これからも、よろしくお願いします。

柚原テイル

◆初出一覧◆

『異世界で身代わり姫になり覇王に奪われました』
ジュエルブックス『異世界で身代わり姫になり覇王に奪われました』
（２０１４年12月　株式会社ＫＡＤＯＫＡＷＡ刊）
『新婚ハネムーンを満喫中♥』／書き下ろし

ジュエル文庫をお買い上げいただき、ありがとうございます!
ご意見・ご感想をお待ちしております。

ファンレターの宛先

〒102-8177　東京都千代田区富士見2-13-3
株式会社KADOKAWA　ジュエル文庫編集部
「柚原テイル先生」「SHABON先生」係

ジュエル文庫
http://jewelbooks.jp/

異世界《いせかい》で身代《みが》わり姫《ひめ》になり覇王《はおう》に奪《うば》われました

＋新婚《しんこん》ハネムーンを満喫中《まんきつちゅう》♥

2018年10月1日　初版発行

著者　柚原テイル

イラスト　SHABON

発行者 ――――― 青柳昌行
発行 ―――――― 株式会社 KADOKAWA
〒102-8177 東京都千代田区富士見2-13-3
0570-06-4008(ナビダイヤル)

装丁者 ――――― Office Spine
印刷 ―――――― 株式会社暁印刷
製本 ―――――― 株式会社暁印刷

Printed in Japan
ISBN 978-4-04-893635-4 C0193

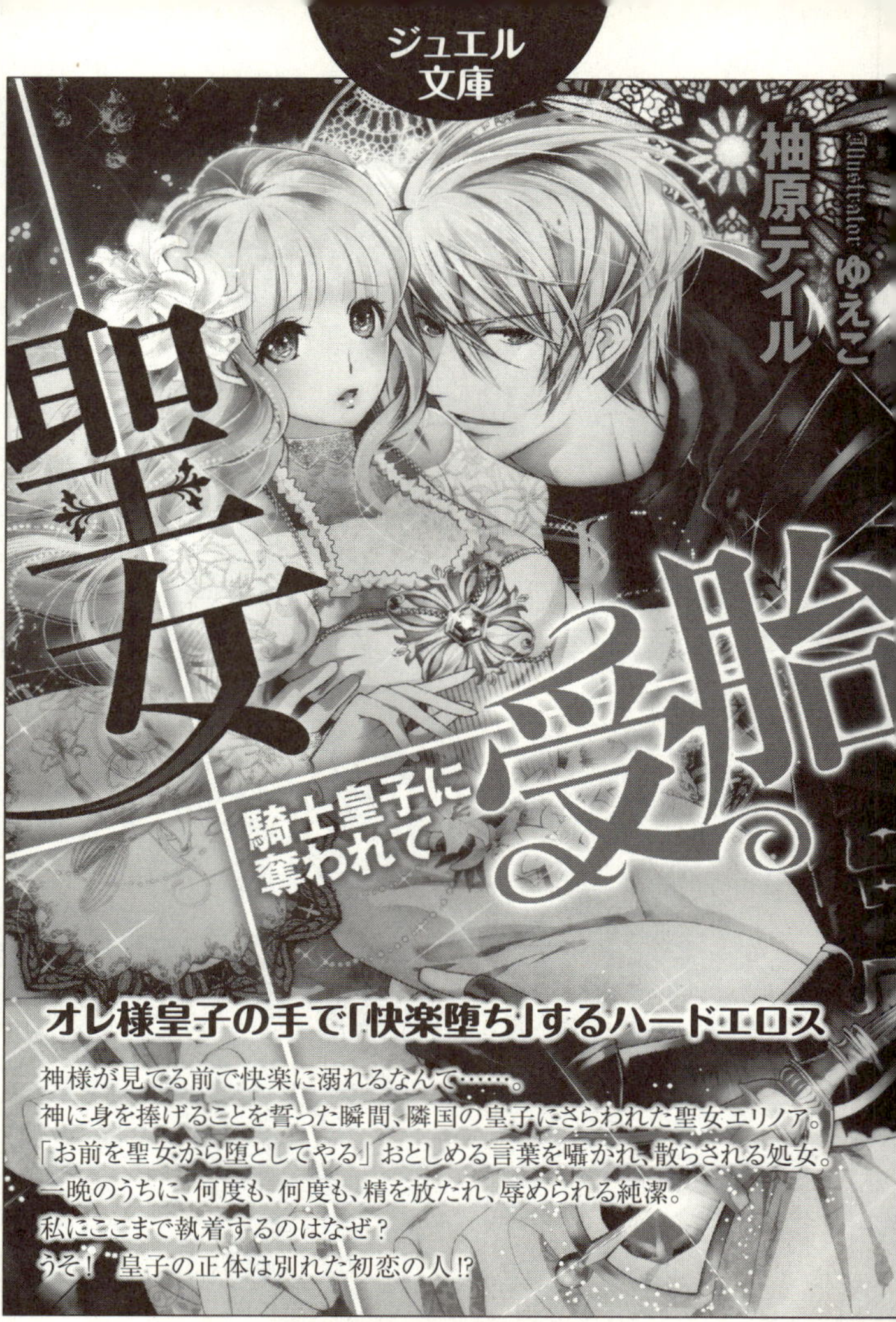
ジュエル文庫
柚原テイル
Illustrator ゆえこ
聖女受胎
騎士皇子に奪われて
オレ様皇子の手で「快楽堕ち」するハードエロス
神様が見てる前で快楽に溺れるなんて……。
神に身を捧げることを誓った瞬間、隣国の皇子にさらわれた聖女エリノア。
「お前を聖女から堕としてやる」おとしめる言葉を囁かれ、散らされる処女。
一晩のうちに、何度も、何度も、精を放たれ、辱められる純潔。
私にここまで執着するのはなぜ？
うそ！　皇子の正体は別れた初恋の人!?

大好評発売中